Ariane Grundies
Tod im Hafenbecken

PIPER

Zu diesem Buch

Stralsund – Weltkulturerbe und Perle an der Ostsee. Und ein gefährliches Pflaster für Fischhändler, denn der berühmte Kippers-König Uwe Redepenning wird tot im Hafenbecken gefunden. Helga Heidenbluth kann einfach nicht glauben, dass dies ein Unfall war. Obwohl Helga den Toten privat nicht sonderlich gut kannte, fühlt sie den dringenden Wunsch, die Wahrheit herauszufinden – Ordnung muss sein.
Ihre erste Spur führt sie ins Verkaufskuttermilieu. Helga vermutet, Redepenning könnte Opfer des herrschenden Fischbrötchen-Kriegs geworden sein, in dem es um die lukrativen Verkaufslizenzen im Hafenbereich geht. Auch der Chef der lokalen Brauerei erscheint verdächtig, denn sein Interesse, am Hafen ein Riesenrad zu errichten, stieß beim einflussreichen Redepenning nicht gerade auf offene Ohren. Je länger Helga ermittelt, desto mehr beschleicht sie das Gefühl, dass jemand sie überwacht, ihre Ermittlungen behindert und auch sie am liebsten aus dem Weg räumen würde …

Ariane Grundies, 1979 in Stralsund geboren, studierte am Deutschen Literaturinstitut in Leipzig. Neben einem Roman, Kurzgeschichten und Sachbüchern veröffentlichte sie auch Hörbücher und Artikel in verschiedenen Magazinen. Die Autorin lebt in Berlin und kehrt, so oft es geht, nach Mecklenburg-Vorpommern zurück.

Ariane Grundies

TOD IM HAFENBECKEN

Ein Ostsee-Krimi

PIPER

Mehr über unsere Autoren und Bücher:
www.piper.de

Wenn Ihnen dieser Krimi gefallen hat, schreiben Sie uns unter Nennung des Titels »Tod im Hafenbecken« an *empfehlungen@piper.de,* und wir empfehlen Ihnen gerne vergleichbare Bücher.

Von Ariane Grundies liegen im Piper Verlag vor:
Gebrauchsanweisung für Mecklenburg-Vorpommern und die Ostseebäder
Die Toten am Sund
Tod im Hafenbecken

MIX
Papier aus verantwortungsvollen Quellen
FSC® C083411
FSC
www.fsc.org

Originalausgabe
ISBN 978-3-492-31294-3
April 2019

Umschlaggestaltung: www.buerosued.de
Umschlagabbildung: plainpicture/BY (Boote); www.buerosued.de (Möwen, Himmel)
Satz: Kösel Media GmbH, Krugzell
Gesetzt aus der Swift
Druck und Bindung: CPI books GmbH, Leck
Printed in the EU

Versteckte Weinbrandbohnen

Niemand fällt einfach so ins Hafenbecken und ertrinkt. Das ist Gesetz, sonst würde das doch ständig passieren, bei all den Schnapsnasen, die nachts auf der Hafeninsel aus der *Klabauterfrau* oder dem *Ankerherz* ins Mondlicht stolpern. Und erst recht fällt keiner wie Uwe Redepenning ins Hafenbecken und ertrinkt. Nicht einfach so. Jahrzehntelang hatte Redepenning der Stadt als ehrenamtlicher Rettungsschwimmer in der Seebadeanstalt seinen Dienst erwiesen; übermütige Halbwüchsige ermahnt, verloren gegangene Kinder wiedergefunden, Krampfgeplagten an Land geholfen und auch ganz bestimmt zwei, drei Rentner mit Herzinfarkten aus dem Sund gezogen. Nein, der fällt nicht ins Hafenbecken und ertrinkt.

Helga legt den Finger unter die Überschrift und liest noch mal: »Unfall im Hafenbereich«. Angeblich sei der berühmte Fischhändler gegen Mitternacht ohne fremdes Zutun am Kai abgerutscht und – *arrivederci*. Kommt Helga wirklich komisch vor. Als Küstenkind hat man die Grenzen zwischen Land und See im Blut, so wie jeder Mensch im Schlaf weiß, wo das Bett endet. Da fällt auch niemand einfach so raus. Na gut, ein Mal, ein einziges Mal ist Helga aus dem Bett gefallen. Das war nach der rauschenden Silvesternacht '89. Da hatte sie viel zu tief ins Rotweinglas beziehungsweise in mehrere Rotweinflaschen geguckt. Aber Uwe Redepenning war trockener Alkoholiker. Das weiß man doch. Und selbst wenn einer abrutscht, nüchtern oder nicht, woher will man wissen, dass es ein Unfall war, wenn es überhaupt keiner gesehen hat? Andererseits, und da muss Helga fast ein wenig über ihre Gedanken schmunzeln, was soll es sonst gewesen sein? Ein Mord? In Stralsund?

Sie faltet die Zeitung zusammen und lässt sie auf den Stapel Papier neben dem Sofa fallen. Sie wirft noch einen Hokuspokus-Blick hinterher, vermutet aber, dass sich das Altpapier auch an diesem Tag nicht unter Sternengefunkel von allein in Luft auflösen wird. Was löst sich schon in Luft auf? Am allerwenigsten die Arbeit, und man selbst verschwindet auch nicht, zumindest *noch* nicht. Ein paar Jährchen gibt sich Helga schon noch. Wenn's gut läuft, funkelt sie vielleicht sogar noch zwei Jahrzehnte und ein paar Zerquetschte. Sie lässt die Hände auf den Tisch fallen und stemmt sich hoch, als wäre sie selbst ein schweres Bündel Altpapier. Beinahe zeitgleich geht das Licht aus. Schon wieder. Nun wird es aber wirklich Zeit! Helga nimmt sich fest vor, gleich nach der Arbeit oder morgen endlich einen Termin mit dem Elektriker zu machen.

Zuerst ist es nur ein unbestimmtes Gefühl, das Helga befällt, als sie etwas später den Blick die Altstadtgasse hochwandern lässt – da stimmt was nicht. Da ist irgendwas, das dort nichts zu suchen hat. Es bringt die Ordnung durcheinander. Helga bleibt stehen und erkennt es dann vergleichsweise schnell: der Behindertenparkplatz vor dem alten Dielenhaus. Da ist der Übeltäter! Und weit und breit kein blauer Sonderparkausweis hinter der Heckscheibe zu sehen. Sie nimmt Kurs auf den Opel Vectra, der ihr bekannt vorkommt. Das Nummernschild kennt sie doch. Sie zieht ihren Kugelschreiber aus der Uniform, bleibt stehen und notiert Zeit und Kennzeichen auf einem kleinen Schreibblock. Noch bevor Helga draufkommt, wem der Wagen gehört, erkennt sie die wuchtige Renate Hasselbach aus dem Kirchenchor, die gedankenverloren aus dem Beifahrerfenster starrt. Helga erreicht das falsch geparkte Auto und klopft beherzt gegen die Scheibe. Renate zuckt zusammen. Als sie Helga erkennt, verdreht sie die Augen, verzieht den Mund zu einem entschuldigenden Grinsen und lässt die Scheibe herunter. »Jahaaa«, flötet sie durch das halb geöffnete Fenster, »bin nicht behindert. Wissen wir doch beide. Und Tach auch, Helga.«

»Morgen, Renate!« Auf Bekannte zu treffen ist immer etwas unangenehm, denn es gilt: keine Ausnahmen. Wenn man damit erst mal anfängt, vor allem in einer kleinen Stadt wie Stralsund, hat man verloren, dann braucht man mit Regeln und Gesetzen gar nicht erst anzufangen. Und wenn es Regeln und Gesetze nicht mehr gibt, herrscht ziemlich bald Mord und Totschlag. Davon ist Helga Heidenbluth überzeugt.

»Ich sitz hier doch nur kurz wegen dem Handy«, will sich Renate rausreden und versucht dabei vergeblich, sich eine ihrer dicken widerspenstigen Locken hinters Ohr zu klemmen. Aus ihrem Auto dampft der Malzgeruch, wie aus ihren Pullovern, wenn sie donnerstagabends beim Singen im Kirchenchor neben Helga im Alt steht.

»Beim Fahren soll man ja nicht damit rumhantieren«,

meint sie, »und jetzt darf man dafür auch nicht mehr kurz anhalten? Also wie man's macht. Außerdem bin ich ja gar nicht ausgestiegen, hab nur gehalten, das darf man wohl, so drei Minuten, oder fünf? Jetzt sag doch mal, Helga, und guck nicht so böse.«

»Nach drei Minuten halten oder wenn du aussteigst, kann ich sofort den Abschlepper anfordern lassen. Vor allem, wenn es sich um einen Behindertenparkplatz handelt. Da geht das ratzfatz.«

»Ich steh hier höchstens 'ne Minute, allerhöchstens anderthalb.«

»Ja klar. Und meine Urgroßmutter hat die Ballonfahrt erfunden.«

Renate lacht erleichtert, laut und ungehalten, wie sie sein kann. Eine Ballon fahrende Urgroßmutter scheint sie in Sicherheit zu wiegen, aber Helga schaut mit todernster Miene auf die Uhr. »Jetzt stehen wir hier schon mindestens zwei Minuten.«

»Ja, weil du mich in eine Diskussion verwickelt hast. Das sag ich dann auch so vor Gericht aus, wenn wir uns da gegenübersitzen.«

»Okay, den Abschlepper sparen wir uns, aber bei den fünfunddreißig Euro Verwarngeld kann ich kein Auge zudrücken.« Als Helga ihr *böses Gerät* zückt, wie es im Politessen-Jargon heißt, holt Renate tief Luft. Helga wird sich nicht bequatschen lassen, sie tippt unbeirrt die ersten zwei Buchstaben des Straßennamens in das Datenerfassungsgerät.

»Da ist zu!«, brüllt Renate durch ihr offenes Fenster über die Straße. Auf der anderen Seite rüttelt Manfred Jonas an der ewig klemmenden Tür des Fischladens *Silber-*

ling und drückt sich sogar kurz mit dem ganzen Körper dagegen. Dieses Mal aber bleibt die Tür fest verschlossen.

»Liest der keine Zeitung?«, mosert Renate.

»Das ist Manfred«, sagt Helga, als wäre das eine Erklärung für das, was da auf der anderen Straßenseite vor sich geht. Mit Manfred hatte Helga vor fünfzig Jahren die Schulbank in der Wolfgang-Heinze-Schule gedrückt. Ab und an läuft man sich übern Weg und wünscht sich was. Als Manfred Helga erkennt, hebt er zum Gruß den Kopf ein wenig. Helga lächelt beschämt. Hoffentlich denkt der nicht, dass *sie* ihn ebenso angebrüllt hat.

»Tot«, ruft Renate.

Manfred klemmt vier Finger hinters Ohr, um es etwas nach vorn zu knicken. Hat wohl nicht richtig verstanden.

»Der ist doch neuerdings tot«, ruft Renate noch mal aus ihrem Fenster und macht dazu eine Geste, als hätte jemand dem Redepenning die Kehle durchgeschnitten. Dann atmet sie tief aus, als wäre es ihr zu blöd, Begriffsstutzige über derartige Vorkommnisse in Stralsund aufzuklären. Manfred zieht den Kopf fragend zurück und macht sich auf den Weg über die Straße.

»Kannteste den Redepenning?«, fragt Helga. Die fünfunddreißig Euro Gebühr hat sie nicht vergessen. Wird sie auch nicht.

»Ja.« Renate nickt. »Also nein, nur so, wie jeder den hier kannte. War nicht so mein Fall. War doch ein ganz schöner Gockel, oder? So 'n Kapitalist eben. Hat ja mit seinen Fisch*spezialitäten* einen Reibach gemacht, genug *Silberlinge*, um sich 'ne feine Villa am Jungfernstieg zu leisten.«

Helga zuckt mit den Schultern. Ihr gegenüber hatte sich Redepenning immer korrekt verhalten, freundlich die geräucherten Heringe über die Theke gereicht, nie irgendwie von oben herab oder so. Und wegen Helgas Sohn Tobias hat er nie einen dummen Kommentar gemacht, ganz im Gegenteil, er hat dem kleinen Tobi damals oft eine Schillerlocke geschenkt. Womöglich einfach nur so, aus Gutmütigkeit.

»Tach!« Manfred schüttelt zuerst Helga die Hand, dann streckt er sie Renate durchs Seitenfenster hinein. »Bin Manfred.«

»Renate.« Entschlossen greift Renate nach der Hand.

»Sacht ma, der Redepenning is tot, oder wie?«

»Stand in der Zeitung.« Helga nickt. »Nachts ins Hafenbecken gefallen und ertrunken.«

»Tragisch«, findet Manfred und muss aufstoßen. »Da macht man sich sieben oder acht Jahre das Leben schwer, und dann …« Er verzieht das Gesicht, stößt noch mal auf.

»Dann was?« Helga ahnt, worauf er hinauswill. Renate hat's auch kapiert und lässt es sich nicht nehmen, das zum Ausdruck zu bringen: »Ersäuft man doch noch«, beendet sie den Satz.

»Wieso?«, fragt Helga scheinheilig, weil sie am Süppchen in der Gerüchteküche nicht mitkochen mag. Gerüchte kann sie nicht leiden. Und zwar gar nicht. Manfred macht ein überraschtes Gesicht, indem er die Augen aufreißt und die Mundwinkel nach unten zieht. »Der soll doch wieder angefangen haben.«

»Mit dem Trinken«, setzt Renate ungeduldig nach. Und dann gucken sie und Manfred Helga an, als würde was mit ihr nicht ganz stimmen, falls sie davon noch nichts gehört hätte. Wenn aber ein Satz schon mit »der soll doch« anfängt, meldet sich bei Helga sofort die Galle. Sie fasst sich unter den rechten Rippenbogen. Da ist es, das fiese Zwacken. »Sagt wer?«

»Alle«, behauptet Manfred. Er selbst will Redepenning vor gar nicht allzu langer Zeit mit einem Bier in der *Klabauterfrau* gesehen haben. »Stand am Tresen, mit rotem Kopp«, versichert er.

»Ach«, Helga winkt ab. Es könne ja auch alkoholfrei gewesen sein oder Apfelsaft, das wisse man ja nu nicht immer so genau.

»Alkoholfrei dürfen die aber auch nicht«, weiß Renate sogleich über trockene Alkoholiker zu berichten. Sie hätte ihn neulich übrigens in seinem Laden auch mal dabei beobachtet, wie er sich eine Weinbrandbohne genehmigt und anschließend die Pralinenpackung zurück hinter die Fischsuppengläser im Regal geschoben hätte.

»Na ja, der ist jedenfalls tot, und ob besoffen oder einfach so … wir werden's nie erfahren«, versucht Helga die Mutmaßungen zu beenden. Keine Lust auf Koliken. Renate fällt in der Sekunde offenbar wieder ein, warum sie hier überhaupt stehen und ins Plaudern geraten sind. Sie startet den Motor. »Na, dann tschüss«, sagt sie und gibt Gas.

»Versuchen kann man es ja mal«, murmelt Helga, aber das Verwarngeld wird fällig, so oder so.

»Kannst einfach nicht aus deiner Haut, was?«

Helga weiß, worauf Manfred anspielt. Damals, in der Schule vor hundert Jahren, als sie ihn verpfiffen hat. Gut, man muss es mit Recht und Ordnung nicht übertreiben, das sieht sie ein, aber jemanden wie den zurückgebliebenen Maik Meisel zu zwingen, Vogelfutter zu essen, das ging Helga damals schon zu weit.

»Ist nun mal mein Beruf«, sagt sie.

»Klar«, Manfred nickt. »Einer muss es ja auch machen. Seit wann machste das eigentlich? Warst du nicht früher bei der Statistik in der Stadtverwaltung?«

»Ja, früher, ist dreißig Jahre her. Seit der Wende bin ich beim Ordnungsamt. Und seit anderthalb Jahren in Uniform hier draußen. Hab Rückenprobleme, und da ist so 'n Bürostuhl Gift.«

»Und?«

Sie nickt und zeigt Manfred den Daumen. Sie will sich nicht beschweren. Man hört zwar viel von den Kollegen, aber sie selbst ist noch nicht körperlich angegriffen worden. Und an die Beschimpfungen, Bestechungsversuche und schlechtes Wetter hat sie sich mehr oder weniger gewöhnt, wie man sich eben an alles gewöhnt.

Nachdem sich ihr ehemaliger Klassenkamerad verabschiedet hat, tippt Helga in aller Ruhe Renates Daten zu Ende in ihr Gerät ein. Danach wirft sie noch mal einen Blick rüber zum Laden vom Redepenning. Der Messingfisch über dem Eingang schaukelt quietschend im Wind. Schon komisch, dass das vorbei sein soll. Stralsund ohne Redepennings Fisch ist wie ein Auto ohne Nummernschild oder ein Leuchtturm ohne Licht. Tobias wird traurig sein, glaubt Helga. Immer wenn ihr Sohn aus Hamburg zu Besuch kommt, wünscht er sich Redepennings Kippers. Die waren eine von Redepennings *Spezialitäten*, wie Renate das mit spitzen Lippen genannt hatte; geräucherte, kopflose Heringe. Helga läuft das Wasser im Mund zusammen. Sie schluckt. Sie wird sich gleich unten am Hafen ein Fischbrötchen genehmigen. Ist zwar erst zehn Minuten nach elf, aber wen geht's an, wann Helga Heidenbluth vom Ordnungsamt ihre Mittagspause macht?

Auf dem Kopfsteinpflaster schlendert sie die Gasse hinunter Richtung Hafeninsel, über der die Möwen kreisen und wo vereinzelte Touristen in sogenannten Wetterjacken den Eingang des Ozeaneums suchen. Die ersten Heringsangler haben sich auf der Mole in Stellung gebracht und werfen hoffnungsfroh ihre Angeln aus. Noch wiegen sie die Ruten gemächlich auf und ab, aber in ein paar Tagen, wenn der Heringsschwarm da ist und der Silberrausch einsetzt, werden die Ruten hektisch durch die Frühjahrsluft peitschen, wie jedes Jahr im April.

Ihre Fischbrötchen kauft Helga immer bei Lüppertz, seit Jahrzehnten. Da schneidet man die Zwiebel ordentlich dick. Die bei anderen hausgemachte Remouladensoße kommt bei Lüppertz aus dem Tetra Pak, was die Salmonellengefahr erheblich vermindert. Und das Brötchen ist weich, sodass auch Menschen mit Zahnfleischproblemen wie Helga ihre Freude daran haben können. Bei Helga treffen die lüppertzschen Fischbrötchen also voll ins Schwarze. Weil aber die meisten Menschen das Brötchen knusperig und die Zwiebeln lieber dünn geschnitten mögen, floriert das Geschäft bei den anderen drei Verkaufskuttern deutlich besser. Die Lüppertzen sind fest von der Qualität ihrer Fischbrötchen überzeugt und geben Lauffaulheit die Schuld am Erfolg der Konkurrenz. Lüppertz' Verkaufskutter befindet sich tatsächlich ein paar Schritte abseits der touristischen Brennpunkte Gorch Fock, Ozeaneum, Fähranleger, Lotsenhaus und Mole, doch es verirren sich gerade noch genug Hungrige hierher, um die Stellung zu halten. Oder wie der alte Lüppertz das mal formulierte: *Zum Sterben zu viele, zum Leben zu wenig.*

»Hallo, Martin. Ich nehm mit Aal.«

»Na klar, gerne!« Lüppertz' Sohn Martin hat den kleinen Kutter vor ungefähr acht Jahren von seinem Vater übernommen. Martin müsste in Tobias' Alter sein, schätzt Helga, Mitte/Ende dreißig. Er trägt Rock 'n 'Roll: immer ein weißes Shirt unter schwarzer offener Lederjacke, die Koteletten lang, und die obligatorische Haartolle gelt er sich auch jeden Morgen. Helga hält ihn für ein wenig pummelig, könnten aber auch Muskeln sein, kann sie schlecht einschätzen. Meistens pfeift er Fünfzigerjahre-Schlager vor sich hin, so auch jetzt. Heute ist er ganz besonders um Normalität bemüht. Gott sei Dank. Helga hatte kurz überlegt, wegen des kleinen Vorfalls neulich ihr Brötchen ausnahmsweise doch mal bei Templin oder Grabow zu kaufen. Während Martin ihr immer noch den Rücken zugedreht hat, um sich um die Zubereitung des Aalbrötchens zu kümmern, fragt er wie beiläufig, den Kopf halb über die Schulter gedreht: »Und, hast du's dir überlegt?«

»Noch nicht.«

Martin dreht sich ganz um und reicht ihr das Brötchen über die kleine Glastheke, hinter der sich geräucherte Fischstücke wie Ziegelsteine zu einer kleinen Mauer auftürmen. Dieses Mal versucht er, eine Berührung der Hände zu vermeiden. Sonst hat er es immer darauf angelegt. Helga hatte sich eigentlich nichts weiter dabei gedacht, es gibt ja solche Menschen, die einem immer ein bisschen zu nah auf die Pelle rücken, nicht unbedingt absichtlich, sondern ... na ja, weiß Helga auch nicht. Aber neulich, da hat Martin sie doch etwas überfallen. Er kam vom Kutter aufs Land gesprungen, stand vor ihr und verkündete: »Du Helga, ich freu mich immer so, wenn du kommst. Wirklich, mir geht dann das Herz auf. Und wenn du nicht kommst, bin ich enttäuscht, dann ist mein Tag nur halb so schön. Ich warte jeden Tag auf dich, und darum hab ich gedacht, ich frag dich einfach mal.« Er schaute sie an, in Erwartung einer Antwort.

»Was willst du mich fragen, Martin?«, hatte sie vorsichtig nachgefragt.

»Ob wir mal zusammen, na …«

»Was?« Da klang Helga dann vielleicht schon ein wenig entsetzt.

»'n Kaffee trinken.«

»Ich trink doch hier manchmal einen Kaffee.« Sie legte ihre Hand auf den weißen Stehtisch, an dem sie gerade stand und einen Kaffee trank.

»Ich meine, so, nur wir zwei. Na ja …« Martin verdrehte die Augen, als wäre ihm soeben aufgegangen, dass er sie gerade mit der größten Schnapsidee des Jahrhunderts belästigt hatte. Und das war es ja auch, eine Schnapsidee. Mit hängendem Kopf machte er einen Schritt zurück auf seinen wankenden Kahn, fummelte ein lockeres Seil durch eine Öse der Plane und zog es fest.

»Also, ich trink gern Kaffee«, hatte Helga verlegen nachgesetzt, »aber ich weiß jetzt nicht, ob du und ich, ich meine, du weißt ja, wie die Leute hier so sind. Und dieses Gerede. Nicht, dass es mich wirklich stören würde, weil: ist der Ruf erst ruiniert. Und meinen Ruf, den kennst du ja. Und dein Alter ist auch nicht wirklich mein Problem, aber, ich will dir auch keine falschen Hoffnungen machen, weil, da gibt es auch jemanden in meinem Leben, mit dem ich gerne mal …«

Martin starrte Helga an, dass sie das Ende des Satzes

am liebsten einfach runtergeschluckt hätte. Aber dann spuckte sie es doch aus: »… privat einen Kaffee trinken möchte.« Sie selbst hörte sich das in dem Moment auch zum ersten Mal sagen und war, obwohl sie so was bereits geahnt hatte, doch ein wenig überrascht von sich selbst.

»Ach so.« Martin nickte und machte irgendwas Sinnloses mit den Salatblättern, stapelte sie von links nach rechts neu übereinander. Weil Helga seine Enttäuschung nicht gut aushielt, versprach sie, noch mal darüber nachzudenken, ist aber bis heute noch nicht richtig dazu gekommen.

»Und sonst so?« Helga beißt in ihr Brötchen. Schön lapperig weich, wie sie es mag, und der Aal fett und rauchig.

»Blendend.« Martin lehnt sich über den Glastresen und zeigt unauffällig mit dem Daumen zum Zeesboot mit den zwei ochsenblutroten Segeln. Ein stattliches Schiff mit stattlichen Fischbrötchenpreisen. »Haben se jetzt endlich verurteilt. Die beiden Templin-Schwestern. Hast gehört?«

Helga schüttelt den Kopf. »Ich hör doch immer nichts.«

»Na, wegen der Entführung und allem. Komm, davon musst selbst du was mitbekommen haben.«

Doch, da dämmert was. Vor einiger Zeit war kurzzeitig die dreizehnjährige Tochter der Vizebürgermeisterin verschwunden. Davon hatte Helga bei Antenne MV gehört, war aber davon ausgegangen, dass die Teenagerin einfach nur ausgebüxt war. Helga wischt sich den Mund mit einer Serviette ab und hält inne. Da passiert was hinter ihrem Rücken! Mittlerweile spürt sie es einfach, wenn etwas nicht mit rechter Ordnung zugeht. Als sie sich umdreht, sieht sie zwei Männer in Jeans und Anzugsjacken aus einem schwarzen Kombi aussteigen, neuestes Baujahr.

Grinsend werfen sie die Autotüren zu. Als sie die uniformierte Helga entdecken, hält sich einer gespielt erschrocken die Hand vor den Mund, als wäre ihm gerade aufgefallen, dass er was falsch gemacht hat. Hat er auch. Er hat sein Auto widerrechtlich im Halteverbot abgestellt. Der andere haut ihm aufmunternd auf den Rücken und verschließt die Türen mit einem *Huphup*.

»Anderthalb Jahre auf Bewährung, auch wegen den anderen Sachen.« Martin zeigt wieder rüber zu dem großen Verkaufsschiff, unter dessen roten Segeln Inge Templin, die Mutter der Verurteilten, geschäftig rumrödelt.

»Andere Sachen?«, fragt Helga höflich nach, kann sich aber eigentlich auf Entführungen und *andere Sachen* gerade nicht so gut konzentrieren. Dafür ärgert sie sich im Moment zu sehr über die Dreistigkeit der Falschparker. So abgebrüht. Dass die sich nicht wenigstens noch mal umdrehen!?

»Wegen der Verkaufslizenzen«, fährt Martin fort. »Monatelang haben sie doch die stellvertretende Bürgermeisterin geärgert, weil die so was entscheidet. Sie haben ihr Auto besprüht, eine Stinkbombe in den Garten geschmissen, na ja, und dann sind wohl die Pferde ein bisschen mit den Templin-Schwestern durchgegangen, und sie haben die Tochter entführt.« Er verschränkt die Arme und lehnt sich etwas nach hinten, bevor er ziemlich onkelig fortfährt: »Inge will damit ja weder zu tun noch vom Treiben ihrer Töchter überhaupt gewusst haben. Wer's glaubt, wird selig.«

»Mhm«, macht Helga.

»Der Kutter läuft ja auf Inge. Bin gespannt, ob sie jetzt nach der Verurteilung einfach weiter verkaufen darf oder ihr die Verkaufslizenz entzogen wird. Hätte gewettet, dass Uwe Redepenning eine Lizenz bekommt, und dann hätten die Templins bestimmt sowieso …«

Helga wirft den letzten Happen des Brötchens in den Mülleimer, reibt sich die Hände und macht sich wortlos auf den Weg. Da wird sie gar nicht lange fackeln. Sie geht einmal um den widerrechtlich abgestellten Wagen herum und schaut durch die Scheiben, wovon eine mit einem Jackett zugehängt ist. Gewiss ein Firmenwagen. Mit den Jahren haben sich einige Erfahrungswerte angesammelt. Ziemlich sicher kann Helga den Unterschied zwischen einem weiblichen und einem männlichen Autobesitzer bestimmen. Familienkutschen, Firmenwagen, Liebesnester – das sind ihre leichtesten Übungen. Mittlerweile kann sie mit einem Blick durch die Autofenster sogar Rückschlüsse auf Charakter, Hobbys und Gemütszustände ziehen. Auf der Rückbank entdeckt sie einen Kugelschreiber mit Werbeslogan, der ihren Verdacht bestätigt. Wieder Parkrüpel von der hiesigen Brauerei. Bald müssen die dort jemanden für die Buchführung von Strafzetteln einstellen. Scheint die aber nicht im Geringsten zu jucken, dass da einer nach dem anderen reinflattert. Helga tippt die Daten in ihr Datenerfassungsgerät und klemmt ein Knöllchen hinter die Windschutzscheibe. Und ja, es stimmt sie zufrieden, aber nicht aus niederen Gründen, sondern aus edlen – im Namen der Gerechtigkeit.

»Denen hast du es aber gezeigt!« Lachend macht Martin eine Faust, als sie noch mal bei ihm vorbeikommt. Helga überlegt kurz, ob sie sich noch eine Cola genehmigen soll, spürt dann aber den Bund der Uniformhose unterm Bauchnabel kneifen. So oft wie ihr Chef erwähnt hatte, dass Stralsund zehntausend Euro in die neuen Uniformen investiert hat, hatte Helga Skrupel gehabt zuzugeben, dass sie sich bei der Größenangabe etwas verschätzt hatte und eigentlich eine Nummer größer gebraucht hätte. Liegt also nicht direkt an ihr, sondern an der zu klein georderten Hosennummer. Trotzdem!

»Und was war jetzt wegen Redepenning?«, fällt ihr gerade wieder ein. Martin lehnt sich gegen den mannshohen Kühlschrank mit den Getränken. »Es wurde gemunkelt, dass er bei der neuen Lizenzvergabe bedacht wird. Der wollte hier sozusagen 'ne Filiale aufmachen, vom Boot verkaufen wie wir. Zusätzlich zum Laden in der Stadt. Hat Inges Töchtern nicht gepasst. Hatten Schiss, dass ihnen die Kundschaft fremdgeht, wenn der hier mit seinem Zeug aufschlägt, oder dass sie ihren Liegeplatz seinetwegen ganz hergeben müssen. Na und dann fing es vor ein paar Wochen an mit der Stinkbombe übern Gartenzaun bei der Zuständigen.« Martin kichert. »Simone und Petra Templin. Aber dass die nicht die hellsten Kerzen auf der Torte sind, das war ja schon vorher stadtbekannt.«

Simone Templin, die war damals bei Tobi in der Grundschulklasse. Helga erinnert sich. Nein, die hellste Kerze auf der Torte war sie gewiss nicht gewesen. Helgas Unwissenheit, was die ganze Lizenz- und Entführungsgeschichte betrifft, lässt Martin nach einem Moment der Verwunderung plötzlich ganz euphorisch werden, als könne er sein Glück kaum fassen, diese bereits hundertundein Mal erzählte Geschichte noch mal vor jemandem ausbreiten zu dürfen, der sie nicht auch schon mindestens hundertmal zu oft gehört hat. Er lehnt sich über seine Räucherware und legt los.

»Also, die wollten die Vizebürgermeisterin einschüchtern, damit die das alles ja so belässt mit den Verkaufslizenzen, wie dat is, und nicht auf die blöde Idee kommt, die Karten neu zu mischen. Fiel jedenfalls in ihren Entscheidungsbereich, und da ja jeder weiß, wie das da läuft bei den oberen Zehntausend, oder sagen wir den oberen Zehn hier in Stralsund, da wurden Simone und Petra wohl zu Recht nervös. Aber ich meine, Helga, wie blöd kann man sein? Is doch klar, dass der Verdacht hier schnell auf uns fünf Menneken in unseren Verkaufskuttern fällt, wenn da jemand seinen Unmut äußert. Bin froh, dass die Mutmaßungen vorbei sind und keiner mehr denkt, ich hätte was damit zu tun. Und jetzt is Redepenning auch noch verunfallt, wie man so sagt, und das Problem mit den Lizenzen für den Fischbrötchenverkauf hier im Hafen hat sich sowieso in Luft aufgelöst.«

Nein, Helga bleibt dabei, Dinge lösen sich nicht einfach in Luft auf. Dass Redepenning einfach so verunfallt sein soll, kommt ihr immer noch komisch vor, wenn sie das jetzt wieder so hört. Auch ohne Unmutsbekundungen gegenüber einer neu geplanten Kutterfiliale.

»Vielleicht haben die Templins ja was damit zu tun!?«, überlegt sie laut.

»Ja, sag ich doch, hatten sie.« Martin nickt. »Sind nun aber verurteilt. Mensch Helga, wenn die Welt untergeht, gehe ich nach Mecklenburg. Da passiert alles fünfzig Jahre später, was?«

»Erstens sind wir hier in Vorpommern«, wehrt sich Helga, »und zweitens meine ich Redepennings *Unfall*. Vielleicht hat ihn jemand reingeschubst!?«

Martin legt eine Zwiebel aufs Schneidebrett. »Quatsch.

Helga, du bist ja lustig. Sind doch keine Mörderinnen. Wie gesagt, die sind nicht die Schlauesten. Aber der Redepenning hat doch immer alles aus eigener Kraft geschafft, und das ins Wasser Reinstolpern mit Sicherheit auch. War wahrscheinlich besoffen oder so. Sagen sie jedenfalls.«

»Sagen *sie*!« Verächtlich schnauft Helga durch die Nase. Was *sie* nicht immer alles so zu sagen haben. Und immer das Naheliegendste und immer so einfältig. Das geht ihr mächtig auf den Zeiger, macht wirklich üble Gallenkoliken. Klar, vielleicht ist der trockene Alkoholiker schwach geworden und hat zur Buddel gegriffen, aber vielleicht war es ja auch EIN MAL anders!? Manchmal ist es nun mal anders. So wie bei ihr und ihrem Freund Hady damals. Da war es ja auch mal ausnahmsweise anders und nicht so, wie die sich das alle dachten. Der Afrikaner aus dem Bruderland und die naive Helga, die sonst keinen abbekommt. Na ja, für alle Unbeteiligten war klar, wer da wen und für was ausnutzen wollte.

Wer weiß, warum soll Redepenning denn nicht doch trocken gewesen und Inges Töchter Mörderinnen sein? Die jüngere und hässlichere der beiden, Simone, hatte Anke Köhler immerhin mal die Nase gebrochen, nachdem die Tobi einen Affen genannt hatte. Simone war damals in Tobi verknallt, da müssten beide ungefähr acht Jahre alt gewesen sein. Leider, oder zum Glück, konnte Tobi die Liebe nicht erwidern, war angeekelt von Simones ständiger Schnoddernase. Einmal, nach dem Faustschlag, hatte Helga darauf bestanden, dass er sie zu seinem Kindergeburtstag einlädt. Aber zu mehr war's dann nicht gekommen. Stinkbomben und Entführungen sind ihr allemal zuzutrauen. Und wenn die Templin-Schwestern glauben, die können jemanden ungestraft ins Wasser schubsen, weil ja eh alle denken, der Suffkopp ist bloß gestolpert, dann haben die sich aber geschnitten.

»Au!« Martin steckt sich den Daumen in den Mund und leckt sich Blut vom Finger. Dann wird er plötzlich ernst und zeigt an Helga vorbei. Blut tropft auf den weißen Serviettenstapel, der von einem faustgroßen Feuerstein beschwert ist: »Dahinten ist übrigens dein Kaffee-Freund!« Erschrocken fährt Helga herum. Eine Wolke hat die Sonne erreicht und schiebt sich wie ein dünner Vorhang vor das Licht.

Der Mann mit dem Aktenkoffer! Pastor Wilhelm. Martin hatte es eigentlich ganz schön formuliert. Man freut sich eben, wenn man diesem Menschen begegnet, der einem gut gefällt. Es ist wirklich wahr, das Herz hüpft. So doof es klingt. Es hüpft wirklich. Hinter der Brust wird es einem warm, und im Bauch springt kurz der Schleudergang einer Waschmaschine an. Ein Gefühl, das einen daran erinnert, dass doch noch nicht sämtliche Programme den Geist aufgegeben haben. Ein bisschen kokett ist das schon, aber das mit Pastor Wilhelm und dem Schleudergangprogramm ist doch wirklich merkwürdig. Schließlich kennt Helga ihn schon Jahre, sogar Jahrzehnte. *Hallo, guten Tag, wie geht's, na, dann bis zum nächsten Mal.* Sympathisch ja, aber Waschmaschine nein, nie! Und auf einmal, vor acht, neun Wochen vielleicht, ging das los. *Hallo, guten Tag, wie geht's?* Und da war sie, die Waschmaschine im Bauch. Huch!? Was hat der eigentlich für schöne Augen? Aber da scheint sie nun wahrlich keine Ausnahme zu sein. Es gibt genügend Lieder über dieses Phänomen, die Hunderttausende inbrünstig mitgrölen können. Tausend Mal berührt und so. Helga hat's gegoogelt, heißt Homöostase. Forscher machen das Zentralnervensystem dafür verantwortlich. Menschen, die man schon lange kennt, denen man vertraut, werden berechenbar, das gibt dem Körper ein Gefühl von Konstanz und Stabilität. Danach sehnt sich das Nervensystem, nach Gleichgewicht. Und dann ist man plötzlich verliebt.

»Pastor Wilhelm!«, ruft Helga. Ihre Stimme klingt dabei in ihren eigenen Ohren ziemlich fremd, ungewöhnlich schrill. Mit einem kurzen Nicken verabschiedet sie sich von Martin, der mit schmerzverzerrtem Gesicht ein Pflaster über seine Schnittwunde klebt. Pastor Wilhelm ist auf der Fußgängerbrücke zwischen Hafeninsel und Altstadt stehen geblieben und dreht sich suchend um. Möwen kreisen über ihm, als hätte er die Aktentasche voller Brotkrumen. »Hallo, hier!« Helga winkt und beeilt sich, aber man kann auf Kopfsteinpflaster nicht so schnell, wie man manchmal gerne würde. Pastor Wilhelm entdeckt sie endlich und winkt herzlich zurück. Die Pokermienen von Mafiagangstern sind nichts gegen die offen freundliche Ausstrahlung eines Pfaffen. Da lässt sich der Weg zu den Abgründen nicht mal mehr erahnen. Wenn einer zu jeder Zeit an jedem Ort jedem Menschen so zugetan ist wie beispielsweise Pastor Wilhelm, immer freundlich, gelassen, höflich, offen, liebenswert, und das auch noch in echt, dann ist es verdammt schwer, hinter seine dunkelsten Geheimnisse zu kommen. Und die hat nun mal jeder, auch der Wilhelm, da will sich Helga gar nichts vormachen.

»Frau Heidenbluth.« Pastor Wilhelm nimmt ihre Hand und legt sie zwischen seine beiden. Charmant! »Wie geht's Ihnen?«

»Gut.« Helga nickt. »Tobias kommt mich nächste Woche vielleicht besuchen. Und er will heiraten. Da will er noch mit Ihnen sprechen. Ich glaube, er würd das gern hier bei Ihnen machen lassen.«

»Machen lassen«, wiederholt Pastor Wilhelm amüsiert. »Wie schön. Bestellen Sie ihm einen herzlichen lieben Gruß von mir.«

»Mach ich!« Helga steht wie angeknipst da und leuchtet. Sie würde gerne noch was sagen, aber sie weiß gerade nicht was, und vielleicht ist das auch besser so, wenn man bedenkt, was für dick geschnittene Zwiebeln sie gerade verdrückt hat. Sie weicht einen Schritt zurück. Wie unangenehm. Hatte sie vor Schreck gar nicht mehr dran gedacht. Über ihre Füße huscht der Wolkenschatten, den der Wind zügig gen Sund treibt.

»Gut«, der Pfarrer streckt den Arm, um anschließend auf die unter seinem Ärmel hervorgerutschte Uhr zu schauen. »Ich muss. Aber wir können uns ja Donnerstag im Gemeindehaus wieder zuwinken, wenn Sie Ihre Chorprobe haben. Passiert gar nicht so selten, dass wir uns da zufällig begegnen, was?« Er hebt die Augenbrauen. Helga lächelt beschämt, weil ihr nicht ganz klar ist, ob der Pastor an Zufälle glaubt oder längst gemerkt hat, dass sie es stets darauf anlegt, ihm vor oder nach der Chorprobe zu begegnen. Womöglich ahnt er gar, dass sie seinetwegen ihr Gesangstalent überhaupt erst entdeckt hat und dem Chor nur beigetreten ist, um mindestens einmal wöchentlich in den Genuss seiner Winkerei zu kommen. Sein Büro befindet sich im Gemeindehaus neben dem Raum, in dem die Probe stattfindet, seine Wohnung im Stockwerk darüber.

Pastor Wilhelm wechselt den Aktenkoffer von der linken in die rechte Hand. Der Inhalt scheint schwerer zu wiegen als eine Bibel aus Gold. Was er wirklich darin mit sich herumträgt gehört wohl zu den bestgehüteten Geheimnissen Stralsunds. Anschließend setzt er seinen Weg beschwingt fort. Helga schaut ihm hinterher, traurig darüber, dass der Moment mit ihm schon wieder vorbei ist. Aber man sollte sich über die schönen zufälligen Dinge freuen. Und außerdem ruft die Arbeit. Das kommt auch noch hinzu. Vor dem Ozeaneum ist die Feuerwehrzufahrt zugeparkt.

»Ich habe doch bloß kurz geguckt, ob die Möwe irgendwo meine Kamera fallen gelassen hat«, versucht sich der herangeeilte Feuerwehrzufahrtzuparker mit Pferdeschwanz und Jeansjacke rauszureden. Jetzt sind also schon die Möwen schuld. Dass manche Menschen es nie begreifen. Helga verzieht spöttisch den Mund. Sie ist unter bestimmten Umständen auch mal bereit, einen Abschlepper wieder abzubestellen, aber dafür dürfte man ihr dann nicht noch dumm kommen.

»'ne Möwe«, wiederholt sie und guckt den Mann verächtlich an. Sie versucht sich vorzustellen, was in solchen Menschen vor sich geht. Halten die sich für besonders schlau? Sind die außergewöhnlich dumm?

»Ja, hätt ja sein können, dass sie das Ding hier irgendwo fallen gelassen hat.«

»Von einer Möwe beklaut worden zu sein, ist das eine, eine Feuerwehrzufahrt zuzuparken, ist das andere«, sagt Helga unbeeindruckt.

»Und dass meine Frau zu Hause todkrank im Bett darauf wartet, dass ich ihr die Fotos unseres letzten gemeinsamen Ausfluges zeige, ist noch wieder was ganz anderes, oder?«

»Nö, die todkranken Ehepartner, für die kurz und dringend was erledigt werden muss, die kenne ich auch schon«, sagt Helga. »Aber auch die sind nicht mein Problem.«

Fassungslos schaut der Typ Helga dabei zu, wie sie auf ihr Datenerfassungsgerät tippt. Ihm hat's die Sprache verschlagen. Nun wird ihr etwas mulmig. Hoffentlich gibt's die todkranke Ehefrau nicht wirklich, dann hätte sie sich eben ziemlich im Ton vergriffen, Feuerwehrzufahrt hin oder her.

»Das macht Ihnen Spaß, oder?« Jetzt baut sich der Zopf-Mann bedrohlich vor ihr auf, ballt die Fäuste und streckt die Arme kerzengerade nach unten. »Das heizt Sie an!«

»Mich heizt hier gar nüscht an. Ich mache nur meine Arbeit, und ich kenne die Gründe der Leute nicht, die immer vor Feuerwehrzufahrten parken müssen. Mein Job ist es, die Zufahrten frei zu halten.«

»Immer? Ich habe noch nie vor einer Feuerwehrzufahrt geparkt. Nicht ein einziges Knöllchen habe ich in den letzten zehn Jahren bekommen, für gar nichts. Jetzt rufen Sie da endlich an und bestellen den Abschlepper wieder ab, Herrgott!« Der Typ steht o-beinig da, wie ein zum Duell bereiter Cowboy. Eine lose Haarsträhne weht der Wind ihm immer wieder ins Gesicht, aber für die öffnet er seine Fäuste nicht.

»Das werde ich gerne machen.« Helga zückt ihr Telefon. »Aber die Abschleppkosten werden Sie trotzdem bezahlen müssen.«

»Warum denn bitte schön, wenn keiner kommt und mein Auto abschleppt.«

»Weil der Verwaltungsaufwand für eine abgebrochene Abschleppaktion nicht nennenswert geringer ist als für das normale Abschleppen.«

»Wie bitte?«, kläfft der Mann wie ein raubeiniger Köter.

»Eine Leerfahrt verursacht auch Kosten.«

»Welche beknackte Leerfahrt? Jetzt rufen Sie endlich an, bevor da einer den Motor anschmeißt, sonst erleben Sie hier auch gleich 'ne Leerfahrt!«

Während Helga betont gelassen die Nummer des Abschleppers eintippt, setzt sich der aufgebrachte Falschparker in sein Auto und schmeißt die Tür zu. Mitleid hat Helga für ihn nur bedingt übrig. Wer vor einer Feuerwehrzufahrt parkt, darf laut Gesetz nicht mal mit einer dreiminütigen Schonfrist rechnen, und Helga war immerhin nett genug, dem Halter des Fahrzeuges diese Frist einzuräumen. Aber der war mindestens zehn Minuten weg, und dann auch noch wegen einer Möwe, die seine Kamera verbusselt haben soll. Das ist ihr zu blöd. Jetzt lässt der Hund noch mal die Scheibe runter, lehnt sich aus dem Fenster und droht: »Wenn bei mir irgendein Scheißbußgeldbrief ins Haus flattert, dann werden Sie Ihres Lebens nicht mehr froh, Fräulein.«

»Ich richte mich drauf ein«, antwortet Helga, »denn leider ist die Gebühr des Abschleppers durch Ihr unsachgemäßes Parken fällig geworden, und die zahlt nun mal kein anderer für Sie.« Wütend wuchtet er den Hebel in den Rückwärtsgang. Das Getriebe äußert sich geräuschvoll mit Unmut. »Und grüßen Sie Ihre Frau von mir«, ruft ihm Helga hinterher. Oben auf dem Ozeaneumsdach tröten die Pinguine.

Später, nach Feierabend, schiebt Helga einen Einkaufswagen durch den Supermarkt und kann die Leberwurst mit Deckel nicht finden. Es kostet sie ein wenig Überwindung, die Mitarbeiterin anzusprechen. Wenn sie beruflich unterwegs ist, fällt ihr die Interaktion mit Menschen deutlich leichter. Liegt bestimmt an der Uniform, in der sich Helga irgendwie berechtigter fühlt, andere mit ihren Anliegen zu belästigen.

»Is alle!«, erklärt die Mitarbeiterin im Vorbeigehen, ohne abzubremsen. Etwas unentschlossen, wodurch sie die Wurst ersetzen könnte, schiebt Helga sich und den Einkaufswagen weiter. Sie nimmt ein Glas Rollmöpse aus dem Regal. Ihr Vater Helmut, neunundsiebzig Jahre alt, wird mit den Rollmöpsen zum Abendessen nachher keine Probleme haben. Entgegen allen Naturgesetzen ist er im Verlauf seines Lebens immer pflegeleichter geworden. Da kennt Helga in ihrem Bekanntenkreis ganz andere Kandidaten. Wegen fehlender Aufmerksamkeit können alte Menschen doch ziemlich kreativ werden, oder auch aggressiv. Verständlicherweise. Helga bleibt vor dem Zeitungsregal stehen und lehnt sich auf den Wagen, um über ausgleichende Gerechtigkeit nachzudenken. Die vielen Jahre, in denen ihr Vater Quartalssäufer war, waren anstrengend genug gewesen. Vielleicht hat das irgendwer da oben auch eingesehen und ihn für seine letzten Jahre mit Milde bedacht.

»Tach, Helga. Träumst du von einer spontan eingerichteten Halteverbotszone, aus der du gaaaanz viele Autos entfernen lassen kannst?«

Helga blickt auf. Ach der! »Is recht, Fritz!« Sie lächelt gequält. Fritz war zu DDR-Zeiten ihr Mannschaftskamerad im Eisstockschießen, und er war noch nie witzig. »Du, guck mal, Afrika kann gar nicht so weit weg sein, da ist ein Neger aufm Fahrrad«, hatte er damals gesagt, als Hady vor der Turnhalle auf Helga gewartet hatte, um sie abzuholen. Sie war vierundzwanzig Jahre alt und hat sich nicht getraut Fritz zu sagen, dass *der Neger* ihr neuer Freund ist.

»Und sonst?«

»Jo«, sie nickt. »Und bei dir?«

»Auch.«

»Vattern wartet.« Helga zeigt auf das Glas Rollmöpse und verabschiedet sich.

Helmuts Wohnung liegt in der obersten Etage eines dreigeschossigen Fachwerkhauses mit Blick auf einen der vier Innenstadtteiche. Ein halbes Dutzend Wohnungen gehören hier zur Einrichtung, ebenso wie ein unbeirrbares Pflegeteam mit Herz, Humor und Tatendrang, dessen besondere Qualität darin liegt, einen in Ruhe zu lassen, was Helmut sehr zu schätzen weiß.

»Leberwurscht gab's nicht?« Helga tritt an ihrem Vater vorbei in die Wohnung und stellt das Glas Rollmöpse auf den Tisch. Helmut nimmt ihre Jacke, die sie über die Stuhllehne geworfen hat, und hängt sie im Flur an den Garderobenhaken. Derweil macht Helga die Kaffeemaschine startklar und nimmt das Skatblatt vom Küchenradio. Erst dann tauschen die beiden ein flüchtiges Begrüßungsküsschen und setzen sich am Küchentisch gegenüber, wie die letzten zwei Schachfiguren. Schach mag Helga allerdings nicht, ist für sie Typsache. Entweder man ist Schach oder man ist Skat, Spielfigur oder Spielkarte. Sie persönlich will lieber ein Trumpf sein können, den man aus dem Ärmel zaubert, als eine Figur, die man strategisch vor- und zurücksetzt. Aber da hat jeder andere Vorlieben.

»Rollmöpse.« Helmut dreht das Glas einmal rum und schaut über seinen Brillenrand auf das Etikett, während Helga mit professionellem Tempo das Kartendeck mischt und vergibt. »Ich wusst nicht genau. Isst du die?«

»Ist Branntweinessig drin.« Helmut stellt sie vom Tisch auf den kleinen Kühlschrank neben sich.

»Ach, wie blöd. Entschuldige.«

»Macht nichts. Freut sich Klaus von unten.«

Helga hält ihrem Vater ein Pikass entgegen. Er schiebt ihr eine Neun in die Hand. Genau das Gleiche dann noch mal mit Karo.

»Apropos Branntweinessig«, fällt Helga ein. »Kam in letzter Zeit eigentlich der Redepenning noch regelmäßig zu euren AA-Treffen?«

»Also letzte Woche war er nicht da. Weil er ja …«

»Ja, klar. Aber davor?«

»War er da.«

»Also war er trocken?«

»Gehe ich von aus. Ja. Aber Püppi, das ist doch anonym. Darfste mich nicht fragen. Würd ja auch nicht wollen, dass einer über mich redet.«

»Nee, klar!«

Wortlos schieben sie sich anschließend weiter Karten in die Hand. Nach der Partie genehmigt sich Helga noch einen Kaffee und schaut aus dem Fenster. Auf dem Teich drehen Enten ihre Runden. Ob die wissen, was Langeweile ist, fragt sich Helga. Immer so die gleichen Runden, auf dem gleichen Teich in gleicher Gesellschaft!? Helmut und Helga trinken noch mehr Kaffee zu zwei weiteren Partien Offiziersskat. Die Stille ist beiden nicht unangenehm. Helmut wird, wie die letzten Male, nachher noch wissen wollen, ob sich Tobis Verlobte schon ein Hochzeitskleid ausgesucht hat. Helga wird sagen, soweit sie weiß nicht, und dann wird Helmut fragen, ob es wohl so was schönes Klassisches wird oder irgendwas Modernes. Helga beschließt nach Hause zu fahren, sobald die Brautkleidfrage auf den Tisch gekommen ist. Das passiert erst gegen 21 Uhr, und da ist der Tag dann auch schon fast zu Ende.

Flaschenpost

Am nächsten Morgen klingelt der Wecker nicht. Als Helga ausgeschlafen um 9:20 Uhr auf die Uhr schaut, kommt ihr ein ganz alberner Gedanke, nämlich dass sie mit ihrer Gabe, lange schlafen zu können, vielleicht doch besser zu einem Jungspund wie Martin passt als zu einem alten Pfarrer, den die näher rückende Angst vorm Tod schon um fünf in der Früh aus dem Bett treibt.

Mit freien Tagen hat Helga keine Probleme. Seitdem sie als Politesse arbeitet, fallen die freien Tage auch nicht mehr zwangsläufig auf Sonntage, an denen viele Alleinstehende wegen geschlossener Supermärkte dann gar nicht mehr wissen, wohin mit sich und der Welt. Helga kann gut und gerne mit sich allein im Bett liegen bleiben und durch Sportereignisse zappen. Sie kann sich dabei eigentlich für alles außer Dart und Synchronschwimmen begeistern. Manchmal kocht sie für ihren besten Freund aus Kindheitstagen, den lieben Theodor, was aus ihrem Chi-chi-Kochbuch – *zuletzt garnieren Sie das Gericht mit einer gegrillten Limettenscheibe.* So was macht sie. Oder sie unternimmt längere Spaziergänge, am liebsten im Wald, wo es knackt und knarzt und das Sonnenlicht von Bäumen in viele Streifen geschnitten auf Moos fällt. Alles liegt, wo es fiel, und das meiste erledigt sich auf natürliche Weise.

In ihrer Wohnung versucht sie auch so ein ökologisches System in Gang zu bringen, aber das klappt noch nicht so gut. Was da irgendwo liegt, zersetzt sich nicht, sondern bleibt liegen, bis es einer woanders hinlegt. Und wenn sie das nicht tut, tut es niemand.

Wenn es für alle Beteiligten passt, besucht Helga ihren Sohn auch mal in Hamburg. Wasser hat sie zwar selber genug vor der Haustür, aber die Alster und die großen Gebäude und teuren Boutiquen, die breiten Straßen, der Fischmarkt morgens, die Landungsbrücken, die großen Schiffe, dieses Geschäftige, das Stralsund abgeht, na, das hat schon auch was. Man muss wirklich sagen, seitdem die Hormon-Disco vorbei ist, die lästigen Hitzewallungen passé, fühlt sie sich ein bisschen wie neu angekommen in ihrem eigenen Leben. Die meiste Zeit ist dieses Leben weder trist noch einsam. Vielleicht hat sie Glück, weil auch das Typensache ist. Wer sich für TV-Sport, Kochen mit gegrillten Limettenscheiben, Hamburg und eremitische Spaziergänge im Wald nicht begeistern kann, der hat es sicherlich schwerer. Und ganz vielleicht, aber wahrscheinlich nicht, wird Helga auch noch mal nach Afrika zu ihrem Ex-Freund Hady reisen. Das hat sie erst zweimal gemacht, einmal mit Tobi, zu dessen sechzehntem Geburtstag, und dann vier Jahre später noch mal. Seitdem hat sie es immer mal wieder vor, weil das nämlich ganz und gar berauschend war und diese Art von Vorhaben im Leben wohl das ist, was einen am allermeisten bei Laune hält und am Ende vielleicht doch den Unterschied ausmacht zwischen *Hab mal ein Nashorn im Fernsehen gesehen* und *Stand mal einem Nashorn gegenüber*.

Im weiteren Verlauf dieses freien Freitagmorgens sitzt

Helga mit einem großen Pott Schwarztee in ihrem Bett und guckt ein paar Formel-1-Rennwagen beim Rundendrehen zu, während ihre Gedanken unaufhörlich weitere Kreise ziehen, bis sie wieder beim Redepenning angekommen sind. Und wenn er nun wirklich nicht einfach so ins Hafenbecken gestolpert ist? Was hat Martin Lüppertz noch mal über diese Lizenzen erzählt? Peng! Helga starrt auf den schwarzen Bildschirm. Sie atmet tief ein. Die Sicherung. Aber an freien Tagen macht sie keine Elektriker-Termine, freie Tage sind zum Faulenzen da, zum Sichtreibenlassen. Sie stellt den Tee auf den Nachttisch, schlägt die Bettdecke zurück und setzt die Segel. Mal sehen, wo es sie heute hinverschlägt.

Gerade hat die weiße Fähre angelegt und eine Ladung glücklicher Hiddensee-Touristen ausgespuckt. Wie zu erwarten, die Glatzen von der unterschätzten Frühjahrssonne rot verbrannt, Frisuren vom Wind zerzaust und alle Wangen rosa vom vielen Sauerstoff. Bemüht, sich die Erholung, solange es geht, zu bewahren und den Inselurlaub standesgemäß ausklingen zu lassen, verteilen sie sich betont schlendernd auf die vier Verkaufskutter. Aber schon da geht bei einigen die Erholung wieder flöten. Man will schließlich in der Fischbrötchenschlange nicht der Letzte sein.

Helga sitzt auf der Bank neben dem an einer Eisenstange befestigten Rettungsring und versucht ein Muster in der Verteilung zu erkennen. Warum entscheidet sich wer für welchen Kutter? Was lockt die Leute: Farbe, Musik, der Name? Um das herauszufinden, braucht es wahrscheinlich einen Psychologen oder Soziologen oder eine andere Art von schlauem Kerlchen. Helga kann jedenfalls nur eines feststellen: Zu Lüppertz zieht es in der Tat die allerwenigsten. Um dahinten bei ihm zu landen, muss man fast schon ein wenig soziophob sein oder narzisstisch in seinen Anlagen, mit Hang zur Extrawurst. Auf jeden Fall hat man ein Problem, wenn man sein Brötchen bei Lüppertz kauft, und wenn es auch nur das Zahnfleisch ist. Helga muss über ihre Feststellung schmunzeln.

Drüben im Halteverbot parkt ein grauer Nissan aus Greifswald. Es juckt ihr in den Fingern, aber frei ist frei, und sie muss lernen, Job und Privates zu trennen. Zu Hause klappt das mit der Ordnungslosigkeit ja auch viel besser als gewollt.

Helga beobachtet eine Weile die gestresste Inge auf ihrem zum Verkaufskutter umgebauten Zeesenboot, welches der schlichte Name *Inge* schmückt. Ein schönes Schiff, mit zwei mannshohen Räucheröfen und einer Verkaufstheke, die doppelt so groß ist wie bei Lüppertz. Normalerweise wird Inge von ihren Töchtern unterstützt, aber wenn Helga das gestern richtig verstanden hat, sind die ja jetzt raus aus der Nummer, als verurteilte … ja was eigentlich? Schwerverbrecherinnen? Helga hat die Sache mit den Verkaufslizenzen für Fischbrötchen nicht so richtig verstanden, aber man will ja auch nicht immer so neugierig nachfragen. Was geht es denn auch Helga an, was Inges Töchter wie und warum und wo und wann verbrochen haben? Wissen würde sie es natürlich trotzdem gerne. Wenn die eine Teenagerin entführen und Stinkbomben werfen, na ja, wer weiß, ob die nachts auf der Hafeninsel die Konkurrenz nicht doch ein bisschen drängeln, bis sie dann – plumps – plötzlich weg ist. Der Uwe Redepenning, der

Kippers-König von Stralsund. Helga guckt sich um. Und wenn sie mal mit Werner Grabow spricht? Einfach so, ein bisschen plaudert?

»Tach. Na, wat darf's denn sein?« Werner Grabow, ein sogenannter Seebär mit dunkelblauem Rollkragenpullover, steht auf seinem kleinen Fischkutter von anno dazumal, mit dem er bis vor wenigen Jahren noch jeden Morgen in der Früh, viel früher, als man sich vorstellen mag, bei Wind und Wetter und Seegang und Dieselgestank die Netze einholte. Jetzt liegt sein Boot festgemacht an der Hafenkante und war schon genauso lange nicht mehr auf See wie sein Kapitän. Als einer der Letzten hat Werner Grabow das sinkende Schiff der Berufsfischerei in Stralsund vor vier, fünf Jahren verlassen. Den frischen Fisch liefern ihm, wie fast allen hier, die Unverbesserlichen von Rügen. Weniger als zwei Hände voll Berufsfischer gibt es hier noch in der ganzen Gegend, und die Gegend, das ist die ganze weite Ostseeküste.

»Einmal mit Aal«, sagt Helga.

»Und wat verschafft mir die Ehre?«

»Wieso?«

»Na, du kaufst doch normalerweise bei Lüppertz.«

»Ach …« Helga fühlt sich ertappt, und es fällt ihr auf die Schnelle auch wirklich keine gute Erklärung dafür ein, warum man nach Jahren plötzlich sein Fischbrötchen woanders kaufen sollte. Werner Grabow nimmt vorsichtig eines seiner vorbereiteten Aalbrötchen aus der Auslage und legt es fast zärtlich zwischen eine Serviette, bevor er es Helga reicht und sich im Gegenzug 5,20 Euro in die raue Hand fallen lässt. Hinter Helga streitet ein Pärchen über die Abfahrtszeit des Zuges nach Hannover. Helga stellt sich mit ihrem Brötchen an den Stehtisch, unter dem zwei verfressene Möwen ungeduldig hin und her laufen. Beim Hannover-Pärchen kehrt Frieden ein, als es erheitert feststellt, dass es gleich das Smartphone hätte befragen können. Dann lassen beide gleichzeitig ihre Köpfe nach vorne kippen, Blick aufs Handy, und Ruhe ist im Karton. Helga hebt kauend das Brötchen hoch und bescheinigt Grabow ein Gar-nicht-so-schlecht.

»Na, dann bin ich beruhigt.« Der alte Seebär wischt sich die beschuppten Hände an einem durchlöcherten Trockentuch ab und hängt es sich über die Schulter. Helga müsste jetzt mal in die Pötte kommen, bevor sie ihr Brötchen aufgefuttert hat. Aber sie weiß nicht, wie sie es anstellen soll. Wie beginnt man ein Ermittlungsgespräch? »Aber du hast den Redepenning nicht reingeschubst, oder?« So bestimmt nicht! Sie schickt ihrer doofen Frage ein ebenso doofes, weil übermäßig gekünsteltes Lachen hinterher.

»Wat?« Grabow ist irritiert.

»Nee, kleiner Scherz.« Helga schluckt den Bissen runter. »Hab gehört, der hatte hier Probleme wegen Lizenzen oder so.«

»Jo. Alle hatten hier ihre Probleme mit ihm.«

»Ja, da fragt man sich doch, ob den nicht vielleicht einer loswerden wollte!?« Scheinbar gleichgültig schaut Helga gen Sund, schielt aber innerlich gespannt auf Grabows Reaktion.

»Dat frag ich mich nu nich«, antwortet der trocken wie Räucherholz und hebt zwei Fischbrötchen mit Heilbutt über die Reling, die ihm das Hannover-Pärchen abnimmt. Nachdem sich die beiden ein paar Schritte entfernt haben, redet Grabow weiter: »Ich mein, reingeschubst hätten wir den Redepenning hier wohl alle gern. Dat stimmt schon. Aber in Wirklichkeit, man wünscht so wat ja nu keinem, und seine Vera, die tut einem leid. Also, wenn ich eine Frau hätte …«

»Was hattet ihr denn hier für Probleme mit ihm?«, unterbricht Helga.

Der ehemalige Fischer muss nicht lange überlegen. »Mir hat er zum Beispiel ’ne Flasche Rum geschuldet. Seit 1991.«

»Also so was!« Helga tut empört.

»Und dem Lüppertz hat er Geld geschuldet, ’ne schöne Stange, glaub ich.«

»Ach?«

»Lüppertz hat den Redepenning aus einer dubiosen Quelle immer mit Heringen versorgt, jahrzehntelang, und irgendwie gab es da zuletzt Unstimmigkeiten mit Verträgen oder so. Du hast doch einen ganz guten Draht zu ihm, frag ihn doch mal.«

»Hat der Redepenning seinen Fisch nie selber geangelt?«

»Der Redepenning?« Grabow grunzt verächtlich. »Ach, i wo! Selber rausfahren und fischen, dazu war sich der Herr zu fein. Hat er nicht gemacht. Nie. Der war Jahrzehnte nicht mehr auf ’nem Boot. Na ja, und wie du sachst«, fährt der Fischbrötchenverkäufer fort, »wegen der Verkaufslizenzen war die Stimmung hier auch ein bisschen versalzen. Die hätten dem bestimmt noch ’ne Ehrentribüne auf der Gorch Fock gebaut, von wo aus er seinen Fisch zu Gold hätte machen können. Und wir hätten dann alle dumm aus der Wäsche geguckt. Ja …« Grabow nickt zur Bestätigung seiner Vermutung und sieht dabei sehr unzufrieden aus. Helga beißt etwas zu beherzt in das Brötchen. Ein harter Brötchensplitter bohrt sich in ihr wundes Zahnfleisch. Sie kneift vor Schmerz die Augen zusammen, bevor sie zögerlich weiterkaut.

»Stimmt wat nich?«, fragt der aufmerksame Grabow.

»Nee, nee, nur mein Zahnfleisch.«

Als hätte er selber Schmerzen, zieht Grabow Spucke durch die Zähne, bevor er nachdenklich über den Sund schaut.

»Das mit den Lizenzen«, sagt Helga, »das hab ich immer noch nicht so ganz kapiert.«

Werner Grabow erklärt, dass man sich alle paar Jahre wieder neu um eine der begehrten Verkaufslizenzen bewerben müsse, um auf der Hafeninsel Fischbrötchen verkaufen zu dürfen. Es wisse ja jeder, dass hier im Sommer nicht der schlechteste Ort sei, um Räucherware an den Mann oder die Frau zu bringen. Man könne einen guten Reibach machen, wenn man es nur ein bisschen schlau anstellen würde. Er guckt rüber zu Lüppertz und hebt verächtlich seine buschigen Augenbrauen, aus denen ein paar lange graue Härchen wie Draht hervorstehen. »Und mehr als vier Lizenzen vergeben die nicht. Redepenning ist ja selber in der Politik, die hätten dem bestimmt was zugeschustert, und einen von uns hätte es dann erwischt.«

»Inge Templin?«

Grabow hebt die Schultern. »Oder Lüppertz oder das Wikingerschiff dahinten oder mich.« Helga ist wieder mal erstaunt darüber, wie wenig sie doch von den Welten außerhalb ihrer eigenen mitbekommt. Während sie die Ordnung im ruhenden Verkehr überprüft, kümmern sich andere Menschen um Lizenzen für den Fischbrötchenverkauf.

»Glaubst du, dass Inge wirklich nix vom Treiben ihrer Töchter wusste?«

»Nee, die wusste nix. Inge ist spärlich möbliert hier oben wie ihre Mädchen.« Grabow tippt sich an die Schläfe. »Die ist stinkesauer. Aber warum interessiert dich dat denn so? Ich meine, wir sind hier so ins Reden gekommen und …«

»Weiß nicht. Mir kommt das so komisch vor mit dem Redepenning, dass der ertrinkt, einfach so.«

Grabow lehnt sich etwas vor und flüstert: »Da halt dich mal lieber raus mit deinen komischen Gefühlen. Merkst ja, hier wird mit harten Bandagen gekämpft.« Dann lacht er laut auf. »Blödsinn. Der war ja nun zum Glück einfach nur dun.«

»Na ja«, sagt Helga und fegt sich Krümel von der Jacke. Erwartungsvoll bleiben die Möwen stehen. Als sie merken, dass keine dickeren Krümel vom Himmel fallen, begnügen sie sich mit den kleinen, aber einverstanden sehen sie nicht aus.

Plötzlich geht Helga in Deckung. Nur knapp entgeht sie einer Kollision mit einer weiteren Möwe. Wahrscheinlich machen sich die Vögel einen Spaß daraus, Kurs zu nehmen, um schließlich noch mit einem Manöver des letzten Augenblicks, wie es in der Seefahrersprache heißt, auszuweichen.

»Auch frei heute?«

Helga dreht sich um. Hinter ihr stellt Gudrun zwei leere Zehn-Liter-Eimer Salzgurken auf dem Kopfsteinpflaster ab. Gudrun ist eine Großcousine aus Greifswald, genauer weiß es Helga nicht, wusste sie noch nie. Ihre Mutter hatte früher nur immer gesagt: »Da drüben ist Gudrun, deine Großcousine aus Greifswald.« Dann hat sie Gudruns Mutter freundlich über die Straße zugewunken, und das war's.

»Ja.« Helga nickt. »Und du versuchst dein Glück heute mit den Heringen?« Sie zeigt auf Gudruns Angelrute, an der fünf goldene Häkchen mit jeweils einem kleinen Fetzen künstlicher Fischhaut baumeln, ein Heringsvorfach. Gudrun macht ein zerknirschtes Gesicht. »Ja, ist so 'ne Sache mit dem Glück. Wenn keiner da ist, der beißen könnte, nützt einem dat Glück auch nichts.«

»Sind sie noch nicht da?«, erkundigt sich Helga mit gespieltem Interesse.

»Nee, obwohl sie längst müssten.«

Helga schaut auf die Uhr, als hätten die Heringe eine Verabredung verpasst. Ist schon ganz schön spät.

»Eigentlich ist jetzt im April ja längst schon Heringszeit«, fährt die Großcousine fort, »aber dat weiß der Fisch wohl nich.«

»Vielleicht hat er sich verschwommen?!«

»Na ja, manche Dinge sind so in der Natur eingebaut, dat man gar nicht anders kann, als wat man muss. Kennt man ja von sich selbst. Zum Laichen muss der Hering hier lang, ob er will oder nicht. Ist dem vielleicht zu warm, wegen Klima und so, und weil wir so gemein zur Umwelt sind und wegen dieser ganzen Kinkerlitzen. Die sagen ja, dass die Ostsee deshalb schon 'n bisschen wärmer geworden ist, und angeblich macht dat ja 'n Riiiiesenunterschied. Aber wenn du mich fragst – alles Panikmache, jedes Jahr dat Gleiche, dieses Gewarte auf den Schwarm.

Der Fisch wird schon kommen, wenn er wat will, und dann kann man den hier wieder mit Schaufeln rausholen. Von wegen großes Fischesterben.«

Helga findet die Einstellung ihrer Großcousine ziemlich unmodern. Von Klimawandel und Überfischung nichts wissen zu wollen, ist selbst für einen Stralsunder ein starkes Stück. Da muss man schon ein ungeheuerliches Maß an Ignoranz aufbringen. Gerade erst kürzlich hat Helga von den mysteriösen Heringssterben in Norwegen und Island gelesen. Vielleicht werden hier bald Millionen toter Fische angeschwemmt, und dann stinkt der ganze Sund zum Himmel. Apropos, sie wollte noch Pastor Wilhelm besuchen. Dankenswerterweise greift Gudrun nun auch nach ihren Eimerchen und verabschiedet sich. Während sie sich mit so wenig Zuversicht zur Mole begibt, dass sie ihre Füße schwerfällig, als hinge das Blei einer Vorfachmontage daran, einen vor den anderen setzt, fällt Helga was auf: Der Nissan mit dem Greifswalder Nummernschild! Greifswald, Gudrun … frei ist frei, aber wie die Großcousine ganz richtig erkannt hat, ist Natur eben auch Natur, und die hat manchmal eben doch den starken Drang, sich durchzusetzen.

»Na, 'n gutes Plätzchen gefunden?« Helga tut, als hätte der Wind sie wie aus Versehen noch mal vorbeigepustet, aber es ist ja noch nicht einmal Wind heute. Ganz windstill. Spiegelglattes Wasser. Dementsprechend verwundert guckt sich Gudrun auch um, versucht sich aber ihre Verwunderung nicht anmerken zu lassen. »Siehst ja. Ist noch total viel Platz im Moment. Wenn's richtig losgeht mit den Heringen, angelt man sich hier gegenseitig und muss immer aufpassen, dass man sich nicht mit dem

Nebenmann verheddert und einen fremden Angelhaken im Nasenflügel hat.«

Helga stützt sich auf die steinige Brüstung der Mole und schaut zu, wie Gudrun die Angel auswirft und mit einem gleichmäßigen Auf und Ab der Rute wieder einkurbelt. Das Brackwasser des Sundes kräuselt sich unruhig, als ginge auf dem Grund etwas Ungeheuerliches vor sich, das man an der Oberfläche nur erahnen kann. »Hast was vergessen?«, will die Großcousine nun doch direkt wissen.

»Ist das eigentlich dein Nissan?« Helga nickt mit dem Kopf in Richtung des Wagens.

»Wart mal.« Aufgeregt beginnt Gudrun schneller zu kurbeln. »Hab wat dran!« Sie beißt sich auf die Unterlippe. Die anderen Angler gucken verschämt herüber, während sie gemächlich weiter an ihren eigenen Rollen drehen. Hektisch schnauft Gudrun, als hätte sie noch nie zuvor was an Land gezogen. »Wehr dich nicht so.« Jetzt stellen ein paar der anderen Angler das Kurbeln ein und schauen gespannt, was die Frau neben ihnen da gleich aus dem Wasser hebt, falls sie es überhaupt hinbekommt. »Brauchst Hilfe?«, ruft einer. Gudrun schüttelt den Kopf, und dann taucht der Fang auch schon an der Oberfläche auf. Die anderen grinsen. »Na, dann Prost!«

Eine Flasche mit Bügelverschluss hat Helgas Großcousine geangelt. Tropfend pendelt sie an der Leine hin und her. Enttäuscht greift Gudrun danach und macht die Flasche vom Haken ab. »Kein Wunder, dat kein Hering mehr herwill, wenn jeder seinen Müll hier reinwirft. Vollidioten!« Sie holt aus, als wolle sie tatsächlich die Flasche zurückwerfen. Und das sieht nicht nur so aus, das will sie wirklich. »Halt!«, ruft Helga. Gudruns Arm macht eine

360-Grad-Drehung. Am Ende hält sie die Flasche noch immer in der Hand. Schuldbewusst verzieht sie den Mund und dreht sich Richtung Mülleimer. Helga bekommt ihre Großcousine am Arm zu fassen. »Nee, warte. Gib mal her.«

Jetzt sieht es Gudrun auch. »Da ist wat drin.«

Sie legt beide Daumen an den Draht und drückt. Mit einem Plopp schießt der Deckel auf. Gudrun steckt ihren wurstigen Zeigefinger rein und versucht die zusammengerollten Papiere herauszuziehen, stellt sich aber an. Helga befürchtet, Gudrun könnte die Papiere zerreißen. »Kann ich mal?« Unwirsch nimmt sie ihr die Flasche aus der Hand. Auch sie braucht eine Weile, um die Blätter herauszufummeln. Es sind drei.

»Flaschenpost. Is ja geil«, sagt einer der Angler, während Helga das erste Blatt bereits auseinanderrollt.

»Wat steht 'n drin?« Gudrun stellt sich auf die Zehenspitzen, um mehr zu sehen.

»Sind Rezepte«, sagt Helga. »Fischrezepte.« Auch auf den anderen zwei vergilbten Blättern sind mit schnörkeliger Schönschrift in Königsblau Rezepte notiert. Sie weiß nicht genau, was sie erwartet hat, aber wohl eher keine Fischrezepte. Enttäuscht rollt Helga alles wieder zusammen und stopft es zurück in die Flasche. Die anderen, auch Gudrun, haben ihre Angeln längst wieder ausgeworfen und sind mit der nächsten großen Hoffnung beschäftigt. Darin sind die geübt. Und wenn statt des ersehnten Hechtes doch bloß wieder so eine grätenreiche Brasse am Haken zappelt, die keiner will, dann ertragen sie die Enttäuschung heroisch. Helga hält die Flasche unschlüssig in der Hand. Wer und warum wirft denn Rezepte in den Sund? Oder ist das eine Art Gewinnspiel des Radiosenders, der die Flaschenpost in den kommenden Tagen mit großem Tamtam gegen einen Einkaufsgutschein im Wert von fünfzig Euro eintauscht?

»Darf ich noch 'n Stündchen stehen!?«, will Gudrun wissen. »Ist meiner. Der Nissan, ja. Du wolltest mich doch da bestimmt weghaben, oder?«

Helga atmet tief ein. Nein, eigentlich darf Gudrun da kein Stündchen stehen, aber Helga hat frei, und Gudrun ist eine Verwandte. »Eine Stunde«, antwortet Helga streng und steckt die Flaschenpost in ihren Rucksack.

Helga hat Lust, an ihrem freien Tag herumzumanipulieren. Pastor Wilhelm gefällt ihr neuerdings zu gut, als dass sie die Gelassenheit hätte, alles dem Zufall zu überlassen. Herrlich nervös spaziert sie den Frankendamm entlang zum Pfarrhaus, in der Hoffnung, der Zufall, oder wer oder was auch immer für solche Dinge zuständig ist, möge Wilhelm just in dem Moment aus dem Haus schicken. Doch der Zufall behält den Pastor ein und schickt stattdessen jemand anderes.

Helga ist noch etwa fünfzig Schritte vom Pfarramt entfernt, als sich die Tür des Backsteingebäudes öffnet. Eine adrett gekleidete Dame verlässt das Haus. Sie trägt einen eleganten, schwarzen Hut, was in Wahrheit zwar nicht ungewöhnlich, in Stralsund aber eine echte Herausforderung sein kann. Eine Provokation. Einheimische Damen mit eleganten Hüten – da weiß man gleich, woher der Wind weht, für die meisten nämlich aus einer ziemlich eingebildeten Richtung. Helga braucht also nicht lange, um die Dame mit Hut als Uwe Redepennings Witwe zu identifizieren, die beim Überqueren der Straße über das stillgelegte Stück Bahngleise der Straßenbahn stolpert. Aber auch dieses kurze Wanken übergeht Frau Redepenning elegant, indem sie den Kopf kurz ein Stück höher hebt, bevor sie ihren Weg scheinbar unbeirrt fortsetzt.

Bei Helga meldet sich das Bedürfnis, Frau Redepenning ihr Mitgefühl auszudrücken, aber die Hemmung, weil man ja gar nichts miteinander zu tun hat und sich wildfremd ist, ist größer. Überredet vom Zufall, nimmt Helga erst mal die Verfolgung auf. Nach wenigen Schritten verschwindet Frau Redepenning in der Rosenapotheke. Durch die Glasfront sieht Helga, wie sie der Apothekerin ein Rezept entgegenschiebt, das die Apothekerin mit aufgesetzter Trauermiene einlöst. Die Witwe lässt die ihr ausgehändigte Packung in ihrer Handtasche verschwinden und verlässt eiligen Schrittes die Apotheke. Helga folgt. Als wäre Frau Redepenning ein Raubfisch, weichen die Leute aus, sobald sie diesen Hut erkennen. Als müsse man einem so großen Trauerkloß unnatürlich viel Platz machen, statt ihn in den Arm zu nehmen.

Nach einigen Minuten kommt sich Helga entsprechend blöd bei ihrer Verfolgung vor – was tut sie da eigentlich? –, findet es aber auf eine gewisse Weise auch reizvoll, sehr sogar. Am Ende liegt ihr das Spitzeln im Blut, und sie hätte damals richtig Karriere machen können. Aber das hätte man dann natürlich auch wollen müssen, und als man diesbezüglich an sie herangetreten war, '81 oder '82, da wollte sie nicht. Andere wollten dafür schon, vor allem als Helga anfing, sich mit Hady zu treffen. Aber genau genommen tun die jungen Leute von heutzutage ja auch nichts anderes, verfolgen ihre Freunde und Bekannte stumpfsinnig durch den Tag, indem sie sich durch die sogenannten sozialen Netzwerke klicken, um zu sehen, was Dings heute zum Mittag hatte und Bumms über die neue Taktung des Busfahrplans denkt. Aber auch die ältere Generation ist längst der Handysucht verfallen. Ständig bekommt Helga kleine Videos von Schweinchen oder Hundewelpen geschickt, wahlweise mit versauten oder niedlichen Kommentaren versehen. Apropos, Tobias wollte sich wegen nächster Woche melden. Gedankenverloren rummst Helga mit Blick auf ihr Handy in die Witwe, die unvermittelt stehen geblieben ist.

»O Gott, Entschuldigung.« Helga hält sich vor Schreck die Hand vor den Mund.

Verdattert blickt Frau Redepenning auf ihre Hacken. Die Strumpfhose ist hin. Das sehen sie beide.

»Mein Beileid!«, sagt Helga. Mit einem gequälten Lächeln schaut die Witwe noch mal auf ihre Hacken, als wären die die Auslöser für die Beileidsbekundung dieser fremden Frau. »Danke sehr.« Frau Redepenning wirkt aus der Nähe mindestens so sympathisch wie ihr Mann. Helga hat auch absolut kein Problem mit eleganten Hüten, schon gar nicht, wenn sie zu ihren Trägerinnen passen. Der Hut passt zu Frau Redepenning wie Arsch auf Eimer. Sie ist elegant in ihrer ganzen Art, wie sie das Handgelenk knickt und den Blick so schräg nach unten wirft, wie eine Schauspielerin. Fasziniert starrt Helga die Dame weiter an, die sich nun abwendet und ihren Weg fortsetzen möchte. Aber Helga ist noch nicht fertig, im Gegenteil, es hat ja gerade erst angefangen.

Am liebsten würde sie geradeheraus fragen, ob sie die ganze Sache nicht auch total unglaubwürdig findet, dass ihr Mann da einfach so im Hafenbecken ersäuft, wann und ob er wieder angefangen hat zu trinken, ob es einen speziellen Feind gäbe, den man mal unter die Lupe nehmen sollte, aber so läuft's ja nicht. Das kann man so nicht machen. Da muss man ein bisschen Taktgefühl an den Tag legen.

»Ach, Frau Redepenning?!«

Fragend dreht diese sich um.

»Also, Ihr Mann«, druckst Helga, »der war ja ziemlich … also … der war ja echt beliebt, ne?!«

Frau Redepenning gibt Antwort auf ihre elegante Art, nämlich indem sie einfach stumm bleibt und Helga erwartungsvoll anschaut, ganz nach dem Motto: Soll die doch erst mal weiterreden, wenn sie etwas sagen möchte. Bloß was genau möchte Helga denn sagen? Sie wackelt unentschieden mit dem Kopf. »Und gleichzeitig auch nicht so …« Das »beliebt« nuschelt sie etwas durch den Mundwinkel weg. Frau Redepenning macht die Augen groß genug, dass die Verwunderung darin über diese merkwürdige Situation nicht zu übersehen ist. Helga beginnt zu schwitzen. Wie unangenehm. Sie hält die Luft an.

»Entschuldigung«, sie atmet aus und lässt die Schultern fallen, hat ja nichts mehr zu verlieren. »Mir kommt das alles irgendwie so merkwürdig vor.« Frau Redepenning wartet stirnrunzelnd weiter ab. Man sagt ja immer, dass Frauen in gewissen Kreisen gar nicht mehr die Stirn runzeln können, wegen diesem Botox. Helga versucht sich zu konzentrieren. »Weil er doch Rettungsschwimmer war und sich auch da unten am Hafen auskannte. Der kann doch da nicht einfach reinstolpern. Ich weiß, es geht mich nichts an, ich sollte da nicht so drüber nachdenken, wahrscheinlich, und erst recht sollte ich Sie nicht …«

»Kannten Sie meinen Mann?«

»Äh, ja.« Helga zuckt mit den Schultern.

»Kannten Sie ihn besser?«

Besser, was soll das denn heißen? »Nein, also, nein, nein«, beeilt sich Helga zu versichern. »Nicht *besser.* Nur so, wie man ihn eben kannte, so, so kannte ich ihn auch.«

»Sie glauben, es war Mord?«

»Mord?« Helga prustet durch die Nase. »Also Mord?! Nein, natürlich doch nicht so was.«

»Was glauben Sie dann?«

»Ich glaube, na ja, dass Ihr Mann in manchen Kreisen jetzt nicht so der Beliebteste war.«

»Kann sein.«

»Vielleicht hat ihn einer von denen ...«

»Umgebracht?«

»Nicht direkt umgebracht, das wäre dann ja Mord, aber ... vielleicht.«

»Hier wird man doch nicht umgebracht. Das höchste der Gefühle ist die sechsstündige Entführung einer Dreizehnjährigen.« Frau Redepenning sagt das fast ein bisschen mit Verachtung, als hätte es die stellvertretende Bürgermeisterin verdient, dass man ihr die Tochter länger als bloß sechs Stunden entführt.

»Ach, tut mir leid«, sagt Helga. »Ich weiß auch nicht, was mich geritten hat. Ich glaube, eigentlich wollte ich Ihnen was ganz anderes sagen.«

»Dann tun Sie das.«

»Ich glaube, ich wollte sagen, dass ich es für ein Gerücht halte, was man sich erzählt über Ihren Mann.«

»Was erzählt man sich denn?«

»Das mit dem Trinken. Ich glaub das nicht.«

»Stimmt. Er war trocken.« Frau Redepenning greift in ihre Handtasche und zieht ein floral gemustertes Stofftaschentuch heraus, in das sie schnäuzt.

»Aber er war betrunken, als er reingefallen ist, sagen die Angler, und die haben's von der Polizei gehört.«

»Ich weiß.« Frau Redepenning streicht sich mit dem Mittelfinger eine blonde Haarsträhne aus den Augen. Anschließend stopft sie das Taschentuch zurück und zieht nun eine Zigarette heraus, eine normale, keine extradünne oder so. Sie klemmt sie sich zwischen die Lippen, legt den Kopf leicht schief und lässt ein Feuerzeug klicken, ein kleines grünes, kein goldenes mit Gravur. Und nun gerät Frau Redepenning geradewegs ins Plaudern.

»Er war so komisch in den letzten Tagen. Ruhig, in sich gekehrt, nachdenklich, schwermütig«, sagt sie und pustet den Rauch aus. »Wissen Sie, ich hab mich gefragt, ob er krank ist und mir nichts davon gesagt hat, um mich nicht zu beunruhigen.« Helga nickt stumm. Sie fürchtet, dass Frau Redepenning beschlossen haben könnte, ihr Herz ein wenig auszuschütten. Das würde Helga nun wahrscheinlich doch überfordern. »Das könnte sein«, sagt sie, »geht mich aber auch nichts an.« Zum Glück können das elegante Menschen natürlich, merken, wann die Dinge zu privat werden. Und so lenkt Frau Redepenning auch gleich ein: »Das stimmt, jetzt reden wir hier so ... Ich kenne Sie gar nicht, nur so vom Sehen, und was man so hört.«

»O ja. Verzeihung. Helga Heidenbluth.« Helga macht einen kleinen Knicks. Diese dämlichen Übersprunghandlungen. Was das auch immer soll!?

»Ich weiß Ihre Anteilnahme zu schätzen«, sagt die Witwe.

»Ja, es beschäftigt mich nur wegen ... na, wegen diesem

Gerede, da hab ich was dagegen, weil Herr Redepenning, ihr Mann, den fand ich immer nett, und der war auch immer nett zu uns, trotz Gerede, und darum hab ich was gegen Gerede weil …« Helga zögert, da übernimmt Frau Redepenning: »Weil Sie selbst von einem Afrikaner vergewaltigt, geschwängert und sitzen gelassen wurden und Ihr Sohn, der Mulatte, nach Hamburg gezogen ist, um auf der Reeperbahn Drogen zu verticken, stimmt's? Eigentlich kenne ich Sie doch ganz gut.«

Nach einer kleinen Schrecksekunde lächeln sich beide mit allergrößter Sympathie füreinander an. Völlig losgelöst von allen Gewohnheiten, zückt Helga ein Kärtchen, ein Werbegeschenk ihres Optikers. Zehn persönliche Visitenkarten in einem kleinen Brillenetui hatte es neulich als kleines Dankeschön für jahrzehntelange Treue gegeben. Helga hatte sie eingesteckt für den Fall, dass sie mal in einen Auffahrunfall verwickelt sein könnte und sich das zittrige Aufschreiben der Kontaktdaten ersparen wollte. So ähnlich ist es jetzt ja auch gekommen. Das gerade war wie ein Auffahrunfall. Vera Redepenning nimmt das Kärtchen entgegen und steckt es souverän zu den Tabletten und der Zigarettenschachtel in die Handtasche, sodass Helga sich fast nicht einmal blöd vorkommen muss. Dann verabschieden sich die beiden und wünschen sich gegenseitig *Alles Gute*!

Beschwingt, als hätte sie auf dem Pausenhof eine neue Freundschaft geschlossen, auf die sie es schon lange abgesehen hatte, läuft Helga in zehn Minuten zurück zur Hafeninsel, wo sie ihr Auto verkehrsgerecht in einer ausgewiesenen Parkfläche abgestellt hat. Inzwischen haben sich noch ein paar mehr Angler zu Gudrun auf die Mole gesellt. Helga schaut auf die Uhr. Die Stunde, die sie ihrer Großcousine zugestanden hat, ist längst vorbei. Über Rügen ist der Himmel nun von Angelrouten und Segelmasten längs durchzogen. Und oben, im Aprilhimmel, quert ein weißer Kondensstreifen das klare Hellblau.

Ebenso geradlinig steuert Helga ihr Auto an. Schon von Weitem sieht sie etwas unter dem Scheibenwischer flattern. Manchmal erlauben sich die Kollegen einen Spaß, aber sie befürchtet, dass Martin mal wieder eine kleine Notiz hinterlassen hat. Vor einiger Zeit hat er damit angefangen. *Wünsche dir einen guten Tag* oder *Ohne Regen kann nichts erblühen* – solche Dinge klemmt er ihr ans Auto. Aber das ist nicht Martins Schrift, sieht sie sofort, als sie den Zettel unter dem Wischerblatt herauszieht. Jemand hat sich ganz viel Mühe mit Druckbuchstaben gegeben. Die Kugelschreiberstriche sind mehrfach nachgezeichnet, was für eine halb leere Mine oder aber auch für ziemlich viel Wut sprechen könnte.

»MULATTEN-MUTTI, HALT DICH AUS DINGEN RAUS,
DIE DICH NICHTS ANGEHEN!«

Helgas Hände zittern. Das hat sie aber lange nicht gehabt. In England soll es am schlimmsten sein. Da sind Politessen angeblich den fiesesten Beleidigungen und Angriffen ausgesetzt. Normalerweise steckt sie Beleidigungen gut weg. Hat sie im Wochenendworkshop gelernt, wie man mit aggressiven Verkehrsrowdys umgeht. Aber wenn jemand ihren Sohn beleidigt, da wird Helga wie alle MUTTIS schweinewütend. Wenn sie den Idioten erwischt, dann zieht sie ihm die Flaschenpost über die Rübe.

Aufgewühlt wie die Ostsee in Binz, als Helga das letzte Mal am zweiten Weihnachtsfeiertag mit Tobi dort spazieren war, hat sie das Bedürfnis, ihren Sohn anzurufen. Normalerweise hält sie sich zurück, sie weiß ja, dass er sein eigenes Leben hat, viel zu tun, Arbeit, Alltag, Partnerschaft, Freunde und jetzt auch noch die Hochzeitsvorbereitungen obendrauf. Aber wenn MUTTIS Herz von lauter Gischt überzuschäumen droht, dann hilft es ja alles nichts, dann muss das Kind einen Anruf ertragen. Helga lehnt sich gegen die Motorhaube und wählt Tobis Nummer. Sie lässt es klingeln, bis der Anrufbeantworter um eine Nachricht nach dem Signalton bittet.

»Ja, ich bin's, Mama. Ach, nichts Besonderes, wollt nur mal horchen, wie es geht, ob's was Neues zu berichten gibt. Bei mir ist alles okay, auch nichts Neues, ach, na ja, ein bisschen was ist doch, aber das erzähl ich dir mal in Ruhe, wenn wir uns sehen. Es gibt nämlich keine Kippers mehr, wenn du kommst. Redepenning ist tot, aber die gibt's bestimmt auch woanders. Mach dir da keinen Kopp. Also mein Liebling, ich hoffe, es geht dir gut.« Sie schmatzt noch einen Kuss in das Handymikrofon und legt auf. Anschließend steigt sie in ihr Auto, weiß nicht, wohin mit dem Wisch von der Windschutzscheibe, und schiebt ihn erst mal auf das Armaturenbrett.

Auf dem Weg zu ihrem Freund Theo rutscht das Blatt in einer starken Linkskurve auf der Beifahrerseite runter in den Fußraum. Eine halbe Stunde später steht ihr bester Freund Theo mit seinen Schuhen darauf, und das Ding ist fast vergessen, so wie alle anderen Dinge, die seit geraumer Zeit im Fußraum vor sich hin liegen; leere Keksverpackungen, Taschentücher, Aufladekabel fürs Handy, CD von Ina Müller und so weiter und so fort. Aber dann greift Theo doch noch danach.

»Was ist das denn?« Beinahe vorwurfsvoll guckt er Helga an, als hätte sie sich den selbst geschrieben.

»'n Schmierzettel.«

»Seit wann bekommst du denn solche Schmierzettel?« Theo rollt das Blatt zusammen und trommelt damit nervös auf seinen Oberschenkel.

Helga zuckt mit den Schultern. »Ach, so was hör ich doch jeden Tag. Macht sich nur nicht so oft jemand die Mühe, das für mich auch noch aufzuschreiben.«

»Quatsch. Aufschreiben. Du hast doch nicht täglich mit Nazis das Vergnügen. Wer war denn das?«

»Weiß ich doch nicht!«, sagt Helga und zieht die Handbremse an.

Helga hat Theo mitnehmen müssen. Seine Frau Evelyn hat darum gebeten. »Nimm ihn bitte mit! Ich hätt hier gern mal zwei Stunden meine Ruhe.« Auch Theo hat erleichtert aufgeatmet, als er zu Helga ins Auto gestiegen ist. Theo und seine Frau lieben sich, zweifellos, aber auf ihre Art, und die ist gewiss nicht jedermanns Art. Auf eine ganz andere Art lieben sich Helga und Theo, auf eine freundschaftliche. Kurz darauf, bei Helga zu Hause, hebt Theo den Deckel des Kochtopfes hoch und zieht eine enttäuschte Flunsch. »Kein chi-chi für mich?«

Nur noch ein paar Jahre müssen sie durchhalten, bis die Zeitungsredaktion mit einem Blumenstrauß und einer Packung Pralinen vor der Tür stehen und um ein Foto für ihre Leserschaft bitten wird. Dem Foto wird ein kleiner Artikel über das rührselige Ereignis einer siebzig Jahre andauernden Freundschaft beigegeben. Die paar Monate Funkstille zwischen Helga und Theo würde man sicher unter den Tisch fallen lassen, war ja eigentlich auch kaum der Rede wert. Das erste Mal, das die beiden keinen Kontakt hatten, das waren nur ein paar Wochen. Das war, als Theo mit neun Jahren seine erste Freundin hatte und die ihm den Kontakt zu Helga unter Androhung einer perfiden Strafe verbat. Das längste Mal waren fast anderthalb Jahre – Theo war in der Armee an der Grenze stationiert und hatte einen Staatsflüchtenden *übersehen*. Anschließend sollte er im Gefängnis herausfinden, was mit seinen Augen nicht in Ordnung war, und dabei durfte niemand stören, auch Helga hatte man den Besuch untersagt.

»Mulatten-Mutti nimmt sich ein Bier. Willst du auch eins?«, fragt Helga während sie vor dem offenen Kühlschrank steht, der Kälte in ihr Gesicht haucht. Theo will. Und dürfen tut er auch. Zwei. Immer. Auch wenn er das abstreitet und tut, als dürfe er so viel Bier trinken, wie er will. Evelyn hat eine ziemlich genaue Vorstellung davon, welche Promillezahl ihm noch steht, und ab wann er anfängt, sich zum Gespött zu machen. Helga findet nicht, dass sich ihr Freund ab dem dritten Bier zum Gespött macht, im Gegenteil, er wird immer überzeugender, geradeheraus und bringt die Dinge in erstaunlicher Weise auf den Punkt.

»Apropos Mulatten-Mutti, du solltest dir so was wirklich nicht gefallen lassen«, findet Theo. »Das kann man doch anzeigen.«

»Ich bitte dich. Ich mach mich doch nicht lächerlich.«

Helga öffnet die Flaschen und lässt die Kronkorken auf den Tisch fallen. Einer kullert runter. Theo bückt sich stöhnend. Man wird älter. Und älter. Und vielleicht hat Theo recht, und ab einem bestimmten Alter muss man sich auch nicht mehr alles gefallen lassen.

»Höchstens, wenn es kein Zufall ist«, sagt Helga. »Dann sollte ich damit vielleicht schon zur Polizei.«

»Wie? Zufall?«, schnauft Theo, der wegen des Kronkorkens inzwischen ganz unter dem Couchtisch hockt und da nie wieder hochzukommen droht, wegen Kreuzbein und Meniskus.

»Wurscht!« Ihren Gedanken findet Helga noch lächerlicher als eine Anzeige wegen rassistischer Beleidigung. Sie traut sich nicht Theo zu erzählen, dass ihr das ein klitzekleines bisschen komisch vorkommt, dass sie ausgerechnet jetzt, wo sie angefangen hat, Fragen wegen Redepennings Unfall zu stellen, solche Nettigkeiten hinter den Scheibenwischer geklemmt bekommt. Wegen der *Mulatten-Mutti* muss es jemand sein, der sie kennt, aber jeder in Stralsund kennt sie und Tobias. Alle, die in Stralsund Ende der Achtzigerjahre nichts vom dunkelhäutigen Tobias gehört und gesehen haben, müssen mit dem Kopf im Ostseestrand festgesteckt haben.

»Apropos, hast du eigentlich mal von Hady gehört?« Mit schmerzverzerrtem Gesicht versucht sich Theo zurück auf das Sofa zu hieven. Kaum zu glauben, was für ein flinkes Wiesel Theo früher war.

»Er will zurück nach Kamerun«, sagt Helga, die erst vor anderthalb Wochen mit ihm telefoniert hat.

»Der letzte Mohikaner.«

»Auf jeden Fall der letzte Arzt in Afrika, der das freiwillig macht, von Kapstadt zurück nach Kamerun.«

Theo hat es zurück aufs Sofa geschafft und muss sich nun erst mal lang ausstrecken. »Und dein Gottesmann? Wie läuft's mit dem?«

»Klingt, als wär ich fünfzehn.«

»Ist man ja auch, wenn's um *so was* geht.«

»Theo, ich hab mich gefragt …« Helga grinst, bevor sie weiterspricht, weil jetzt doch eine etwas pikantere Frage folgen soll, was kein Problem ist, denn Theo mag pikante Fragen. »… dürfen Pfarrer überhaupt Sex haben, also so nebenbei, so außerhalb einer Ehe? Oder haben die da irgendwie Regeln und Gesetze, an die sie sich halten müssen und die das verbieten?«

»Google das doch mal«, schlägt Theo vor.

»Sex mit Pastoren?« Helga hebt die Zeitung auf dem Couchtisch etwas an. Aber da ist der Laptop nicht. Sie überlegt, wo sie ihn das letzte Mal abgelegt haben könnte.

Peng! Und wieder geht das Licht aus.

»Ach Mensch, Helga«, sagt Theo seufzend, »jetzt hol doch mal endlich 'nen Elektriker. Wir sind doch hier nicht in Afrika.«

»Jaja.« Helga sucht in der Küche unter leeren Einkaufstüten weiter und findet ihren Laptop schließlich im Schlafzimmer unter der zurückgeklappten Bettdecke. Während Theo die Sicherung wieder reindrückt, bringt Helga googlend in Erfahrung, dass die katholischen Priester die mit dem Zölibat sind und die evangelischen Pastoren tun dürfen, was sie mit ihrem Gewissen vereinbaren können.

»Und es gibt sogar alleinerziehende Pfarrerinnen und Homos und alles«, verkündet sie erfreut. Da rechnet sie sich jetzt wirklich Chancen aus.

»Und welche mit Negern?«, fragt Theo spitz.

»Ja, alles, sogar … Neger.« Theatralisch hält sich Helga die Finger vor den Mund, als hätte sie aus Versehen was ganz Verruchtes von sich gegeben.

Prösterchen

Ob die überhaupt eine Genehmigung haben?, fragt sich Helga am nächsten Vormittag. Es ist wieder aufgefrischt, wie man so sagt, und die Leute ziehen sich die Reißverschlüsse ihrer Jacken bis unters Kinn.

Helga findet es eine Unsitte, fremden Menschen Zettel in die Hand zu drücken, wo draufsteht, was sie wo und wann kaufen sollen. Ihrer Meinung nach sollte das Flyerverteilen ganz verboten werden, aber solange nichts auf dem großen Parkplatz auf dem Neuen Markt verteilt wird, ist das leider nicht Helgas Bier. Dass es sich bei der Flyeraktion tatsächlich um Bier handelt, erfährt Helga, als sie die Hände nicht schnell genug wegziehen kann und auch so einen Flyer in die Hand gedrückt bekommt.

Widerwillig neugierig wirft sie einen Blick darauf. Sie soll gar nichts kaufen, sondern zur Anti-Rassismus-Aktion der Brauerei kommen. Die plant ein Benefizkonzert mit »vielen bekannten Gesichtern der Schlagerwelt«. Zwar ist Helga im entsprechenden Alter, aber mit *Und jetzt alle!* Klatsch-Klatsch-Klatsch und Rummsdidumms und jetzt noch mal – Tonartwechsel! – kann sie gar nichts anfangen. Sie zerknüllt den Flyer und wirft ihn in den nächsten Mülleimer, als sie die arme Renate Hasselbach entdeckt, die sogar als Braumeisterin dazu abkommandiert worden ist, Publikum für die Veranstaltung zu rekrutieren. Verschämt streckt sie einer Oma einen Flyer entgegen, die zurückweicht und dabei ihre Handtasche fest umklammert.

»Habt ihr denn eine Genehmigung?«, fragt Helga ihre Chorkollegin Renate.

»Na, aber sicherlich.« Renate hält auch ihr einen Flyer entgegen. Helga macht eine abwehrende Handbewegung. »Hab schon.«

»Willst du jetzt etwa die Genehmigung sehen?«

»Nee, ist okay.«

»Das wird bestimmt ganz spaßig«, glaubt Renate. »Wir haben 'nen richtig Berühmten engagiert.«

»Einen?«, wundert sich Helga. »Ich denke, ihr habt viele bekannte Gesichter ...«

»Na ja, je nachdem, wie man sich halt auskennt. Wer in den letzten dreißig Jahren keine Schlagersendung verpasst hat, könnte den ein oder anderen schon mal gesehen haben.« Renate lacht und stellt sich näher an Helga ran. Sie riecht wieder so nach Malz. »Mit Schlager kannste mich jagen!«, flüstert sie.

»Ja, mich auch.«

»Blanker Aktionismus. Wie die Sache mit dem Riesenrad.« Renate versucht ihre Locken zu bändigen, indem sie einmal alle in die Hände nimmt und zum Zopf dreht. Kaum lässt sie los, bersten sie in ihrer unbezähmbaren Art wieder auseinander.

»Wat 'n für 'n Riesenrad?«

»Noch so eine, die keine Zeitung liest!«, stöhnt Renate und klärt Helga über die Pläne ihres Arbeitgebers auf: »Die Brauerei will doch auf der Hafeninsel ein Riesenrad aufbauen. Fünf Runden Stralsund von oben genießen und anschließend unten Bier, bis sich's im Kopf weiterdreht. So stellen die sich das vor. Und jetzt, wo Redepenning tot ist …«

»Was hat der damit zu tun?«

»Na, der war doch in der Bürgerschaft und war gegen ein Riesenrad auf der Hafeninsel, angeblich wegen Weltkulturerbe und der Silhouette und so, dass man die nicht zerstört mit so einem Rummelteil. Ich meine, zuerst waren auch alle gegen den Museumsneubau auf der Hafeninsel wegen der Silhouette und allem, und jetzt platzen sie alle vor Stolz wegen diesem weißen Teil. Na ja, jedenfalls, jetzt, wo der tot ist, kann's nicht mehr lange dauern, bis das Riesenrad steht.«

Gedankenverloren nimmt Helga Renate nun doch noch einen Flyer ab. »Wusste gar nicht, dass Redepenning in der Bürgerschaft war.«

»Na, was denkst du? Dass man noch irgendwo Politik und Wirtschaft trennt so wie Staat und Kirche? Pff.« Renate schüttelt den Kopf. »Wenn du mich fragst, hat er uns den wirtschaftlichen Erfolg missgönnt, darum wollte er auch das Riesenrad nicht. So sind reiche Leute, Geschäftsleute. Haben immer Angst, dass nicht genug für alle da ist.« Renate schüttelt verständnislos den Kopf, während ein blutjunger Kollege ihr gleichzeitig übermütig auf die Schulter haut. »Ey Reni, nicht quatschen, verteilen!«

Helga fühlt sich beim Pausemachen ertappt. Für sie gilt nämlich das Gleiche. Nicht quatschen, verteilen!

Weil Renate gerade das Weltkulturerbe erwähnt hat, fallen Helga hinter den falsch geparkten Autos die hübschen mittelalterlichen Giebelhäuser ihrer Heimatstadt auf, für die sie sonst beim Knöllchenverteilen kaum noch ein Auge hat. In so einem stattlichen Kaufmannshaus aus Backstein hätte Uwe Redepenning sicher auch gewohnt, wenn er vor ein paar Hundert Jahren so ein erfolgreicher Kaufmann gewesen wäre. Und das wäre er bestimmt gewesen, denn das Kaufmannsgen hat man bestimmt im Blut. So wie Helga im Blut zu haben scheint, wenn einer was zu verbergen hat. Es ist aber vielleicht auch kein Hexenwerk zu erahnen, wessen Parkschein schon seit zehn Minuten abgelaufen ist. An der Art, wie verschreckt manche Leute den Blick senken, sobald sie die uniformierte Helga entdecken, merkt man es doch gleich. Helga kennt aber auch die verräterischen Blicke von Hundebesitzern, die wie gleichgültig an ihren Tieren vorbeistarren, während die ihre Haufen verrichten. So eine Hundebesitzerin hat Helga jetzt auf dem Kieker, und sie hat sich nicht getäuscht. Nachdem der Hund sein Geschäft auf dem schmalen Grünstreifen an der Stadtmauer erledigt hat, setzen Tier und älteres Frauchen unbekümmert ihren Weg fort.

»Entschuldigen Sie mal!«, ruft Helga mit kräftiger Stimme. Eine Handvoll Leute fühlen sich angesprochen, aber Frauchen und Hund scheren sich nicht. Helga beschleunigt ihre Schritte und ist jetzt schon genervt von der anstehenden Diskussion über die Kotbeutelbenutzung. Wahrscheinlich wird die Dame, wie so oft schon gehört, uneinsichtig argumentieren, dass die Plastikbeutel ein größeres Umweltproblem seien als ein Kothaufen, der sich selbst zersetzt.

»Hallo«, ruft Helga noch mal, als plötzlich ihr Telefon klingelt. Tobias hat sich bisher noch nicht zurückgemeldet. Sie bleibt stehen und zieht ihr Handy aus der Jackentasche. Eine unbekannte Nummer verrät auf den ersten Blick nur so viel: Es ist nicht ihr Sohn, nicht Hady. Und auch nicht Theo. Helga muss sich entscheiden, Anruf annehmen, auch auf die Gefahr hin, dass es nur der Getränkelieferdienst oder die Zahnarztpraxis wegen einer Terminänderung ist, oder der Hundedame das Bußgeld wegen eines unbeseitigten Kackhaufens abknöpfen. Sind immerhin fünfunddreißig Euro. Und für die Statistik wäre es nicht unerheblich, schließlich erwischen Helga und ihre Kollegen viel zu selten jemanden auf frischer Tat, und dann heißt es wieder, dass sich niemand um das massive Hundekotproblem kümmert. Und mit niemand ist das Ordnungsamt gemeint, denn das ist ja zuständig.

»Heidenbluth, ja bitte?« Helga sieht den Hund hinter der nächsten Giebelhausecke verschwinden.

»Hallo, hier ist Vera Redepenning.«

»Wer? Ach so. Hallo.«

»Entschuldigen Sie bitte.«

»Was denn?«

»Dass ich Sie einfach so anrufe.«

»Bin doch selber schuld«, sagt Helga, »ich habe Ihnen ja meine Nummer gegeben.«

Ein leises Grunzen auf der anderen Seite der Leitung. Helga muss jetzt auch grinsen, doch dann fährt Frau Redepenning mit belegter Stimme fort: »Ich weiß nicht, wen ich sonst anrufen soll. Ich habe hier ein kleines Problem.«

»Was denn?«

»Ich habe was gefunden, was Seltsames. Ich weiß nicht, mit wem ich drüber reden kann. Ich meine, ich könnte vielleicht zur Polizei, aber wahrscheinlich lachen die mich aus. Und unsere Freunde … wir haben nicht viele Freunde, und ich will damit auch nicht … ich weiß nicht, ich finde das unpassend.«

Helga wurde noch nie von jemandem angerufen, der nicht wusste, wen er sonst anrufen kann. Noch nicht mal Theo hat jemals auf diese Weise ein Telefonat begonnen. Man stellt sich das ja manchmal vor, wie es wäre und was man dann sagen würde, aber im normalen Leben passiert das für gewöhnlich nicht, und Helga kennt vermutlich auch gar nicht solche Leute, die nicht wissen, mit wem sie über *unpassende* Dinge reden sollen. Trotzdem versucht sie, so souverän wie sie kann zu klingen.

»Worum geht's denn?«

»Ja, das würde ich Ihnen eben gerne mal zeigen. Ich weiß, das ist jetzt noch … ähm … merkwürdiger als dieser Anruf, aber ich möchte Sie bitten, mal zu mir nach Hause zu kommen.«

»Oh.« Helga schluckt.

»Also, wenn Ihnen das gar zu blöd ist, können wir uns auch woanders treffen.«

»Nein, nein. Klar. Nach Feierabend und Physio, so gegen 17:45 Uhr könnt ich kommen.«

Vera Redepenning gibt Helga ihre Adresse am Jungfernstieg und beendet das Telefonat, indem sie einfach auflegt. Helga starrt auf ihr Handy und verzieht den Mund. O Gott, ihr Alltag scheint völlig außer Rand und Band zu geraten, nur weil sie mal drei Schritte abseits ihrer üblichen Trampelwege gemacht und Vera Redepenning aus Jux und Dollerei verfolgt hat. Oder wegen diesem komischen Gefühl, was Redepennings *Unfall* betrifft. Und schon wird sie von wildfremden Frauen angerufen, die mit ihr über unpassende Dinge reden wollen. Am liebsten würde Helga alles stehen und liegen lassen und sofort hin, aber da muss sie einsehen, dass sie sich in Wirklichkeit nicht im Wilden Westen befindet, sondern in ihrer Uniform in Stralsund, wie eh und je, und erst mal den Dienst zu Ende bringen und sich anschließend um ihre chronischen Nackenschmerzen kümmern will. Ordnung muss sein!

Der Nacken verspannt sich gleich noch dreimal, als Helga die Hand auf die Türklinke der Praxis legt, während sie von der anderen Seite bereits entschlossen heruntergedrückt und die Tür aufgestoßen wird.

»Huch!«, entfährt es ihr, als hinter der sich öffnenden Tür plötzlich Pastor Wilhelm erscheint. Ihr hat's erst mal die Sprache verschlagen, ihm zum Glück nicht: »Da geben wir uns hier ja sprichwörtlich die Klinke in die Hand, was?«, freut er sich. Schleudergang, Herz im Galopp, übermäßige Freude, Glücksgefühle hoch eintausend, am Rande fürchterlicher Übersprunghandlungen. Ruhig einmal ausatmen und dann: »Ja, im Moment meint es das Schicksal gut mit uns.« Wie verräterisch das war, fällt Helga sogleich selber auf. Sie wird rot. Auch das noch. Aber Pastor Wilhelm nickt. »Das ist wohl wahr«, sagt er. Helga versucht sich zu konzentrieren. Ob er das eben wirklich so gesagt hat oder vielleicht eher: *Ich weiß nicht, was Sie meinen.* Oder: *Nun übertreiben Sie mal nicht.* Ihr geht der Moment viel zu schnell vorbei, denn schon ist Wilhelm beim nächsten Schritt, also bei der Verabschiedung. »Na, viel Spaß da drinnen«, sagt er, während er sein Kinn Richtung Schulter dreht. Hinter ihm befindet sich der Anmeldetresen der Physiotherapie. »Danke. Und bis …«, Helga zuckt mit den Schultern, »nachher oder morgen …« Und dann kichert sie infantil, hat es einfach nicht unter Kontrolle.

»Genau! Bis bald.« Pastor Wilhelm nickt und schiebt sich an Helga vorbei. Ihre Arme berühren sich. Manchmal riecht er nach Zigaretten, obwohl er, soweit sie weiß, gar nicht raucht. Helga betritt die Praxis, ziemlich durch den Wind. Die Massage kann sie gut gebrauchen. Nach dieser Begegnung ist ihre Nackenverspannung mehr als akut. Vier Massagetermine hat sie noch. Es war gar nicht so leicht, die Therapeutin für klassische Massagen zu begeistern. Und was sie Helga alles aufschwatzen wollte – manuelle Lymph-irgendwas und Kinosio-irgendwie oder so ähnlich.

Während sich Helga von Frau Roth durchkneten lässt, kann sie nicht aufhören an Wilhelm zu denken. »Wusste gar nicht, dass der Pastor auch bei Ihnen …«

»Hüftgelenk«, unterbricht Frau Roth sofort.

»Aha. Ich finde ihn ja sehr nett«, hört sich Helga sagen. Die Physiotherapeutin schnauft. Da Helga durch ein Loch in der Massageliege gezwungen ist, auf den Fußboden zu gucken, kann sie nicht einschätzen, ob das ein verächtliches, ein belustigtes oder nur ein angestrengtes Schnaufen war. Frau Roth massiert eine Weile stumm weiter, bevor sie fragt: »Waren Sie nicht mal mit dem … ähm …«

Helga lässt verunsichert die Augen hin und her wandern, weil der Rest von ihr ja liegen bleiben muss. Was hat die eben gesagt?

»Na, liiert oder so was?«, beendet die Therapeutin ihren Satz und drückt ordentlich aufs Kreuzbein.

»Nein. Nie. Gar nicht. Wie kommen Sie denn darauf?«

»Hab ich mal gehört. Mir isso. Verwechsel Sie aber vielleicht mit … mit … na, wie heißt sie doch gleich… na ja, komm ich jetzt nicht drauf. Ist ja auch egal.«

Egal?? Helga würde zu gerne wissen, mit wem Pastor Wilhelm mal liiert gewesen sein soll. Wie kommt Frau Roth nur darauf, dass es egal sein könnte?

»Ach nee«, beginnt sich Frau Roth zu erinnern und lässt ihre Hände kurz ruhen. »Dat war anders. Der wollt doch früher immer wat von Ihnen.«

»Nein, eigentlich nicht.«

»Doch, haben se doch alle erzählt, damals, als Ihr afrikanischer Freund wieder weg ist, da hat er sich doch …«

»Er hat sich ein bisschen um meinen Sohn gekümmert, das ja, also in der Kirchengemeinde, wo sich Tobias immer sehr wohlgefühlt hat, aber wir hatten nie … also wir …« Allein die Vorstellung, sie wären liiert gewesen, versetzt Helga in einen angenehmen Aufruhr.

»Wie geht's denn Ihrem Herrn Doktor?«

Helga vermutet, dass sich Frau Roth nach Tobias erkundigt und nicht nach Hady oder ihrem Zahnarzt. Während Frau Roth jetzt für einen Augenblick ganz von ihr ablässt, um einen Schluck Wasser aus einer kleinen Plastikflasche ohne Etikett zu trinken, erzählt Helga, dass es Tobias gut geht und er nächstes Jahr heiraten wird. Den Rest verkneift sie sich. Dass Tobias zu den jüngsten Neurochirurgen Deutschlands gehört und Kindern erfolgreich einen Hirntumor nach dem anderen herausoperiert, hat sich ja inzwischen rumgesprochen, auch wenn alle so tun, als wüssten sie nichts davon. Und Helga will nicht angeberisch wirken. Ob Tobias selbst mal Kinder haben wird, fragt sie sich beim Blick durch das Loch in der Massageliege. Da unten schreitet ein Weberknecht gemächlich über das Linoleum. Früher, da hatte man in Tobias' Alter schon zwei schulpflichtige Kinder, aber heutzutage ... Früher wäre er aber auch nicht zum Studieren nach Heidelberg und zum Arbeiten nach Hamburg gekommen. Wenn alles weiter seinen Gang gegangen wäre, wie es damals so ging, hätte Tobias vermutlich nicht mal studieren können, dazu hat er sich viel zu wohl in der Kirche bei Pastor Wilhelm gefühlt. Die Kirche hatten sie nicht so gern im System.

Ob Helga den Pastor einfach mal fragen sollte, wegen einer gemeinsamen Tasse Kaffee, privat? »Schön locker lassen«, sagt Frau Roth und hämmert ihre Handkanten auf Helgas Schulterblätter. Helga fasst einen Entschluss. Wenn der Alltag so oder so schon aus den Fugen geraten ist und es nicht mehr ganz so darauf ankommt, ist so was ja auch leichter. Sie will Wilhelm einfach mal fragen, ob er mit ihr ein Stück Kuchen essen möchte. Der Gedanke an Bienenstich mit Wilhelm ist so aufregend, dass Helga nach der Physiotherapie vor Schreck gleich noch in den Friseursalon nebenan stolpert. Nach weniger als zwanzig Minuten beendet der Friseur sein Werk mit den Worten: »Na, irgendwann will man auch mal wat anderes, ne?!« Helga nickt zustimmend, während sie in den Spiegel schaut, dabei hat sie das Haar eigentlich wie immer, schulterlang und seitengescheitelt.

Frisch frisiert und zu allen Schandtaten bereit, schließt Helga ihre Wohnungstür auf, als ihr Vera Redepenning wieder einfällt. Vor lauter Pastor und Bienenstich hätte sie den Anruf der Witwe fast vergessen. Sie guckt auf die Uhr, schon zehn nach sechs. Mist. Es vergehen weitere Sekunden, in denen Helga überlegt, ob sie Frau Redepenning Bescheid geben oder sogar absagen sollte, aber vielleicht wäre das auch ein bisschen übertrieben, ist ja kein Geschäftstermin, sondern ein … was auch immer das ist. Aber etwas Verspätung sei ihr zugestanden.

Feudal ist das erste Wort, das ihr einfällt, als sie vor Redepennings Adresse steht, eine Art Würfelhaus, viel zu groß für eine Person, auch für zwei furchtbar übertrieben, schneeweiß, elegant. Wenn man dem noch einen Hut aufsetzen würde, könnte man meinen, das muss so sein. Dass es so was in Stralsund gibt!? Vera Redepenning bittet sie herein. Die Witwe sieht verschnupft aus, wahrscheinlich verheult.

»Tee? Espresso?«

Helga schaut sich um. Ob hier irgendwo im Feudalen eine Putzfrau feudelt?

»Frau Heidenbluth?«

»Ach«, Helga versucht sich zu konzentrieren. Sie vermutet freie Auswahl und bestellt eine Apfelsaftschorle, aber da muss Frau Redepenning passen. Dann nimmt Helga gerne Tee, »wat Kräutriges«. Den Tee macht Frau Redepenning offenbar selbst. Sie bietet Helga einen Platz auf dem Sofa an, das sie mit Sicherheit nicht im Möbelmarkt an der Schnellstraße Richtung Greifswald erstanden hat, und verschwindet in einem anderen Raum. Helga schaut sich indes weiter um und versucht, dabei keine Geräusche zu machen. Langsam bewegt sie den Kopf erst nach links, dann nach rechts. Und dann kriecht Helga eine leise Sehnsucht unter die Haut, so leben zu können, nicht unbedingt in so einem Haus, aber so aufgeräumt, geputzt und alle elektrischen Leitungen in bester Ordnung.

Bedächtig setzt Vera Redepenning ihre Schritte, um nichts zu verschütten. Die Teetasse klappert auf der Untertasse. In der anderen Hand trägt sie ein Glas Wasser, in dem sich eine Sprudeltablette auflöst, Vitamine oder Aspirin oder vielleicht auch ein Beruhigungsmittel. Vorsichtig stellt sie Tasse und Glas auf einem runden kniehohen Tisch ab. Dann bemüht sie sich um ein Lächeln, während sie neben Helga auf ihrem petrolfarbenen Sofa Platz nimmt, vorne an der Kante, die Beine übereinandergeschlagen. Helga rückt ein Stück. Muss schlimm sein, denkt sie, seinen Ehepartner zu verlieren. Man ist es gewohnt, dass da noch jemand sitzt, und wenn der dann nicht mehr da ist, dann fällt's einem schon ziemlich auf. Hat alles immer zwei Seiten, auch die Ehe, auch das Singledasein.

»Entschuldigen Sie bitte, dass ich Sie belästige.« Vera Redepenning wirkt angespannt.

»Ach.« Helga macht eine abfällige Handbewegung. »Das belästigt mich nicht«, sagt sie, obwohl sie Redepennings Anliegen ja noch gar nicht kennt. Aber inzwischen ist sie gespannt wie ein Flitzebogen. Was sie ihr wohl Unpassendes zeigen will?

»Manche Dinge kann man besser mit Fremden besprechen«, sagt Frau Redepenning, als hätte sie, was das betrifft, Erfahrung. Helga käme nie auf die Idee, persönliche Dinge mit Fremden zu besprechen. Könnte sie vielleicht mal ausprobieren. Sie schielt auf das Schälchen mit den kandierten Früchten, will sich aber nicht so ungefragt bedienen.

»Sie haben gesagt«, fährt die trauernde Witwe fort, »dass Ihnen Uwes Tod seltsam vorkommt, dass Sie nicht glauben, was geredet wird, und, na ja, ich habe Sie so verstanden, dass Sie es für möglich halten, dass es nicht unbedingt ein Unfall gewesen sein muss.«

Helga nickt. Ihr Herz hämmert, dass ihr kurz ein bisschen schummerig wird. Sie hat plötzlich Zweifel wegen ihrer Zweifel. Wenn Frau Redepenning das so ausspricht, hört sich das doch ein wenig grotesk an, *vielleicht kein Unfall.*

»Er hatte sich die letzten drei, vier Wochen verändert, war bedrückt und ernst. Zwar hatte er immer mal depressive Phasen, aber dieses Mal hat sich das anders angefühlt als sonst. Auch wenn er nicht gut drauf war, hatten wir normalerweise immer viel zu lachen.«

Kann sich Helga vorstellen, wenn sie sich hier umguckt. Wer so lebt, hat wirklich gut lachen. Sie schämt sich aber sofort für ihren missgünstigen Gedanken.

»Er hat nicht wieder angefangen zu trinken«, glaubt Vera Redepenning.

»Aber dass er betrunken war, als er ins Hafenbecken fiel, das stimmt doch, oder?«

»Ich bin jede Nacht neben meinem Mann eingeschlafen. Seit acht Jahren hat er keinen Alkohol mehr angerührt. Ich habe davor, mehr als doppelt so lange, neben einem Trinker geschlafen. Ich kenne und ich rieche den Unterschied.«

»Aber an dem Abend hatte er Alkohol im Blut, oder? Hab ich so gehört, ich meine, muss ja nicht …«

»Hier, den habe ich gefunden.« Vera Redepenning greift nach einem Brief, der auf einer haselnussbraunen Kommode mit storchschlanken Beinen liegt. Sie drückt ihn Helga in die Hand. Verunsichert dreht sie ihn hin und her. Soll sie ihn aufmachen?

»Lesen Sie ihn bitte«, fordert Vera Redepenning. Sie steht auf und geht zu einem Teewagen, wo sie sich bernsteinfarbenen Cognac in ein kleines Glas gießt. »Möchten Sie auch einen? Jetzt, wo mein Mann … da habe ich mir den hier …«

Helga schüttelt den Kopf und zieht eine Karte aus dem geöffneten Umschlag. *Liebster! Es ist schon lange wahr – ich liebe dich. Deine Heimlichkeit.*

Helga verzieht das Gesicht, als hätte sich mal wieder ein harter Krümel in ihr wundes Zahnfleisch gebohrt. »Tja«, sagt sie.

»Nein, nein.« Die Witwe schüttelte den Kopf. »So war er nicht.«

»Wie?«

»Mit anderen Frauen. Der hatte keine Liebschaft. Treue und Loyalität waren Uwe immer das Wichtigste.«

»Aha.«

Vera Redepenning scheint zu ahnen, was Helga denkt, weil das jetzt natürlich jeder gedacht hätte. Ist ja auch der Klassiker, von anderen Treue und Loyalität zu erwarten und gleichzeitig seinen eigenen Ansprüchen nicht gerecht zu werden.

»Nein, wirklich«, Vera Redepenning besteht darauf. »Uwe hatte ganz bestimmt keine Liebhaberin.«

»Klingt aber so, ne?«

»Ja, darum zeige ich Ihnen das. Ist wirklich seltsam.«

»Man will das als Ehefrau nicht … aber …«

»Uwe war impotent. Der konnte gar nicht …«

»Aber heutzutage, da kann man doch diese blauen Dinger nehmen. Und außerdem: man muss ja nicht immer unbedingt … trotzdem kann man ja … wenn Liebe im

Spiel ist …«, eiert Helga herum, aber das war ihr jetzt eindeutig viel zu viel Info.

»Da war nichts«, unterbricht die Witwe, »Uwe hatte keine *Heimlichkeit.*«

Helga schaut noch mal auf den Brief. »Da steht nur Liebster«, sagt sie. »Vielleicht ist der Brief gar nicht für Ihren Mann gewesen.«

»Ich habe ihn in seiner Jackentasche gefunden.«

»Vielleicht für einen Freund. Vielleicht sollte er der Überbringer der guten Nachricht sein.«

Aber auch von der Theorie hält Vera Redepenning wenig. »So einen Freund hatte er nicht.«

»Hm.« Nun weiß Helga auch nicht weiter. Sie hat keinen blassen Schimmer, worauf die Witwe hinauswill, was sie überhaupt von ihr will. Vielleicht ist sie einsam und braucht bloß etwas Gesellschaft? Vera Redepenning trinkt ihr Glas Wasser mit Sprudeltablette. Danach einen Schluck Cognac. »Also, falls Sie was hören, Ihnen irgendwas auffällt, Dinge, die nicht zusammenpassen, so wie dieser Brief hier, ich wäre Ihnen dankbar, wenn Sie mich auf dem Laufenden halten. Vielleicht haben Sie ja recht und …«

Ach, so ist das! »Mach ich.« Helga nickt. *Auf dem Laufenden halten,* das klingt ja, als hätte Helga den Fall Uwe Redepenning offiziell als Ermittlerin übernommen. Sie schlürft den heißen Tee. Dieser Fehler ist ihr schon öfter passiert. Eigentlich weiß sie, dass man sich in solchen Situationen nicht auf einen Tee einlassen darf. Der hält einen mit seiner untrinkbaren Temperatur gefangen, wenn man eigentlich losmöchte. Ihre Zunge hat sie sich bereits verbrannt, der Gaumen hat auch schon eine Blase. Mehr kann Helga mit dem Tee eigentlich kaum noch ruinieren, doch stößt sie mit der Tasse zu allem Überfluss auch noch gegen die Tischplatte aus Glas. Aber zum Glück passiert nichts. »Bevor ich hier noch mein übliches Chaos anrichte, gehe ich lieber«, sagt Helga und erhebt sich. Die Witwe hält sie nicht auf. Sie bedankt sich noch mal für das Kommen und entschuldigt sich ein weiteres Mal für die *komischen Umstände.*

Auf dem Heimweg ärgert sich Helga über ihre *Unprofessionalität.* Sie hätte Vera Redepenning zu den Machenschaften ihres Mannes befragen sollen, Bürgerschaft, Lizenzen und diese Dinge. Wenn schon als Ermittlerin unterwegs, dann doch bitte richtig.

Fast wäre Helga gedankenversunken an ihrem Briefkasten vorbei die Treppe hoch in ihre Wohnung gestiegen. Aber dann sieht sie es doch noch aus dem Augenwinkel: Jemand hat ihren schneeweißen Briefkasten mit einem schwarzen Edding »verschönert«. *Blöde Negertussi, kümmer dich um deinen eigenen Scheiß.* Inhaltlich findet Helga das im ersten Moment weniger verstörend als die Vorstellung, einige Nachbarn könnten das bereits gelesen haben. Hektisch läuft sie zum Briefkasten und versucht das Problem mit Spucke zu lösen. Quietschend schiebt sie ihren Daumen über die Worte, aber Spucke hilft hier nicht weiter. Sie eilt in ihre Wohnung und durchkramt die Schubladen der Badkommode nach Nagellackentferner. Aber in ihren Schubladen lässt sich nie irgendwas finden, da ist immer alles und nichts, kein Wald vor lauter Bäumen. Das liegt bestimmt daran, dass niemand Gesetze und Regeln für ihre Schubladen erlassen hat, an die sie sich halten kann.

Als Helga durch ihre geöffnete Wohnungstür unten die

Haustür ins Schloss fallen hört, hält sie vor Schreck inne. Sie schleicht aus ihrer Wohnung und lehnt sich vorsichtig über das Treppengeländer. Frau Nachbarin Hummelt. Helga zieht schnell den Kopf zurück und geht Schritt für Schritt leise rückwärts, bis sie hinter sich die Wand spürt. »Na, in welchen Scheiß haben Sie Ihre Nase gesteckt, Frau Heidenbluth?« Helga erstarrt, dann macht sie vier schwungvolle Schritte zurück ans Geländer und beugt sich hinüber. »Tach, Frau Hummelt«, ruft sie betont fröhlich runter. »Na, Sie wissen doch, wenn man nur nachfragt, wie es einem geht, hat man sich schon ein bisschen zu viel eingemischt.«

»Wenn Sie meinen.« Frau Hummelt klingt gleichgültig, als sie ihren eigenen Briefkasten öffnet. Aber natürlich ist ihr die Schmiererei alles andere als egal. Das bringt bestimmt richtig Schwung in ihr Leben, kann sie nachher gleich noch ein paar Leute anrufen.

»War ja nur ein Spaß«, behauptet Helga. »Ich mache mich mit meinem Job eben nicht gerade beliebt.«

»Ja, dann machen Sie das mal wieder weg, sonst machen Sie sich in der Hausgemeinschaft auch noch unbeliebt. Hab Waschbenzin, wenn Sie wollen.«

Das lässt sich Helga dann auch von Frau Hummelt aus der Erdgeschosswohnung geben und reibt die Schmiererei unter Aufsicht ihrer Nachbarin weg, versucht es zumindest. »Woher wissen denn solche Leute, wo Sie wohnen?«, wundert sich Frau Hummelt derweil etwas besorgt. Da hat sie eine sehr gute Frage gestellt. Wird Helga etwa verfolgt? Und obwohl Frau Hummelt selber so gedrängelt hat, dass alles so schnell wie möglich wieder in Ordnung kommt, findet nun ausgerechnet die, dass Helga erst hätte ein Foto von der Beleidigung machen und zur Polizei gehen müssen, statt die Schmiererei gleich so kopflos zu verschmieren. Anhand einer Schriftprobe hätte man ja vielleicht den Bösewicht ermitteln können, glaubt sie. Auch da hat Frau Hummelt möglicherweise recht.

Helga atmet tief ein. Der Benzingeruch brennt in der Nase. Dafür ist der Briefkasten nach einer Weile aber wieder blütenrein, na ja, mehr oder weniger. Und Frau Hummelt ist zufrieden. Übrigens auch mit Helgas frischem Haarschnitt. Sie sehe heute so gemacht auf dem Kopf aus, so ordentlich. Helga bedankt sich für das Kompliment und steigt die Treppen hinauf. Nachdem sie die Wohnungstür hinter sich geschlossen hat, überfällt sie ein mulmiges Gefühl. Am Sicherungskasten drückt sie die Hauptsicherung wieder rein. Ein paar Geräte melden sich mit einem Piepton zurück. Bei einem Rundgang durch ihre drei Zimmer sammelt sie herumstehendes Geschirr ein und versucht mit ihrer Stapeltechnik Laufwege in der Wohnung freizuräumen. Wenn sie Frau Redepenning wäre, hätte sie als Allererstes jemanden, der für sie feudelt. Na ja, man denkt das immer so, wie man Dinge gerne hätte, aber kann man sich noch in seinen eigenen vier Wänden wohlfühlen, wenn ständig ein Fremder Dinge wegräumt, nach denen man dann suchen muss? Man weiß es nicht!

Nichts weiß man, und schon mal gar nicht, wer eigentlich mit einem unzufrieden ist. Und warum, das weiß man erst recht nicht. Es sagt einem ja so selten jemand geradewegs ins Gesicht, was man seiner Meinung nach verbrochen hat. Was hat Helga eigentlich verbrochen? Ja, das fragt sie sich. Hat sie jemandem ungerechtfertigterweise des Falschparkens bezichtigt? Nervt sie einen Mörder mit ihrem komischen Gefühl, dass etwas am Unfalltod Redepennings nicht stimmen kann? Es wäre ja übermenschlich, wenn Helga bei dem Gedanken an einen Mörder nicht das Gruseln bekäme.

Sie greift zum Telefon. Sie würde sich wohler fühlen, wenn Theo ihr heute Abend beim ZDF-Zweiteiler Gesellschaft leisten könnte. Kann er aber nicht. Theo hat Streit mit seiner Frau, was bedeutet, dass die beiden gerade nicht miteinander reden. Helga kennt seine Argumentationskette. Wegen der Funkstille kann Theo nicht weg, weil er ja nicht Bescheid geben kann, dass er noch mal loszieht, und wenn er einfach so geht, ohne Bescheid zu sagen, dann ist ihm das immer ein zu großes Zeichen, und er hat Angst, dass seine Frau vor Sorge vergeht. Was sie nie tun würde, die nicht! Helga kennt Evelyn seit fünfunddreißig Jahren, und noch kein einziges Mal hat die mit einem unvorhersehbaren Verhalten überraschen können. Und niemals käme der in den Sinn, vor Sorge zu vergehen.

Ach, Helga weiß genau, wie deren Film heute Abend weitergeht und wie der schließlich sein Ende im gegenseitigen Füßemassieren findet. Seit Jahren das gleiche Theater, da hat auch Theos Vorruhestand nichts dran ändern können: die gleichen Rollen, die gleichen Tricks. Dabei hat der Friseur völlig recht, man will doch auch mal wat anderes. Gut, also dann mal was anderes: alles oder nichts. Helga hat nichts zu verlieren, außer ihre Nerven, wenn sie hier in ihrem Gedankenkarussell hängen bleibt. So greift sie kurzerhand zum Telefon und wählt die Nummer des Gemeindebüros. In Wahrheit ist das viel weniger couragiert, als man meinen könnte, denn Helga spekuliert darauf, dass dort um diese Uhrzeit niemand mehr einen Anruf entgegennimmt.

»Ja bitte?«

Seine Stimme! Und in ihrem Kopf alles nur noch Waschmaschine. Nach wenigen Augenblicken besinnt sie sich auf ihre Wurzeln als Stralsunderin. Für irgendwas muss die genetische Disposition der Kaltblütigkeit doch zu gebrauchen sein.

»'n Abend! Helga Heidenbluth hier.«

»Guten Abend. Na, so was.«

»Ja, so was.« Von wegen Kaltblütigkeit. Vor Aufregung rutscht ihre Stimme wieder eine Oktave höher. »Ich wollte Sie mal was fragen, Pastor Wilhelm, aber nicht erschrecken!«

»Versprochen, ich bin auf alles gefasst, Frau Heidenbluth!«

»Hätten Sie spontan, also jetzt, Lust, mit mir in der *Akropolis* essen zu gehen?«

»Oh, ach so, mh.« Kurz aus dem Konzept gebracht, gibt Pastor Wilhelm noch ein paar weitere Laute der Überforderung von sich, bevor er mit gefestigter Stimme fortfährt: »Warum eigentlich nicht? Man isst ja oft genug alleine.«

»Ja«, sagt Helga, »und man will ja auch mal wat anderes.« Sie beißt sich auf die Unterlippe und kneift die Augen fest zusammen. Nachdem sie erlöst aufgelegt und eine Siegesfaust in die Luft gestreckt hat, ist die Frisur das Einzige an ihr, was noch ordentlich ist. Ansonsten herrscht in ihr ein heilloses Durcheinander. Schön!

Etwa vierzig Minuten später sitzt sie *ihm* live und in Farbe gegenüber. Sie möchte das festhalten, sich festhalten, ihn festhalten – einfach festhalten. »Sind Sie öfter mal hier?« Helga stützt ihr Kinn auf den Handballen und versucht nicht allzu verschmunzelt rüberzukommen. Ist nicht so leicht, hier mit ihm, vor einer apricotfarbenen Wand und dem marmorierten Adonis mit lockigem Haar, der ihr beim Komischverhalten zuschaut.

»Ich komm hier ganz gern her«, versucht sich Helga in gelassenem Gesprächseinstieg. »Bedienung klappt immer, schöner Blick auf den Hafen, und das Essen schmeckt. Ich mag ganz gern das Knoblauchzeug, dieses Tzaziki und diese Klopse mit Ziegenkäse gefüllt oder Schaf oder was das ist.«

»Ah!« Er hebt das Kinn, als hätte er gerade eine Erleuchtung gehabt. Sie schämt sich für das »Tzaziki und die gefüllten Klopse«. Sie würde gerne eine Art Notbremse ziehen, schafft es aber nicht, sich aufzuhalten, und plappert munter weiter. »Die Männer aus dem Chor kommen immer wegen dem Fleisch her, also weil das einfach immer schön viel ist und gut gewürzt und so. Mögen Sie das auch gern? Oder wo gehen Sie gerne essen?«

»Wollen wir vielleicht Du sagen?« Pastor Wilhelm im Rollkragenpullover hebt die Augenbrauen.

Endlich! Ja, endlich!! Wo ist der Ouzo zum Brüderschafttrinken? Ach, das ist ja erst der Anfang, und der Ouzo kommt doch immer zum Schluss. »Wo gehst du denn gerne …?«

»Indisch mag ich. Immer wenn ich in Berlin bin …«

»Was darf's sein?« Ein Kellner mit aufgeknöpftem Hemd und herausquellendem Brusthaar, die Haare nach hinten gegelt, möchte die Bestellung entgegennehmen. Pastor Wilhelm bestellt sich ein alkoholfreies Hefeweizen. Helga zögert. Alkoholfrei? Soll sie auf Traubensaftschorle umsteigen? Ach was! »Einen halbtrockenen Rotwein, bitte.« Der Kellner nickt.

»Es ist jedenfalls schön, dass wir hier mal beide ein bisschen Zeit zum Quatschen haben«, wendet sich Helga wieder an den Pfarrer. Der empfindet das auch so, behauptet er jedenfalls, und erkundigt sich nach Tobias. Helga erzählt von den Hochzeitsplänen und von ihrer Furcht, eine komische Schwiegermutter zu sein. Wilhelm nickt lächelnd, als würde er sich mit komischen Schwiegermüttern auskennen. Und dann möchte Helga gleich noch etwas loswerden, bevor sie den ersten Wein gekippt hat, damit klar ist, dass das nicht aus weingeschwängertem Übermut passiert, sondern auch nüchtern betrachtet für sie so stimmt. »Jedenfalls, Herr Pastor, Wilhelm, da gibt es etwas, das ich Ihnen, äh und dir, schon viele, viele Jahre sagen wollte.«

Da hat sie ihn nun das erste Mal richtig verunsichert, scheint ihr. Nervös schlägt er seine Augenlider ein paarmal schnell nacheinander herunter, bevor sein Blick wieder so pastorenhaft wird – milde, furchtlos geradeaus.

»Ich bin Ihnen sehr dankbar für alles, was Sie für mich und meine Familie getan haben. Ihre Offenheit. Wirklich, Hady und auch Tobias hatten bei dir, na, wie man so sagt, eine Heimat gefunden. Ich möchte mich bedanken, dass Sie die beiden damals mit offenen Armen in Ihrer, also ich meine deiner, Gemeinde aufgenommen haben … hast.« Das klang nicht nur ungelenk, sondern auch sehr pathetisch, aber Helga versucht das genannte Gefühl, das sich deshalb aufdrängt, nicht zuzulassen. Es war ihr schon so lange ein Anliegen, ihre Dankbarkeit mitzuteilen, und dafür sollte sie sich nicht schämen. Die Kirche war Anfang der Achtziger der einzige Ort, der christlichen Ausländern einen Raum für Begegnungen bot. Pastor Wilhelm war jung und engagiert und setzte sich aktiv für die ständig bemühte Völkerverständigung ein, um die es der Regierung in Wirklichkeit doch gar nicht ging.

»Es war für mich eine wichtige Zeit«, sagt Pastor Wilhelm. »Ich konnte so viel bewegen, helfen, Leuten wie Hady eine Heimat bieten. Aber ich hatte auch ständig ein schlechtes Gewissen.«

»Wieso das denn?«

»Weil ich wusste, dass es Tobias, wenn er getauft werden wollte, schwer haben würde, auf die Oberschule zu kommen. Und er war doch schon immer so ein schlaues Kerlchen.«

»Schlau genug, um sich erst nach der Wende von dir taufen zu lassen«, antwortet Helga und schwelgt weiter in Erinnerungen, in denen Tobi klein, Hady und sie verliebt und der Pastor jung gewesen war. Tobi war so glücklich bei den Gemeinde-Bastelnachmittagen. Die anderen Kinder mochten ihn, wie sie alle ihre Negerpuppe mit Wackelaugen zu Hause mochten. Für die Eltern der anderen Kinder war Tobi das Negerlein, und das bekam er jeden Tag zu spüren. Und Helga auch. Immer noch völlig nüchtern stimmt sie ein Lied an: »Ein kleines Negerlein, das wandert durch die Welt; bald hat sich ein Chinesenkind dem Neger zugesellt. Und diese, nun zu zweit, erreichten die Türkei. Da ging ein kleiner Türke mit, nun warn sie ihrer drei.«

Pastor Wilhelm flüstert: »Sie alle waren froh und reichten sich die Hand: Wir wollen alle Freunde sein, und Frieden sei im Land.«

»Die Tschechoslowakei schloss sich begeistert an; es ging der kleine Vaclav mit, das war des sechste Mann.«

Wilhelm singt leise weiter: »Die kleine Ilonka, sie war aus Budapest; sie wollte schnell die Siebte sein, man hielt sie gerne fest.«

Lachend greift sie nach seiner Hand. Was nach einer Beiläufigkeit oder vielleicht Reflex aussieht, hat sie schon seit fünf Minuten geplant. Und jetzt einfach mal gemacht. Und Wilhelm? Der legt gleich noch seine andere Hand auf ihre, sodass sie nicht so einfach wieder wegkann. Das ist kein unangenehmer Moment, sondern ein schöner, so in seinen Händen zu sein. Der Moment ist so stark, dass er sogar dem Servieren der georderten Getränke standhält. Als der Kellner Rotwein und Weizen vor die beiden schiebt, halten sie weiter Händchen. Sie schauen sich in die Augen. Seine Augen sind braun, ein bisschen grün auch, aber mehr braun. Das wusste Helga aber schon vorher. Wenn sie ihm so in die Augen schaut, wundert es sie überhaupt nicht, dass die Leute ihm so gerne ihre Geheimnisse anvertrauen und Trost suchen. Wenn er einen so anguckt, ist die Welt schon wieder fast von ganz allein in Ordnung.

»Die Leute vertrauen dir bestimmt viel an, oder?«, hört sie sich im weiteren Verlauf der schönen Augenblicke fragen.

Der Pastor verzieht den Mund und wackelt mit dem Kopf hin und her, als sei das eine Auslegungssache.

»Beichten denn die Leute nicht auch bei dir?«

»Nein, das Beichten wird im Katholizismus praktiziert.«

»Aber du hast Schweigepflicht, wenn dir einer was verrät, oder?«

»Also, es gibt das Seelsorgegeheimnis«, erklärt Wilhelm geduldig. »Davon kann ich von dem Beichtenden entbunden werden. Aber im Rahmen einer echten Beichte geht das nicht. Da zählt das Beichtgeheimnis, und die Dinge, die wir da hören, die nehmen wir mit ins Grab.«

Helga nickt, als hätte sie das alles gut verstanden. Sie will aber auf was Bestimmtes hinaus. »Und kennst du eigentlich die Redepennings?«

»Ja.« Nun zieht Wilhelm seine Hände von ihrer weg und lehnt sich etwas zurück.

»Hatte der Redepenning denn irgendwelche Sorgen?«, erkundigt sie sich und spürt einen kalten Luftzug auf ihrem Handrücken.

»Alle Menschen haben Sorgen und Nöte.«

»Und der Redepenning?«

»Helga!« Wilhelm weicht ihrem Blick aus und fährt mit seinem Finger an der Tischkante lang. »Wir wollen uns doch jetzt nicht über die Probleme anderer Leute unterhalten.«

»Ich will dir auch was anvertrauen. Ich werde das Gefühl nicht los, dass etwas nicht stimmt, bei diesem Unfall vom Redepenning.«

»Wie meinst du das?« Erstaunt zieht Wilhelm seine langen, ziemlich ungepflegten Augenbrauen hoch.

»Ich weiß nicht. Er war doch trocken. Warum soll so einer ins Hafenbecken fallen? Und schwimmen konnte der auch besonders gut. Mir kommt das einfach total merkwürdig vor.«

»Die Wege des Herrn sind unergründlich«, sagt Wilhelm. »Die Wege eines Alkoholikers auch manchmal.«

»Aber seine Frau hat gesagt, er sei trocken gewesen.«

»Bis zu jenem Tag, soweit ich weiß.« Wilhelm wird ungeduldig. Helga aber auch. »Jetzt sag doch mal. Bei Redepenning war alles in Ordnung?«

Jetzt legt Wilhelm beide Hände auf die Tischdecke und lächelt. »Hier sind eher die Kneipenwirte die Beichtväter. Da frag mal in der *Klabauterfrau*, wenn dich Uwe Redepennings Probleme interessieren. Ich kann dir dazu nichts sagen. Ich darf nicht.«

»Ach, alles, was man in der *Klabauterfrau* bekommt, sind doch nur Alkohol und Seemannsgarn«, sagt Helga. Sie merkt's an der Art, wie Wilhelm sich windet, dass Uwe Redepenning ein Geheimnis hatte und er das kennt. Aber sie merkt auch, dass sie übers Ziel hinausgeschossen und Wilhelm zu Recht ein kleines bisschen irritiert von ihrer aufdringlichen Nachfragerei ist. Den Rest des Abends hält sie sich zurück, zumindest was heikle Themen betrifft. Ansonsten greift sie das ein oder andere Mal doch recht forsch nach seiner Hand und bemerkt die davoneilende Zeit.

»Griechischer Weeeeeein …«, stimmt Helga enthemmt an, während sie dicht nebeneinander die vier Stufen aus der *Akropolis* hinunter auf Stralsunds Kopfsteinpflaster steigen.

»Pssst.« Grinsend legt Wilhelm den Zeigefinger an seine Lippen. »Wir werden beobachtet!« Er deutet mit dem Kopf zu einem Mann, Kapuze tief im Gesicht, der sich gerade von der gegenüberliegenden Hauswand abdrückt und in Richtung Hafen schlendert.

»Na, das war doch sehr nett.« Pastor Wilhelm zieht den Reißverschluss seiner Jacke hoch. Durch die Gasse weht die kühle Luft der Nacht. »Besser, als immer alleine zu essen, stimmt's?«

Wilhelm ist das Schnippische an Helgas Bemerkung nicht entgangen. »Na ja …« Glückselig legt er den Kopf in den Nacken und schaut in den klaren Sternenhimmel. Er hätte ihr stattdessen in die Augen blicken und das Funkeln dort finden sollen. »Puh.« Er legt seine Hände auf den Bauch. »Da haben wir uns den Wanst aber ganz schön vollgeschlagen.«

Das kann sie nur bestätigen. Aber will er sie jetzt küssen oder nicht? Unten am Hafen hört man das Wasser friedlich gegen die Kaimauer klatschen.

»Du wohnst hier doch irgendwo in der Nähe, oder?«, fragt er.

»Mühlenstraße.« Verdammt, daran hat sie nicht gedacht. Ihre Wohnung ist ein kompletter Saustall und rückt damit in ganz, ganz weite Ferne. Unmöglich, dort zwischen schmutzigen Socken und halb leeren Joghurtbechern dem Pfarrer näherzukommen.

»Ich würde dich noch nach Hause begleiten«, sagt er.

»Oh, ich hab …« Sie kneift kurz die Lippen zusammen, bevor sie weiterspricht. »Auch viel zu viel gegessen. Ich mache noch einen kleinen Verdauungsspaziergang.«

Sie legt die Hand an seinen Oberarm, als wolle sie ihn wegschieben, dabei würde sie sich ihm gerne an den Hals werfen.

»Na gut.« Verunsichert legt er ihr ebenfalls die Hand an den Oberarm und, so schnell kann sie gar nicht gucken, ist sie da auch wieder weg. Er verabschiedet sich mit einem Wangenkuss. »Dann komm gut nach Hause. War eine prima Idee.«

Eine prima Idee? Unter prima Ideen stellt sie sich was anderes vor, ein Vogelhäuschen mit Futter ausstatten oder die Greifswalder Chaussee mit einem Tempo-30-Limit versehen, das wären prima Ideen. »Fand ich auch, Wilhelm.« Sie legt ihre Hand auf ihre Wange, als könne sie seinen Kuss da festhalten. »Tschüss!«

»Tschüss!« Er geht. Sie hätte sich natürlich über seine Gesellschaft bei ihrem *Verdauungsspaziergang* gefreut, aber das hätte sie ihm auch sagen müssen. Helga schaut ihm hinterher, wie er, vom Mond beschienen, davonspaziert, ohne sich noch einmal nach ihr umzudrehen. Zwar hatte sie tatkräftig versucht, mit Ouzo gegen die Unmengen von Gyros anzukämpfen, aber sie fühlt sich trotzdem ziemlich vollgefressen.

Die klare Luft tut ihr gut. Helga beschließt die Mole einmal hoch- und runterzulaufen, so wie es Verliebte oder Leute mit Kindern tun. Einige Schwäne haben bereits ihren Kopf zum Schlafen ins Gefieder gesteckt. Seelenruhig treiben sie mitten auf dem Wasser, wo sie keine Angriffe von Füchsen zu befürchten haben. Nordöstlich versuchen die roten Blinklichter der Rügenbrücke Kollisionen mit Flugobjekten zu vermeiden, die überhaupt nicht zu befürchten sind, weil hier außer Kranichen, Wildgänsen und Möwen ja gar nichts rumfliegt.

Auf der Hälfte der Mole lehnt sich Helga auf die steinerne Brüstung. Hoffentlich hat sie heute Abend nicht allzu viel Blödsinn erzählt. Sie fürchtet aber schon. Ein Geräusch lässt Helga verängstigt herumfahren. Das klang wie eine Eisenstange, die auf Stein fällt. Die Drohzettel haben sie wohl doch mehr verunsichert, als sie sich eingestehen mag. Eingeschüchtert geht sie, läuft fast, die Mole zurück. Im Hafen schwanken die Segelboote friedlich auf der dunklen See. Wind pfeift ein Lied auf den Seilen der Segelboote. Neben dem Lotsenhaus entdeckt Helga eine Gestalt, die an der Kaimauer kniet. Daneben, auf dem Privatparkplatz des Lotsen, steht der bordeauxfarbene Opel Vectra von Renate Hasselbach. Was macht die denn da? Zügig geht Helga über die Hafeninsel. Wie von hundert dunklen Augen fühlt sie sich durch die Fenster der hohen Backsteinspeicher beobachtet.

»Was machst du denn hier?«

Renate verliert vor Schreck beinahe das Gleichgewicht, entscheidet sich aber intuitiv richtig und fällt aus der gehockten Haltung nicht nach vorne ins Wasser, sondern nach hinten auf den Hintern. Der große Kescher fällt mit einem blechernen Geräusch auf die Steine.

»Erwischt!« Sie lacht und steht auf. »Verfolgst du mich etwa?«

»Suchst du was?«, fragt Helga im Gegenzug.

Renate guckt auf den Kescher, dann zu Helga und legt die Handflächen aneinander.

»Bitte verrat mich nicht. Bitte!« Sie verschränkt die Finger ineinander wie zum Gebet.

»Ich weiß ja nicht mal, was ich verraten könnte?«

»Das hier«, Renate deutet mit dem Finger in den Sund, »ist das Geheimnis meines Erfolges, die Algen- und Quallenaromen in meinem Bier, die ich hier nachts heimlich rausfische.«

»Du veräppelst mich!?«

»Ja, natürlich.« Renate lässt ihren Handrücken gegen Helgas Brustkorb fallen. »Mir ist gestern meine Uhr da reingefallen. Ich weiß, es ist utopisch, aber der Kescher stand hier angelehnt am Lotsenhaus, und ich dachte, das sei vielleicht ein Zeichen, dass ich nichts unversucht lassen sollte. Und was treibst du hier um diese Zeit?«

»Ich hatte, ach, eine kleine Verabredung.«

»Was genau ist eine *ach, kleine* Verabredung?« Kichernd stemmt sie die Fäuste in die Hüften.

»Na ja …«

»Verstehe. Soso.«

»Viel Glück mit deiner Uhr, Renate! Bin schon aufm Weg ins Bett.«

Renate klopft sich Schmutz von den Knien und nimmt den Kescher wieder in die Hand. Mit beiden Händen hält sie ihn und winkt damit zum Abschied. »Bye-bye.« Wasser tropft aus dem blauen Netz.

Kopfschüttelnd über diesen feinen und zugleich absurden Abend will sich Helga auf den Heimweg machen. Da sieht man mal wieder, was die Leute so alles treiben, während man selbst im Bett liegt oder sich mit seinem Ehepartner über die immer gleichen Dinge streitet. Helga atmet noch mal tief ein. Schlickgeruch und fast ein bisschen Salz liegen heute Abend in der Luft. Und der Mond ist so richtig schön rund. Man sollte sich das alles nicht so unnötig verkomplizieren im Leben, beginnt Helga in philosophischem Gedankengut zu fischen. Letztendlich bleibt außer dem Mond ja doch nicht viel.

Bei den Verkaufskuttern angelangt, hört Helga wieder ein Geräusch, aber dieses Mal lässt sie sich davon nicht beirren. Erst als aus dem Geräusch ein Mensch hinter ihr wird, der sie mit einem kräftigen Stoß zum Taumeln bringt, begreift sie den Ernst der Lage. Zu spät. Sie stolpert über ihre eigenen Beine und dann über den schweren

Eisenring, der zum Leinenfestmachen im Boden verankert ist. Sie rudert mit den Armen, aber das wird nichts. Sosehr sie auch mit den Flügeln schlägt, es geht nicht aufwärts zum Mond, sondern abwärts zu den Quallen. Helga verliert das Gleichgewicht und platsch! Da ist sie tatsächlich in den Sund gefallen.

Neben Grabows Verkaufskutter geht sie unter. Brackwasser steigt ihr in die Nase und in die Ohren. Es ist eisig. Die Klamotten saugen sich mit Wasser voll, bleischwer hängen sie an ihr, die Schuhe, alles zieht an ihr, als versuchten ihre eigenen Klamotten, sie zu ersäufen. Helga paddelt sich zurück an die Oberfläche. Sie hört Rufe: »Ey!!« und »Hey, bleib stehen!« und versucht weniger panisch zu planschen. Sie bekommt eine der Festmacherleinen von Grabows Kutter zu fassen. Oben am Kai sieht sie Martin, der ihr kniend seine Hand entgegenstreckt.

»Halt dich fest«, ruft er, als würde das was daran ändern, dass sie da nie und nimmer rankommt. Hinter Martin erscheint Renate und streckt ihr den Kescher entgegen. »Hier, halt dich fest!«, ruft auch sie. Aber Helga ist Helga und keine Reckturnerin. »Schaff ich nicht. Ich bin so schwer.« Sie hält sich lieber weiter an der Leine fest und japst nach Luft. Schön den Kopf oben halten. Einen Schuh hat sie bereits verloren, wie Aschenputtel nach ihrem gelungenen Abend mit dem Prinzen.

Während Renate weiterhin ungeschickt mit dem Kescher vor Helga hin und her fuchtelt, sodass Helga beinahe noch das Seil hätte loslassen müssen, um sich vor einem Schlag zu schützen, zieht sich Martin aus. Er tut das so ungeschickt und hektisch, dass er mehrfach das Gleichgewicht verliert. Er soll sich beeilen, ihr ist hundekalt. Endlich klettert er in Unterhose auf Grabows Boot und versucht von dort irgendwas auszurichten, indem er gleich beide Hände in Helgas Richtung streckt. Aber was soll sie damit anfangen? Eine bekommt sie sogar zu fassen, aber dann? Es nützt ja nichts. Jetzt hängt sie an seiner Hand. Er zieht, aber sie bleibt hängen wie ein nasser Sack, und im Moment ist sie auch nicht mehr als genau das.

Martin lässt ihre Hand los, sodass sich Helga nur noch mit der anderen an der Festmacherleine festklammert. Er springt vom Boot. Noch bevor er wieder auftaucht, spürt Helga seine Arme unter ihren Achseln. »Ich hab dich«, keucht er hinter ihr. »Wir schwimmen zur Treppe hinten am Boot. Los! Ich pass auf, dass du nicht untergehst.« Er lässt sie los. Mit hektischen Schwimmzügen kämpft sich Helga ans Heck. Ihre eiskalten Finger spürt sie nicht mehr, als sie die Leiter umklammert. Sie stellt den Fuß auf die erste Sprosse und versucht sich hochzuziehen. Wasser rauscht wasserfallartig aus ihren Klamotten, mehr als Hocke schafft sie nicht. Ungeniert legt Martin seine Hände an ihren Hintern und schiebt sie von unten mit all seiner Kraft in die Aufrechte. Von dort schafft Helga den Rest alleine bis in Grabows Kutter.

Renate, immer noch mit dem Kescher bewaffnet, leiht ihre Hand, um Helga vom Kutter an Land zu helfen. Martin folgt. Zähneklappernd legt er seine Jacke über die Schultern der tropfenden Helga, die ebenso zähneklappernd auf dem Boden hockt.

»Mensch, ihr holt euch den Tod. Du musst aus den nassen Sachen raus!«, sagt Renate. Dann stürmt sie los. »Hab noch ’ne Decke im Kofferraum«, ruft sie.

»Scheiße«, flucht der nackte Martin.

Helga kann nicht mal das sagen. Im Kopf bereits eingefroren, starrt sie einfach geradeaus. »Hab ihn gesehen«, sagt Martin. »So 'n Typ mit Kapuze und schwarzer Hose.«

Mit quietschenden Reifen kommt der Opel Vectra vor Grabows Kutter zu stehen. »Ausziehen!«, brüllt Renate. Es war ja klar, dass einem in solchen Momenten alles egal ist, fast jedenfalls. Die Unterwäsche behält Helga an. Komplett neben sich stehend schaut sie sich dabei zu, wie sie sich halb nackt von Renate in eine Decke wickeln lässt. Für Martin hat Renate noch einen dünnen Schal gefunden, mit dem er sich abtrocknet, bevor er sich wieder anzieht.

»Steigt ein, ich bring euch … ähm …«

»Zur Polizei!«, schlägt Martin vor.

»Nach Hause, wenn ich nicht erfrieren soll. Mir ist arschkalt.« Helga spricht so leise, dass sie sich selbst kaum versteht. Renate schiebt sie in ihr Auto. »Krankenhaus!«, entscheidet sie und beugt sich über die zitternde Helga, um sie auf dem Beifahrersitz festzuschnallen. »Vielleicht bist du unterkühlt!«

»Nee, nach Hause! Bitte!« Helga will nur auftauen.

»Mühlenstraße«, antwortet Martin Lüppertz auf dem Rücksitz. Er fasst an Helgas Kopfstütze und zieht sich etwas nach vorne.

»Ungefähr so groß wie ich, keinen Bart, keine Brille, Kapuze halt.«

Renate nickt. »So würde ich den auch beschreiben. Hab ihn auch gesehen.«

»Hat der mich mit Absicht …?«

»Volle Kanne. Dann ist er weggelaufen. Hab's gesehen. Ich wär dem auch hinterher, dachte aber, ich zieh dich lieber erst mal raus.«

»Echt krass«, findet Renate und dreht den Heizregler des Autos ganz nach rechts bis zum Anschlag.

»Also, ich komm auf jeden Fall mit zur Polizei, wenn du gehst. Du gehst doch, oder?« Martin versucht, um die Kopfstütze herumzugucken. Seine gegelte Tolle hängt ihm nass vor den Augen.

»Weiß nicht. Ich bin gerade irgendwie fast tot, kann jetzt gar nicht …« Helga guckt auf ihren nassen Klamottenhaufen im Fußraum. Renate scheint feinfühliger zu sein, als sie aussieht, und sagt: »Mach dir jetzt bloß keinen Kopp, weil dat alles pitschnass ist. Trocknet wieder.«

»Danke, ihr habt mir gerade das Leben gerettet, oder?«

»Na, nu übertreib mal nich«, sagt Renate beinahe beschämt. »Dat hätteste auch ohne uns an Land geschafft.«

»Sagen wir jeder, der nicht sternhagelvoll ist, hätte es wieder ans Land geschafft«, sagt Martin.

Renate bremst ihren Opel vor Helgas Haus und kann sich einen Spaß nicht verkneifen, indem sie fragt, ob es hier Behindertenparkplätze oder Halteverbote gäbe, die sie in der Aufregung übersehen könnte.

»Danke!«, sagt Helga. »Die Decke bring ich dir Donnerstag mit zum Chor.« Sie greift nach ihren nassen Sachen. Martin ist bereits aus dem Auto gesprungen und hat ihre Tür geöffnet. »Ich komm mit rein«, sagt er forsch.

Das findet Renate auch gut, wenn jetzt jemand bei Helga ist. »Mann, Mann, Mann, was für ein Schreck!«

»Du, echt, Renate, ich dank dir tausendmal«, sagt Helga nachdrücklich und wirft die Autotür, so leise es ihr möglich ist, zu. Man will ja nicht schon wieder die ganze Nachbarschaft alarmieren.

Martin nimmt Helga den Schlüssel aus der zitternden Hand. Sie hatte es nicht geschafft, den Schlüssel in das Loch zu fummeln. Martin stößt die Wohnungstür auf. Das Chaos hockt dahinter wie ein Haustier, das auf die Heimkehr seines Frauchens wartet und es übermütig anspringt. Helga ist egal, was dem Lüppertz sein Sohn jetzt über ihre Unordnung denkt. Sie ist froh, dass er da ist, ehrlich. Lieber Martin als gar keiner. Mit bedröppeltem Blick glotzt er sie aus dem Ganzkörperspiegel im Flur an. Sie steht fassungslos neben ihm. Mit Wilhelm hatte sie sich hierher fantasiert, in eine aufgeräumte Version von sich und der Wohnung, stattdessen steht sie nun im Chaos, in eine alte Decke gewickelt, neben Martin Lüppertz, der nach Schlick riecht. So kann's kommen, wenn man mal *wat anderes* will. Wäre sie nicht mit Wilhelm ins *Akropolis*, wäre der Abend höchstwahrscheinlich nicht so zu Ende gegangen.

»'n Schnaps und 'ne Badewanne – das wär's«, findet Martin.

»Mit Schnaps kann ich dienen«, sagt Helga. »Der ist im Schrank neben dem Kühlschrank. Aber Badewanne is nicht.«

Unter der heißen Dusche taut der Schreck langsam auf und tröpfelt in Helgas Bewusstsein. Hat sie da gerade wirklich jemand ins Hafenbecken gerempelt, so wie vielleicht auch den Redepenning? Der Ouzo, der Pfarrer, Renate im Mondschein mit dem Kescher, Martin Lüppertz, der es sich auf ihrem Sofa bequem macht – all das ist so unwirklich. Oder hat sie bisher was falsch verstanden? Skizzieren diese nachmittäglichen Soaps im TV doch ein Bild des wahren Lebens? In drei Lagen Pullovern und Jogginghose verlässt Helga das Bad. Nun bekommt Lüppertz sein Kaffeekränzchen, nur dass das Schicksal aus dem Kaffee Sanddornschnaps und aus dem Café ihr unaufgeräumtes Wohnzimmer gezaubert hat. Wortlos lassen die beiden die von Martin befüllten Gläser gegeneinanderklirren und gießen sich den Schnaps in den Mund.

»Puh«, sagt Martin. »Was machst du bloß für Sachen?«

»Und was machst du nachts am Hafen?«

»Ich hatte den Müll vergessen«, erklärt er. »Wenn der die Nacht vorm Boot liegen bleibt, haben ihn Katzen, Möwen und Ratten am nächsten Morgen im gesamten Hafen verteilt. Und du? Was treibt dich da abends hin?«

»Ich war im *Akropolis* essen«, gibt Helga ohne Umschweife zu. Es hilft ja nichts.

»Mh«, nickt Martin und sieht jetzt wieder so betrübt aus, wie damals, als sie nicht gleich mit »oh ja« auf seine Frage nach dem Kaffee geantwortet hatte. Dann springt er plötzlich einen Zentimeter in die Höhe, als hätte sich unter ihm eine Sprungfeder durch das Sofa gebohrt. »Sag mal, soll ich nicht hierbleiben heute Nacht? Vielleicht ist ein gefährlicher, durchgeknallter und …«

»Ja«, unterbricht Helga. Sie will nicht hören, was der gefährliche Durchgeknallte noch sein oder heute Nacht vorhaben könnte. Ihr ist es recht, wenn Martin bleibt. Martin gießt sich noch einen Schnaps ein. Helga winkt ab. Sie hatte genug für heute, auch wenn sie mittlerweile stocknüchtern ist.

»Ich glaube, das liegt am Internet, dass die Leute so hemmungslos werden«, sinniert Martin. »Du musst jedenfalls zur Polizei. Das geht ja nicht, dass man dich wegen einem Strafzettel, oder wie auch immer du jemanden so geärgert hast, ins Wasser schubst.«

»Ja, mal sehen.«

»Ich komm morgen mit. Ich kann das ja alles bezeugen und …«

»Martin, sei mir bitte nicht böse, ich muss in die Falle.«

»Ja, na klar«, gibt sich Martin verständnisvoll. »Ich kann hier auf deinem Sofa … Muss aber früh hoch. Ich schleich mich raus.«

Während Helga sich auf die Suche nach einem Kissen und einer Bettdecke macht, wandert Martin auch in der Wohnung herum, als würde er etwas suchen. »Hast 'ne ganz schöne Wohnung«, ruft er von irgendwo. Helga zieht eine zwischen zwei Wintermäntel gequetschte Bettdecke aus dem Schrank. »Ja, 'n bisschen unordentlich im Moment, suche seit Tagen was und komme nicht dazu, die Dinge wieder an ihren Platz zu rücken.«

»Hab mich schon gewundert«, gesteht er. »Bei dir stellt man sich alles ja sehr ordentlich …«

Helga bezieht Bettdecke und Kissen mit Tobis grüner Bettwäsche. Martin hat es derweil in die Küche verschlagen, von wo aus er ruft: »Wo hast 'n diese Flaschenpost gefunden?«

»Hat meine Großcousine aus Greifswald für mich geangelt«, ruft Helga zurück. Erschöpft schleppt sie das Bettzeug ins Wohnzimmer, während Martin immer noch mit der Flaschenpost beschäftigt ist. »'ne Schatzkarte drin?«

»Fischrezepte!«

Ungezwungen schlurft Martin mit der Flasche in der Hand ins Wohnzimmer.

»Wie haben die sich denn da reinverirrt?« Belustigt hält er die Flasche hoch. »Ah!« Er hebt den Zeigefinger in die Luft. »Nachtigall, ick hör dir trapsen. Da ist ein exklusives Kippersrezept bei, stimmt's?«

Helga schüttelt den Kopf, obwohl sie sich so genau damit noch gar nicht beschäftigt hat.

»Schade.« Enttäuscht stellt Martin die Flasche im Bücherregal ab. »Hätte jetzt wetten können, dass das ein Werbegag vom Amt für Stadtmarketing ist, wegen der Wettbewerbsausschreibung. Die suchen ja einen neuen Kippers-König. Und ich hab gedacht, und wirklich, Helga, ich glaub, damit werde ich gewinnen und steinreich, ich mach Kippersbrötchen. Na?!«

»Aha!?«

»Ja, Stralsund ohne die Vermarktungsmaschine Redepenning – da droht ein wirtschaftlicher Zusammenbruch. Muss schnell was gegen unternommen werden. Ich stell mich gerne zur Verfügung.«

Ein Zusammenbruch droht Helga auch. »Muss jetzt dringend ins Bett«, sagt sie. »Und, um meine Mutter zu zitieren: ›Fühl dich wie zu Hause, aber denk dran: Du bist nicht zu Hause!‹«

»Das ist gut«, lacht Martin. Er ist vergnügt, als hätte ihn das erfolgreiche Werben um seine Angebetete endlich hierherverschlagen und nicht ein Mordanschlag auf sie.

Helga bekommt kein Auge zu. Angst kriecht zu ihr unter die Bettdecke und bringt sie wieder zum Frösteln. Es ist spät. Trotzdem wählt sie Theos Nummer. Wenn, wann nicht jetzt, kann man einen echten Freund zu einer unmöglichen Zeit anrufen? Nach langem Klingeln nimmt

Theo den Anruf entgegen. »Helga«, flüstert er. »Was ist denn nu los?«

»Martin Lüppertz liegt auf meinem Sofa«, flüstert sie zurück.

»Guck noch mal hin«, sagt Theo, »das ist bestimmt Pastor Wilhelm, und du bist betrunken.«

»Nein«, sagt Helga. »Ich war heute mit Pastor Wilhelm beim Griechen essen, aber jetzt bin ich nüchtern, und der, der bei mir übernachtet, ist Martin Lüppertz. Der hat mich vorhin aus dem Sund gefischt.«

Im Hintergrund hört sie jetzt Evelyns hohe Kinderstimme: »Theodor, hast du sie noch alle? Um diese Zeit …«

»Du Helga, lass mal morgen …«

»Jemand wollte mich umbringen wie den Redepenning. Ich lag vorhin im Sund!«

»Theodor!«, motzt es aus dem Hintergrund.

»Umbringen? Ach Quatsch«, ist sich Theo sicher, ohne dabei gewesen zu sein.

»Doch, echt. Also mich hat einer …«

»Theodor!!«

»Ich ruf dich morgen früh an«, verspricht Theo. »Jetzt liegst du doch sicher in deinem Bett, oder? Und der Lüppertz ist bei dir?«

»Jaja, schlaf gut und Grüße an die Schrapnelle.«

Helga verzeiht ihm sofort. Sie hätte sich vermutlich auch kein Wort geglaubt. Und Martin ist da. Und der hat ja vermutlich keine bösen Absichten!

Brennende Neuigkeiten

Arbeit ist die beste Medizin, hilft gegen fast alles, hatte ihr Doktor Hady damals zum Abschied gesagt. Half die erste Zeit überhaupt nicht. Heutzutage haut es manchmal hin. Aber nicht wegen der heilenden Genugtuung oder der Befriedigung von Rachegelüsten, wenn sie Parksünder verwarnt, sondern weil sie dann nicht ins Grübeln gerät und einfach macht, was sie machen soll. Ist eben heilsam zu wissen, was man zu tun hat. Dieses Hin oder Her, also mach ich's so und das oder lieber alles ganz anders? Will ich Leberwurst oder lieber Rollmops, lieb ich den oder den? Das ist ja heutzutage ein neuer Hochleistungssport, macht einen ganz wuschig.

»Guten Morgen, Helga!«

»Morgen!«

Und dann heute auch noch der Kollege Frank, der ein Auge auf sie hat, dass sie sich nicht mit Privatem vertüddeln kann. Das ist gut. Die Heringe sind nämlich doch noch gekommen, hat Hunderte, so scheint's, von tarnhosigen Anglern und Anglerinnen in den Hafen gespült. Proppenvoll. Da haben Helga und ihr Kollege alle Hände voll zu tun, den knapp bemessenen Parkraum unter Kontrolle zu behalten. Schwärme von Heringen sorgen nämlich gewöhnlich für Schwärme von Strafzetteln. Helga muss zugeben, es juckt ihr heute richtig in den Fingern, wenn sie an die ganzen Zuparker und abgelaufenen Parkscheine denkt. Noch besser sind die Typen, die ihre Autos mit geöffnetem Kofferraum für Stunden an der Kaikante stehen lassen, derweil einen kleinen Segeltörn oder Angelausflug unternehmen und bei Erhalt eines Strafzettels behaupten, sie hätten nur kurz zum Be- und Entladen gehalten. Ist wirklich nötig, hier heute richtig durchzugreifen, gerade wenn so viele nervöse Menschen auf einem Haufen sind, das kann fix kippen, wenn man nicht rechtzeitig eingreift.

Es ist ein Trugschluss, dass Angler die Ruhe weghaben. Sie warten ja nur auf den Moment, in dem das ganze Aggressive aus ihnen rauskann. Hoffen immer, dass einer anbeißt, dem sie's zeigen können, mit dem sie kämpfen können, um ihm am Ende eins mit dem Knüppel überzubraten und ein Messer ins Herz zu rammen. Also, heute hat sie keine Zeit für eine Anzeige wegen Beleidigung, wilde Mordtheorien aufzustellen und das ganze Pipapo. Jetzt mal einfach weiter im Text, als wäre nichts. Ran an die Arbeit! Nicht, dass da noch jemand auf die Idee käme, sie ließe sich einschüchtern. Kollege Frank ist schon fleißig beim Aufschreiben, als zwei so richtig große, wuchtige Typen angehetzt kommen, bepackt mit mehreren Angeln, Angelkoffer und Eimer, Berliner Kennzeichen am Wagen, der mit geöffnetem Kofferraum vor dem Museumsschiff, der Gorch Fock, parkt: »Mensch, wir haben nur kurz ausjeladen.«

»Ja, ja, ich weiß.« Frank zeigt sich so unbeeindruckt wie dieses stattliche Segelschiff hinter ihm über kleine Windböen. Aber auch allen großen Stürmen hat die Gorch Fock getrotzt und ist niemals untergegangen.

»Ach, komm Spielverderber«, versucht es der andere. »Wir haben doch nur kurz mal die Angel rinne, erfahrungsgemäß beißt er sowieso erst ab elf.«

»Jaja, kurz mal die Angel rinne«, hört Helga ihren Kollegen die Ausrede verächtlich wiederholen. Sie selbst hat einen roten Audi auf dem Kieker, der am Kai parkt, als wär's erlaubt und alle anderen nur zu blöd, ihren Wagen der Einfachheit halber auch dort vorne abzustellen. Sie muss kurz stehen bleiben, weil sie merkwürdig aus der Puste ist.

»Mensch, hier kiek doch, der Eimer ist leer«, versucht der eine noch weiterzudiskutieren.

»Ihr Eimer interessiert mich nicht die Bohne.« Während Frank weitertippt, geraten die beiden Berliner ins Plaudern.

»Egal, wegen jestern hat sich dit doch jelohnt. Da waren wir hier schnell jenuch wieder weg.«

»Da war der Eimer ja auch nach dreißig Minuten voll. Mensch, dit waren vielleicht viele.«

»Liegt daran, dass die so großzügig Sperma produzieren«, weiß der andere. »Unmengen. Dit Wasser wird janz trüb davon. Und so ein Heringssperma bleibt stundenlang fit, nicht so wie bei unsereins.«

»Woher weeßte denn so wat?«, erkundigt sich sein Kumpel amüsiert.

»Hat meine Frau wohl recht, ick hab nur dat eine im Kopp und merk mir zu viel unnützes Zeuch. Stell dir mal vor, bist so 'n Forscher. Auf zwei Kilometern Länge und hundert Metern Breite haben die hundertsechzig Milliarden Eier gezählt. Da siehste, wat andere so den janzen Tag lang machen.«

»Richtig. Die einen so, die anderen …« Er zeigt auf Frank, der ihm die Verwarnung in die Hand drückt. Helga setzt ihren Weg zum Audi fort, ihre Beine sind bleischwer, und Muskelkater hat sie auch. Ihr tut alles weh. Sie gerät nach wenigen Schritten wieder so aus der Puste, dass sie stehen bleiben muss. Sie stützt sich auf den Oberschenkeln ab, erst mal durchatmen. Nanu!? Audi, Kai, Angler, der sich kräuselnde Sund – alles beginnt zu schwanken, als wäre sie auf der Gorch Fock in einen Sturm geraten. Das Kommando hat sie abgegeben. Sie dreht sich in die andere Richtung, peilt den Kirchturm. Der Blick wird wieder scharf.

»Alles gut?« Kollege Frank legt die Hand auf ihren Rücken. Sie zuckt zusammen, fährt herum und klammert sich an seiner Jacke fest.

»O Gott«, sie lässt los. Wie peinlich!?

»Sorry, wenn ich dich erschreckt habe.« Der Kollege sieht so besorgt aus, dass sich Helga jetzt auch Sorgen um sich macht. »Ja, nee, ist nicht deine Schuld«, stammelt sie. »Ich dachte, du willst … du bist … O Gott, ist das peinlich. ’tschuldige.«

»Kein Problem. Bist du okay?«

»Nee.« Sie wischt sich Schweißperlen von der Oberlippe. »Kannst du da mal den roten Audi machen?«

»Bist du krank oder so was?«

Helga zuckt mit den Schultern. Sie weiß es doch nicht.

»Siehst scheiße aus«, findet Frank.

»Danke, geht schon wieder.«

»Siehst wirklich scheiße aus«, wiederholt er. »Geh doch nach Hause. Dann fordere ich Verstärkung von Franzi. Dat geht schon.«

»Nee, nee, geht schon. Mach mal den Audi. Bin gleich wieder auf dem Damm.«

Helga kommt aber nicht wieder auf den Damm. Wenn sie Kurs auf den Kai nimmt, fühlt es sich an, als würde sie über das Deck eines in Seenot geratenen Schiffes laufen. Es fühlt sich seltsam an, wenn der Körper nicht macht, was er soll. Macht er doch sonst meistens. Und wenn er sich dann noch unaufgefordert an die Jacken von Kollegen klammert, dann geht das wirklich zu weit.

Helga setzt sich auf eine Bank und schließt die Augen. Wie unangenehm. Was die Leute denken werden? Muss sie jetzt zu so einem Psychoarzt? Ausgerechnet heute passiert *so was*, bei dem Alarm im Hafen, wo sie doch alle auf einmal aufschreiben soll. Lässt sich jetzt einfach faul die Sonne ins Gesicht scheinen, die Dame in Uniform, mitten in der Arbeitszeit. So sieht das aus. Dabei geht es der Dame echt mies. Zuerst vermutet Helga den Anflug einer echten Grippe. Das soll ja der Witz an einer echten Grippe sein, dass sie einen so plötzlich, von einer Sekunde auf die andere, überfällt, aber dass die Grippe nur Symptome zeigt, wenn sie in Richtung Hafen schaut, und die Symptome weg sind, wenn sie den Blick hinter sich in Richtung der Kirchtürme wendet, das kommt ihr schon komisch vor.

Es dauert eine kleine Weile, bis ihr ein Licht aufgeht und ihre Vermutung auf eine Panikattacke fällt. Was für eine gnadenlose Selbstüberschätzung. Sie hatte wirklich gedacht, sie steckt einen Mordanschlag einfach so weg!? Mit schlottrigen Knien sucht sie ihren Kollegen, um sich bei ihm abzumelden. Frank, der gerade eine Angel festhält, weil der, dem sie gehört, in den Tiefen seiner Westentaschen nach seinem Ausweis fischt, nickt verständnisvoll und erwähnt noch mal Franzi, die bestimmt einspringen könne.

Nachdem sich Helga im Büro umgezogen hat, beschließt sie, gleich was zu unternehmen, bevor sich da irgendwas einschleicht, was man nicht mehr loswird. Das geht ja nicht, dass sie sich auf der Hafeninsel jedem, der sie anspricht, an den Hals wirft. Um die Anzeige kommt sie nicht drumrum, wenn sie jemals wieder ruhig schlafen will. Die müssen den Typen ausfindig machen, der sie angerempelt hat. Das sieht sie ein. Sie lässt den Blick durch das Bürofenster noch mal über den Sund wandern, der heute von unzähligen kleinen weißen Booten belegt ist, wie der Himmel darüber von kleinen weißen Schönwetterwolken.

»Den habe ich vorhin nach Hause geschickt«, sagt der alte Lüppertz, als sich Helga beim Kutter nach Martin erkundigt. »Fühlte sich heute nicht.« Lüppertz stopft mit seinen Gichtfingern die dicken Zwiebelscheiben in die aufgeschnittenen Brötchen. Heute ist selbst bei ihm Andrang, was ihn aber nicht aus der Ruhe bringt. »Schon Feierabend?«

»So ähnlich.« Helga bemüht sich trotz ihrer Anspannung um eine unbekümmerte Ausstrahlung, während sie von hungrigen Angeltouristen hinter sich subtil weggedrängelt wird. Sie greift sich in den Nacken. Jetzt hat sich der Arme auch noch ihretwegen einen Schnupfen geholt. Sie reißt mit *ihrer Sache* alle ins Verderben. Was genau *ihre Sache* ist, hat sie dabei selber noch nicht ganz erfasst. Es wäre ihr wohler gewesen, wenn Martin sie aufs Polizeirevier begleitet hätte, nicht nur weil er als Zeuge hätte dafür sorgen können, dass man sie nicht für bekloppt hält, sondern auch wegen der weichen Knie. Macht sich nicht gut, bei Kupplung, Gas und Bremse.

Zu allem Überfluss staut es sich jetzt auch noch auf der Friedrich-Engels-Straße. Kupplung, Gang rein, Gas, Bremse, kuppeln, Gang raus. Und wieder von vorn. Helga beschließt die Abkürzung zu nehmen, da pfeift sie heute mal auf die kratergroßen Schlaglöcher und sogar auf das *Anlieger frei*-Schild, das sie passieren muss. Ein Anliegen hat sie ja irgendwie schon, auch wenn sie nicht vorhat, in ihrem Kleingarten Bohnen zu pflanzen. Ihr gehört ja noch nicht mal einer der Kleingärten hier in der Anliegerstraße, die links und rechts seit Jahren dem drohenden Abriss trotzen.

Einmal tief durchatmen, Augen zu und vorbei geht's am Schild. Augen wieder auf. Von den Schlaglöchern durchgerüttelt, kämpft sich Helga den Schleichweg entlang, als sie plötzlich intuitiv auf die Bremse geht und langsamer fährt. Das ist doch ... ja! ... das ist Simone Templin, eine von Inges verurteilten Töchtern! Die Art, wie Simone den schweren Müllsack in ihren Kofferraum hievt, lässt Helga vermuten, dass hier was nicht mit rechten Dingen zugeht. Simone guckt sich auffällig unauffällig um, in gebückter Haltung, bewegt sich hektisch – benimmt sich sozusagen komisch. Nachdem sie den vollen Müllsack verstaut hat, zieht sie einen leeren aus dem Kofferraum, bevor sie den dann mit Schmackes wieder zuknallt. Die Luft scheint rein. Wie eine Comicfigur mit niederen Absichten trippelt sie auf Zehenspitzen zurück durch das Tor des Kleingartenvereins *Sonneninsel*.

Helga schaltet den Motor aus. Sieben Minuten später, Helga hat auf die Uhr geschaut, taucht Simone wieder auf; hochroter Kopf, voller Sack, rein damit in den Kofferraum, umgucken, keine Zeugen, leerer Müllsack raus und wieder hinfort durch das Tor. Ohne nachzudenken, wie ferngesteuert, würde Helga später vielleicht aussagen, steigt sie aus ihrem Wagen und geht zu Simones Auto. Ein Blick durch die Heckscheibe zeigt zwei gefüllte Müllsäcke auf der Rückbank und zwei dahinter im Kofferraum. Helga kribbelt's im Bauch. Könnte alles sein, was Templin da eingepackt hat, von Leichenteilen bis zur Laubenentrümplung. Helga klappt die untere Leiste des Nummernschildes herunter und zieht das Kennzeichen heraus. Sie lässt die untere Leiste der Kennzeichenhalterung heruntergeklappt hängen und macht, dass sie wegkommt. Am Ende der Anliegerstraße fährt sie erneut rechts ran und wählt Paulsens Nummer von der Kfz-Zulassungsbehörde. Sie bittet ihren Kollegen um eine Halterabfrage. Als Paulsen anfangen will rumzumosern, sagt Helga: »Komm, mach einfach!«

Helga hat sich zur Sicherheit für die Kriminalpolizei entschieden, um ihre Anzeige zu erstatten.

»Wie muss ich da vorgehen?« Sie lehnt sich mit ihrem Anliegen und in durchgeschwitztem Shirt auf eine Art Empfangstresen, auf dem ein großes Glas mit Traubenzucker steht. Am liebsten würde sie ihrem Kreislauf damit ein bisschen unter die Arme greifen und sich bedienen, traut sich aber nicht so uneingeladen. Der Polizist scheint sie zu kennen.

»Tach, Frau Heidenbluth. Da geben Sie mir bitte erst

mal Ihren Ausweis, damit ich weiß, mit wem ich es hier zu tun habe, und dann sagen Sie mir, wer Sie geärgert hat.«

Helga legt ihren Ausweis und den Schmierzettel mit der rassistischen Beleidigung auf den Tresen. Ohne einen genaueren Blick darauf zu werfen, nimmt der Polizist beides an sich und dazu noch ein Formular von einem Stapel. Mit einer auffordernden Kopfbewegung gibt er Helga zu verstehen, dass sie ihm bitte folgen möge.

In dem kleinen Raum, in dem sie am Tisch Platz nehmen soll, könnte man genauso gut ein Bankkonto eröffnen oder sich eine Versicherung aufschwatzen lassen, die man bestimmt schon hat, aber auf gar keinen Fall braucht; Zimmerpflanze, Aktenschrank, Korkwand mit Notizzetteln. Die Luft erinnert Helga an Tobis Zimmer zu Zeiten, in denen der sportaffine Teenager alle seine Mahlzeiten im abgedunkelten Zimmer einnahm und dabei nicht gestört werden wollte. Auch wenn ihr Job einige Nachteile mit sich bringt, ist sie doch in der Hauptsache froh, ihren Arbeitsplatz vor einiger Zeit an die frische Luft verlegt zu haben.

Nachdem der Polizist ihre Ausweisdaten in das Formular eingetragen hat, faltet er den Zettel auseinander und macht große Augen. Helga würde gerne wissen, ob das bedeuten soll »Oh, hier haben wir es mit einer ernsten Angelegenheit zu tun« oder »Oh, wegen so einem Lausebengelscherz belästigen Sie mich?«. Zur Sicherheit sagt sie lieber gleich, dass der Typ sie wahrscheinlich auch ins Hafenbecken geschubst hat und sowohl Martin Lüppertz als auch Renate Hasselbach das bezeugen können.

»So, nun mal mit der Ruh, und eins nach dem anderen.« Der Polizist beginnt so plötzlich zu schwitzen, dass sich

Helga an ihre Wechseljahre erinnert fühlt und auch mal kräftig ausatmen muss, bevor sie versucht, eins nach dem anderen zu erzählen.

»Und warum kommen Sie erst jetzt?«

»Na ja, ich hatte zu tun, musste ja arbeiten heute früh und dachte, vielleicht ist das nicht weiter wild, und ehrlich gesagt...« Helga wirft einen Blick zur Kaffeemaschine und hätte so gerne einen Kaffee. »... wenn es nur um mich gehen würde, wäre ich bestimmt nicht hergekommen. Ich bin Politesse, da wird man schon mal ...«

»Ins Hafenbecken geschubst«, vervollständigt der Polizist unbeeindruckt den Satz. Dann hebt er den Blick von den Formularen und bewegt seine Augen hin und her, als könne er hier jemanden übersehen haben.

»Um wen soll es denn noch gehen?«

»Vielleicht um Uwe Redepenning.« Helga spürt, wie das Blut in ihren Kopf schießt. Tomatenrot muss sie sein. Der Polizist starrt sie einen Augenblick an, bevor er auf eine merkwürdig röchelnde Art in Gelächter verfällt. Als hätte er sich verschluckt. Von jetzt auf gleich hört er wieder auf damit, knipst einen Kugelschreiber startklar und fragt: »Also, jemand hat Sie ins Hafenbecken geschubst, und der Sohnemann vom Lüppertz hat's gesehen?«

»Ja, und Renate Hasselbach auch.«

»Wann genau war denn das?«

»Vorgestern Abend. So um zehn oder halb elf.«

Das schreibt er sich auf.

»Und haben Hasselbach und Lüppertz auch gesehen, wer es war?«

»Nee, nur Mann mit Kapuze und Jeans.«

»So, dann machen wir das jetzt erst mal fertig, und

dann …« Er schreibt, bis er einen Punkt setzt und aufblickt. »Und wegen dem Zettel, da wollen Sie dann auch noch …«

Helga verzieht entschuldigend den Mund. Sie macht wirklich nicht gerne unnötige Umstände. »Vielleicht hat ja das eine mit dem anderen zu tun, dachte ich.«

»So. So. Dachten Sie. Um halb elf, sagten Sie?«

Sie nickt.

»Abends?«

»Ja.«

»Waren Sie alkoholisiert?«

Helga zögert. »'n bisschen Ouzo«, gibt sie zu. Der Polizist grinst. Er stellt weitere Fragen, bei denen Helga nicht weiß, was die zur Sache tun. Sie fragt sich, ob die Polizei auch so ausführliche Fragen zum Thema Redepenning hat oder ob sich bei Toten einfach wirklich sehr viele Fragen erübrigen.

»Und wegen Redepenning«, wagt sie einen neuen Anlauf.

»Ist auch mit zwei Komma neun Promille reingestolpert«, unterbricht der Polizist.

»Auch?«

»Na ja, ist betrunken reingefallen.«

»Woher weiß man denn das? Gibt es Zeugen?«

Der Polizist guckt Helga verwundert an. Er scheint erstaunt über so wenig Potenzial für logisches Denken. »Da hätte sich doch hundertpro einer gemeldet, wenn er was gesehen hätte. Darum wissen wir das. Und es gibt Überwachungskameras am Hafen.«

»Ach so.« Helga sackt auf ihrem Stuhl ein bisschen in sich zusammen, als hätte man einen Schwung Luft aus ihr abgelassen, heiße Luft. Warum sagt das denn nicht gleich mal einer? An die Dinger hat sie überhaupt nicht gedacht. Wenn das so ist?!? Das ganze Rätselraten für die Katz. »Und da sieht man, wie Uwe Redepenning …«, murmelt sie, mehr so für sich.

»Ja.« Der Polizist macht eine vage Handbewegung. »Na ja, nicht so direkt. Da hat uns eine Möwe die Linse zugeschissen.« Wieder lacht er so unvermittelt grunzend, um anschließend die flachen Hände auf die Tischplatte fallen zu lassen und die Veranstaltung für beendet zu erklären. »Ich werd mir mal Herrn Lüppertz und Frau Hasselbach vorknöpfen, und dann melde ich mich bei Ihnen.« Er schiebt mit den Kniekehlen den Stuhl nach hinten und steht auf. Helga auch. »Wie, zugeschissen?«, fragt sie.

»Zugeschissen«, antwortet er und geleitet sie aus dem Gummipalmenzimmer. Vorne, am Empfangstresen, steht eine aufgelöste Dame im Gespräch mit seinem Kollegen. Helga erkennt sie, es ist eine ehemalige Mitarbeiterin aus Redepennings Fischgeschäft. Helgas Polizist hebt fragend das Kinn. »Einbruch«, erklärt sein Kollege. Redepennings Angestellte nickt hastig. »Jaja, bin gerade hin, und dann hab ich gemerkt, dass einer hinten im Badezimmer das Fenster … auch Schubladen wurden durchwühlt.« Gebannt bleibt Helga stehen. Doch leider wird die einbruchgeschädigte Dame für die weiteren Details nun auch in das stickige Hinterzimmer gebeten, sodass Helga an keine weiteren Informationen kommt.

Simone Templin wohnt in der Siedlung, in der es oft nach Räucherofen riecht, unten am kleinen Bootshafen *Andershof*, Nummer 6, letztes Haus. Es ist ein eingeschossiger Neubau, ein Bungalow, in Pastellgelb mit blauen Dachschindeln. Das lässt Helga vermuten, dass Simone doch noch einen abbekommen hat, nicht wegen der blauen Dachschindeln, sondern wegen des Ganzen.

Helga parkt in einer Parkbucht vor der Hausnummer 8. Die anderen Autos stehen unter Carports hinter Zäunen. An Templins Gartenzaun warnt ein Schild vor einem bissigen Nachbarn und verweist auf die Videoüberwachung des Grundstücks. Helga klemmt sich das Nummernschild unter den Arm und sucht eine Klingel. Es wäre ihr lieb, wenn sie sich irgendwie bemerkbar machen könnte, bevor sie das Grundstück betritt, denn einen Hund, der eigentlich ganz niedlich aussieht aber ziemlich kläfft, könnte sie sich an Simones Seite gut vorstellen. Die Klingel sucht Helga vergeblich. Zögerlich drückt sie die Türklinke runter und öffnet das kleine Tor. Es bleibt ruhig, Hundeattacke oder Einbrecheralarm bleiben aus. Nervös betritt sie den gepflasterten Weg, der zum Haus führt. Wer moralisch normalerweise fest im Sattel sitzt, den kann ein geklautes Nummernschild unterm Arm mächtig verunsichern, stellt sie fest.

An der Haustür hängt ein Blumenkranz. Auf dem Klingelschild steht: *Familie Templin.* Hat die etwa auch Kinder und einen Mann, der ihr so verfallen ist, dass er sogar ihren Nachnamen angenommen hat? Helga drückt den Klingelknopf. Nichts rührt sich; kein Hund, kein Mann, kein Kind, kein anderer Alarm. Sie beschließt einen Blick hinter das Haus zu werfen, da wo Geräusche herkommen. Und da steht sie auch, Simone Templin, mit zwei Holzscheiten in der Hand vor einem Räucherofen. Kleine Flammen züngeln unten aus der offenen Klappe, darüber hängen aufgespießte, am Rücken gespaltene Heringe im Rauch. Neben dem Räucherofen steht ein Campingtisch, auf dem in einer Schüssel noch mehr Silberlinge liegen. Darunter steht einer der blauen Müllsäcke. So aus der Nähe betrachtet, muss Helga zugeben, Simone hat sich richtig gemacht, ist aber leider trotzdem noch hässlich wie die Nacht; die Zähne schief, die Brille dick, die Nase krumm, die Haare fettig wie durch Öl gezogen.

»Nanu«, wundert sie sich. »Frau Heidenbluth, Tachchen.« Gott sei Dank hat sie sie gleich wiedererkannt. Helga fürchtet den Augenblick, wenn man sie aufgrund von Kilos, Alter, Gesichtsfurchen oder irgendwas in der Art eines Tages mal nicht mehr wiedererkennt.

»Entschuldigung, dass ich hier störe, aber ich hab was für dich.«

Sie wedelt mit dem Nummernschild.

»Meins?«, fragt Simone überrascht und schiebt einen der Holzscheite in den Ofen.

»Hab ich bei den Kleingärten, nahe dem Tierpark, gefunden.«

»Ist mir noch gar nicht aufgefallen, dass ich's verloren hab. Muss gleich mal nachgucken, aber erst mal noch das Feuer ordentlich inne Gänge kriegen.« Simone greift in den Müllsack und zieht einen Zweig raus, den sie in den Ofen steckt, bevor sie mit der Fußspitze die Klappe unten ein bisschen weiter schließt.

»Ich dachte, ich bring es dir vorbei«, sagt Helga. »Ach, darf ich dich denn eigentlich noch duzen?«

»Aber sicher, Frau Heidenbluth. Woher wissen Sie denn aber, dass es meins ist?«

»Ich bin Politesse, ich hab einfach mal beim Kollegen

nachgefragt, wem das Schild gehört, dachte, na, wenn ich denjenigen kenn, kann ich's auch vorbeibringen. Ist ja sonst so 'n Gerenne über den offiziellen Weg. Und tatsächlich – bingo – Simone Templin. Die kenn ich doch noch von früher.« Helga hebt die Hände, wie eine Zauberkünstlerin, die gerade ein Kunststück vollbracht hat.

»Ist ja nett.« Simone beginnt aus der Schüssel auf dem Campingtisch weitere Fische auf eine dünne Metallstange aufzuspießen.

»Willst du die neue Kippers-Königin werden?«, versucht Helga das Gespräch am Laufen zu halten.

Simone grinst, und tragischerweise sieht sie nun noch hässlicher aus. »Ich werde!«, sagt sie unter einer Drohgebärde.

»Wird sich Tobi freuen, der liebt Kippers. Muss ich ihm immer besorgen, wenn er kommt. Und weil ja jetzt Uwe Redepenning …«

Simone kneift die Lippen zusammen, während sie den Metallspieß in einem widerspenstigen Heringslappen hin- und herdreht, bis er das Fleisch endlich durchsticht. »Sind eigentlich keine Kippers«, sagt sie. »Sind Bücklinge bei mir. Muss auch nicht unbedingt Königin werden.«

»Sind Kippers nicht das Gleiche wie Bücklinge?«

»Bücklinge sind mit, Kippers ohne Kopp. Ich lass gern den Kopp dran. Die echten Kippers gibt's hier sowieso nicht, sondern in England. Die werden eigentlich kalt geräuchert, man braucht glimmende Sägespäne, die noch rauchen, aber kaum Hitze entwickeln. Die Fische werden 'n bisschen rötlich dabei, und dann mit Zitronen, Oliven, Essiggurken und so gegessen. Wenn man korrekt sein will, nennt man dat, wat hier gibt, Kippers norddeutsche

Art, die sind nämlich heiß geräuchert. Dat is der Unterschied. Und das hier«, sie legt den Metallspieß auf dem Tisch ab, »sind eben Bücklinge.« So beendet sie ihren kleinen Vortrag und greift erneut in den Sack, um kleine Äste herauszuziehen. »Apfelbaumhölzer«, verrät sie ungefragt. »Macht 'n guten Geschmack und 'ne schöne Farbe.«

»Ich sehe hier gar keinen Apfelbaum bei dir im Garten!« Helga schaut sich um.

»Bekomm die immer vom Bekannten aus'm Kleingarten. Hab mir gerade vorhin welche geholt, muss man aber erst mal schön trocknen lassen, so wie die hier, die sind vom letzten Jahr.«

Eine Paranoide mit Panikattacken, diagnostiziert sich Helga selber. Keine Leichenteile im Sack, nur Apfelbaumhölzer, freiwillig rausgerückt von einem Freund mit Kleingarten.

»Am besten geht dat aber mit Buchenholz«, fährt Simone fort und schließt die untere Ofenklappe mit der Schuhspitze jetzt ganz. »Fische sind jetzt schön trocken. Wenn sie fertig geräuchert sind, sehen sie aus wie aus Gold.« Simone wischt sich die Hände an einem Lappen ab.

»Kennst dich ja gut aus. Hätte nicht gedacht, dass du hier räucherst, was ihr verkauft.«

»Normalerweise macht das meine Schwester, und das allermeiste räuchert sie auf dem Schiff. Wir haben da zwei richtig große schöne Öfen, aber Mutti will uns wegen der Sache gerade nicht im Verkauf oder sonst wie auf dem Schiff haben. Wir haben also Sendepause im Kutter, und darum mach ich hier ein bisschen was. Und meine Schwester …«

»Welche Sache?«

»Na, Sie brauchen nicht so zu tun, weiß doch jeder, was los war.«

»Ich hab's nicht so mit Gerüchten.«

»Ist ja kein Gerücht. Stimmt ja. Wir waren einfach doof. Aber meine Schwester …«

»Aber ihr habt nur die stellvertretende Bürgermeisterin und nicht den Redepenning wegen der Lizenzen geärgert, oder?«, unterbricht Helga etwas forsch. Simone verzieht ihr hässliches Gesicht zu einer abscheulichen Doppelkinnfratze. »Quatsch!« Dann marschiert sie an Helga vorbei. »Sie wissen ja doch ganz gut Bescheid. Na, ich guck mal nach wegen dem Nummernschild.« Helga folgt ihr zum Carport. Zwei Katzen schleichen im Nachbarsgarten am Zaun entlang. Sie haben die aufgespießten Fische auf dem Campingtisch im Visier.

»Tatsache!«, stellt Simone beim Blick auf ihr fehlendes Nummernschild fest. Helga drückt es ihr in die Hand. Etwas unschlüssig legt es Simone dann auf dem an der Mauer hochgestapelten Holzhaufen ab. Anschließend ringt sie sich noch zu einem: »Na, grüßen Sie Tobi mal von mir« durch, womit der Rausschmiss besiegelt ist. Helga verlässt das templinsche Grundstück und stellt sich kurz vor, wie es gewesen wäre, wenn sich Tobi damals erbarmt und Simone zu ihrer Schwiegertochter gemacht hätte.

Eine eiskalte Hand legt sich auf ihre Schulter. »Frau Heidenbluth?« Erschrocken fährt Helga herum. Sie war so in Gedanken, dass sie gar nicht gemerkt hat, wie ihr Simone hinterhergelaufen ist. »Hier, kleines Dankeschön für das Nummernschild. Erspart mir viel Lauferei.« Sie drückt Helga ein in Zeitungspapier gewickeltes Päckchen in die Hand. Etwas verdattert bedankt und verabschiedet sich

Helga. Erst im Auto stellt sie sich die Frage, ob sich in dem Packen, so wie sie vermutet, wirklich Fisch befindet, denn es riecht gar nicht so, es riecht nur nach druckfrischer Zeitung. Aber was soll's denn sonst sein?

Zu Hause wickelt Helga frischen Fisch aus. Jetzt liegt er da und glotzt sie an. Sie glotzt zurück. Was fängt sie mit zehn grünen Heringen an? Ausgenommen und entschuppt, immerhin. Helga holt die Flaschenpost. Vielleicht findet sie hier eine Antwort. Sie fummelt die Rezepte aus der Flaschenöffnung und rollt sie auseinander. In altmodisch geschwungener Tintenschrift ist zum Beispiel das Rezept einer schwedischen Dorschsuppe mit Safran notiert, Heringssalat mit Kapern, Scholle in Biertunke mit Pfefferkuchengewürz, sauer eingelegte Bratheringe mit Anis, Senfkörnern, Lorbeer, Nelken, Pfeffer, Piment und Wacholder. Zwiebeln, Nelken, Lorbeer und Essig hat sie vorrätig, den Rest kann sie morgen besorgen. Eingelegte Bratheringe findet sie eine richtig gute Idee. Mag sie, hat sie aber noch nie selber gemacht.

Nachdem sie die Heringe gebraten, sie bis auf zwei mit heißem Essigsud übergossen und sie unter Nelken, Lorbeer und Zwiebelscheiben begraben hat, stinkt ihre ganze Bude inklusive der Bewohnerin nach Fisch. Sie kippt das Küchenfenster, packt die zwei gebratenen Fische in eine Tupperdose und zieht sich um. Mit der Tupperdose macht sie sich auf den Weg zur Chorprobe. Ein bisschen Erholung hätte sie heute Abend gewiss gebrauchen können, aber auf eine Begegnung mit Pastor Wilhelm zu verzichten kommt nicht in die Tüte. Hoffentlich mag Wilhelm gebratene Heringe.

Der Fischgeruch hängt ihr noch im Haar, als sie sich im Gemeindehaus zu den anderen Chorsängern in den Stuhlkreis gesellt. Bestimmt hätten sich Sonja oder Thoralf nicht nehmen lassen, sie auf den Geruch hinzuweisen, wenn Helga nicht noch eine viel aufregendere Information hierher vorausgeeilt wäre. Man merkt es ja gleich, an der Art, wie alle verstummen und glotzen, dass man sich an tote Heringe erinnert fühlt, mit denen man nichts anzufangen weiß. »Is was?« Helga schaut fragend in die Runde. Irene platzt als Erste: »Wahnsinn, dass du ins Hafenbecken gefallen bist. Wie geht's dir denn?«

»Gut«, antwortet Helga. »Keinen Schnupfen geholt. Bin vielleicht der lebende Beweis, dass Chorsingen das Immunsystem stärkt.«

Die Runde lacht. Ob sie denn auch betrunken gewesen sei wie der Redepenning, ob sie dachte, ihr letztes Stündchen hätte geschlagen und wie sich das angefühlt hat zu ertrinken und ob sie jetzt nicht unter Verfolgungswahn leiden würde. Widerwillig versucht Helga mit knappen Antworten die Sensationsgelüste zu stillen, dabei wirft sie Renate immer mal wieder einen vorwurfsvollen Blick zu. Abwehrend hält die die Hände hoch, als hätte sie nichts Böses getan. Ob sie Martin Lüppertz die Mülltüten jemals verzeihen würde, über die sie gestolpert sei, will Holger wissen.

»Nee, da hast du was falsch verstanden!«, sagt Irene.

Holger hebt die Schultern. »Ach so, na ja, bin 'n bisschen später gekommen.«

»Sie ist nicht gestolpert«, erklärt Irene, »sie wurde reingeschubst, und Lüppertz war da wegen der Mülltüten, aber geschubst hat der nicht, oder, Renate?«

Erleichtert atmet Helga auf, als die Chorleiterin den Raum betritt und sich startklar an das silberne Keyboard setzt. Nach einem knackigen »'n Abend« haut sie sofort in die Tasten für das Aufwärmlied, wie sie es nennt: *Ein feste Burg ist unser Gott* von Luther. Inhaltlich hat Helga mit dem Repertoire manchmal Schwierigkeiten. Sie versteht nicht, worum es geht, worauf man hinauswill. Aber das macht nichts. Vom Gefühl her gefallen ihr die Lieder, sie vermitteln so was grundsätzlich Menschliches und Friedvolles, obwohl man ja manchmal den Eindruck hat, dass sich das beides ausschließt.

Im Gegensatz zu ihrem Sohn und dessen Vater hat Helga mit Kirche nicht viel am Hut. Sie hatte nur nicht Nein sagen wollen, als Pastor Wilhelm vor einigen Wochen offensiv um neue Chormitglieder warb und sie nach ihren gesanglichen Ambitionen fragte. Die lagen bei null Komma null. »Ambitionen sind vorhanden«, log Helga dennoch, »aber was ist mit meinem gesanglichen Können?« Pastor Wilhelm hatte versichert, dass es darum natürlich nicht gehen würde. Und so nahm das Unheil seinen Lauf. Inzwischen hat sich Helga ganz gut in den Chor eingelebt, und dass sie wirklich überhaupt nicht singen kann, würde zumindest sie selbst von sich jetzt gar nicht mal mehr behaupten. Geht eigentlich.

»Riecht hier so nach Fisch!« Die Chorleiterin hält inne und schnuppert wie ein Hund in die Luft. Und wieder hat Helga alle Aufmerksamkeit, allerdings nicht wegen eines ihr zugemuteten Solos oder so was. Schuldbewusst deutet sie mit dem Finger auf ihre Tasche. »'tschuldigung!«

»Und das gibt sie auch noch zu«, freut sich Thoralf.

Die Chorleiterin guckt sie einen Moment lang an und

fragt sich bestimmt, warum, in Herrgotts Namen, jemand mit Fisch bewaffnet in ihre Chorprobe kommt. Helga möchte es lieber nicht verraten. Es wird früh genug zum Gerede wegen ihr und Wilhelm kommen.

Kaum ist der letzte Ton verklungen und die Chorleiterin mit den Worten: »Der Letzte macht das Licht aus« so schnell hinfortgeeilt, wie sie aufgekreuzt war, sieht sich Helga wieder von der ganzen Bande umringt. Unzählige neue Fragen haben sich während des Singens aufgedrängt. Ob sie Anzeige erstattet habe oder eine Ahnung, wer so sauer auf sie sei. Und ob die Versicherung was zahlt, weil doch bestimmt die Schuhe gelitten hätten. Und was sie macht, wenn das noch mal passiert, ob sie sich noch alleine irgendwohin traut. Irene kommt unter dem Gelächter der anderen sogar noch auf die wahnwitzige Idee, ob einer sie da nicht *absichtlich* umbringen wollte.

»Berufsrisiko«, sagt Helga und versucht damit alle Spekulationen zu beenden. Sie hört, wie Pastor Wilhelm seine Bürotür im Flur abschließt. Gleich wird er die Treppe zu seiner Wohnung ins Obergeschoss hinaufsteigen. Wenn jetzt alle gleichzeitig aus dem Probenraum stürzen, wird es schwierig, ihm die zwei gebratenen Fische unkommentiert von choralem *hehehe* und *hihihihi* zu übergeben. Um etwas Zeit zu schinden, entschließt sich Helga nun doch zu mehr Ausführlichkeit und erwähnt noch die Schmierzettel unter ihrem Scheibenwischer und den verzierten Briefkasten. Man könnte fast meinen, sie will sich wichtigmachen.

»Was die immer mit deinem Sohnemann haben?«, wundert sich Sonja. »Eigentlich ist Tobias doch ganz normal. So wie wir fast. Also, ich meine, er ist ja immerhin sogar Arzt.«

Die anderen nicken zustimmend. Obwohl keiner von denen auch nur ansatzweise Arzt ist.

»Die werden den Idioten schon finden. Lüppertz hat ihn ja ein bisschen gesehen.«

»Du auch?«, wendet sich Markus an Renate. Die bringt sich in Stellung: »Ich hab nur einen von Weitem rennen sehen«, antwortet sie und holt Luft, um diese Tatsache, dieses Ereignis noch etwas auszuschmücken. Aber Ina macht das Licht aus. »So, Leute, Feierabend. Mein Göttergatte wartet auf mich.«

»Schön für dich«, mault Renate.

Helga lässt allen den Vortritt. Einer nach dem anderen schiebt sich mit einem aufmunternden Spruch an ihr vorbei. Auf dem Flur im Gemeindehaus fängt Renate an zu bummeln und wühlt in ihrer Handtasche. So lange, wie sie da herumkramt, hätte sie längst alles finden müssen, selbst wenn sie schon vergessen hätte, wonach sie eigentlich sucht. Die Zeit tickt. Wenn Wilhelm schlafen geht, ist das nicht mehr unbedingt ein Moment, in dem man ihm gebratenen Fisch schenken möchte.

»Und du hast ihn angezeigt, ja? Das finde ich richtig so. Blöder Nazi.« Renate hängt sich die Tasche über die Schulter und lehnt sich ans Treppengeländer.

»Ja.« Jetzt muss Helga auch noch ihre Handtasche öffnen und darin wühlen, weil sie nicht weiß, was sie sonst machen soll. Renate geht trotzdem nicht. Auf was wartet sie denn bloß? Im Obergeschoss öffnet sich Wilhelms Wohnungstür. »Hallo, noch jemand da?«, ruft er. »Ja, wir!«, antwortet Renate und gibt Helga mit einer Grimasse zu verstehen, dass sie wohl langsam verschwinden sollten.

»Ach«, wirbelt Wilhelms Stimme durch Helgas Bauch, »dann kommen Sie doch gut nach Hause. Einen schönen Abend.«

Helga fasst sich ein Herz. »Gute Nacht!«, versucht sie zu rufen, aber aus dem Rufen wird nichts. Es wird ein Flöten. Stille. Dann Schritte auf dem knarrenden Holzboden. Renates Blick geht verwundert nach oben. Auf dem Treppenabsatz erscheint Wilhelm. Helgas Herz macht ein paar schnelle Schläge, als wollte es sagen: Mach schnell auf und lass ihn rein. Als sich ihre Blicke treffen, hämmert ihr Herz wie ein Sondereinsatzkommando gegen eine versperrte Tür, hinter der allergrößte Gefahr lauert. Dabei steht ihm die Tür ihres Herzens doch längst offen.

»Hab ich doch die Stimme richtig erkannt«, freut er sich.

»Hallo«, säuselt Helga und räuspert sich.

»Hallo, Helga! Tach, Frau, ähm ...«

»Hasselbach«, hilft ihm Renate auf die Sprünge.

Wie kann das sein? Die haben doch gesagt, dass man nach der Menopause völlig entspannt ist, weil sich dieser ganze Hormonzirkus verabschiedet. Wie kann das sein, dass Helga jetzt wie eine Teenagerin kichert, butterweiche Knie und ein riesiges schwarzes Nichts im Kopf hat? Wenigstens bei Renate fällt endlich der Groschen. Was auch immer sie noch vorhatte herauszufinden oder mit Helga besprechen wollte, sie lässt endlich davon ab. Vielleicht hat sie auch gedacht, sie seien nach der Rettungsaktion jetzt befreundet oder so was.

»Na ja, können ja ein andermal weiterquatschen. Muss los«, sagt sie und verschwindet. Helga müsste jetzt den Fisch herausholen, kommt sich aber blöd vor. »Ich wollt euch nicht stören«, behauptet Wilhelm. »Hoffentlich hab ich deine Freundin jetzt nicht vertrieben!?«

»Ach die, nein, nein, weiß gar nicht, was sie wollte«, sagt Helga, und dann kommt ihr eine Blitzidee, oder ein Geistesblitz, wie man so sagt – zur rechten Zeit am rechten Ort. »Vielleicht hat sie sich Sorgen um mich gemacht und wollte mich nach Hause begleiten.« Etwas bedrückt wendet sie den Blick ab und schaut zu Boden. Wilhelm beißt an: »Muss man sich um dich sorgen?«

»Nein, nein.« Mit geschlossenen Augen schüttelt Helga den Kopf.

»Raus mit der Sprache, Helga!«

Wilhelm wird ganz bleich, als er hört, was Helga nach dem Akropolisabend widerfahren ist. »Und ich habe mich noch nicht mal erkundigt, ob du gut nach Hause gekommen bist«, fängt er sofort an, sich Vorwürfe zu machen. »Keine Widerrede, ich bring dich nach Hause.«

Helgas Gummisohlen quietschen auf dem Weg. Sie findet das unangenehm. Klack-klack-klack sollte es machen, nicht quietsch-quietsch-quietsch wie bei einer Achtzigjährigen, aber Pastor Wilhelm lässt sich nicht abschrecken, und ehrlich gesagt, er quietscht selber auch ein bisschen. Und wieder leuchtet der Mond so hell auf die beiden hernieder. Die Straßen sind leer gepustet, und hinter dem Polizeipräsidium liegt dunkel der Teich. Zwischen zwei Laternen bleibt Wilhelm stehen und nimmt ihre Hände in seine. Das ist fast zu viel des Guten. Helga wird schummerig wie heute früh bei ihrer Panikattacke. Sie schließt die Augen. Seine rauen Lippen legen sich zart auf ihre. Dort verbleiben sie, am besten für alle Ewigkeit. Sie hält die Augen geschlossen.

Motorengeräusch fährt in den stillen Moment, und die Welt hinter ihren geschlossenen Augenlidern beginnt hell und dunkel zu blinken. Helga öffnet die Augen. Eine Feuerwehr ruckelt sich über das Kopfsteinpflaster. In was für unterschiedlichen Welten sich die Leute bewegen, überlegt sie. Während sie geküsst wird, zum ersten Mal seit acht Jahren oder sogar noch ein, zwei Jährchen mehr, fackelt einem anderen die Bude ab. Oder anders gesagt: während ihr Herz in Flammen steht …

Dass manchmal alles auf einmal in derselben Welt passiert, muss Helga feststellen, als sie mit Wilhelm in ihre Straße einbiegt. Auch wenn es schon von Weitem danach aussieht, als stünde die Feuerwehr ausgerechnet vor ihrem Haus, so glaubt sie dennoch, der Kelch würde, wie sie's gewohnt ist, auch dieses Mal wieder an ihr vorübergehen. An diesem bitteren Ende jedoch wird Helga der Kelch gnadenlos in die Hand gedrückt. »Bei dir brennt's!«, wird sie unten im grellen Licht des Hausflurs von der Hausgemeinschaft in Empfang genommen. Alle sechs Parteien sind vollzählig versammelt, hemmungslos in Nachtwäsche, barfuß und aufgeregt wie Kinder vor der Bescherung.

»Bist zu spät«, sagt Nachbar Kluge, »deine Tür haben sie schon aufgemacht.«

Wilhelm legt beruhigend die Hand auf ihren Unterarm.

Eilig steigt Helga in den ersten Stock. Wilhelm und Frau Gransee folgen ihr. »Du, das hat so gerochen«, schnauft Frau Gransee hinter ihr. »Ich hab dann vor deiner Tür geschnüffelt, dachte zuerst, du machst wieder deine komischen Rezepte, aber irgendwie stank das noch anders als sonst. Da hab ich einfach mal die Feuerwehr gerufen, das erste Mal, o Gott, mir geht immer noch die Pumpe.«

»Ja, danke, Frau Gransee.« Helga betritt ihre Wohnung. Nach Fisch riecht es nicht mehr, höchstens nach geräuchertem. »Ich gehör hierher«, sagt Helga. »Wo brennt's denn jetzt?« Ein Feuerwehrmann, der sich zuständig fühlt, dreht sich um. Volle Montur, schwere Stiefel, Helm mit Visier. Er behauptet, sie hätte Glück, so aufmerksame Nachbarn zu haben. Zum Brand wäre es deshalb gar nicht erst gekommen. Es sei wirklich noch nicht viel passiert, da hätte was ein ganz kleines bisschen geschmort, wahrscheinlich eine defekte Elektrik.

»Ein Brandanschlag?«, fragt Helga.

Der Feuerwehrmann lacht. »Haben Sie Feinde? Wie gesagt, es ist eher eine defekte Elektrik. Da hat sich 'n Kabel verselbstständigt, da unten an der Steckdose in Ihrem Wohnzimmer.«

»Was heißt denn *eher eine defekte Elektrik*?« Helga schaut sich aufgelöst um. »Und wie sind Sie hier überhaupt reingekommen?«

»Durch die Tür, brauchten nicht mal 'n Zieh-fix, einfach nur mit Dietrich, Schloss ist noch heile! Sie sollten Ihre Tür nicht nur ranziehen, sondern auch abschließen.« Er macht mit der Hand zur Sicherheit eine Drehbewegung, falls sie auch das sonst nicht richtig verstehen würde.

»Da haben Sie die Tür einfach aufgemacht?« Aufgebracht zeigt Helga zur Tür. »Dann lassen sich ja jetzt gar keine Einbruchspuren mehr feststellen. Und was, wenn vorher auch schon einer mit einem Dietrich drinnen war? Oder ist darum der Polizist da? Ist hier jemand eingebrochen und hat an der Leitung rummanipuliert?«

»Die Polizei ist immer dabei, wenn wir irgendwo reinmüssen.«

Verunsichert schaut der Feuerwehrmann zu Pastor Wilhelm. Dieses Mal legt er seine Hand auf Helgas Rücken und spricht mit seiner sonoren Pastorenstimme. »Du, Helga, er sagt doch, es ist nichts weiter passiert. Ein defektes Kabel, aufmerksame Nachbarn und mehr ist es nicht. Am besten, du übernachtest heute im Gemeindehaus. Um alles Weitere können wir uns morgen kümmern.«

»Richtig!«, nickt der Feuerwehrmann. »Nix passiert. Wir sind hier gleich fertig, lassen Ihnen alles an Formularen und Infomaterial da, was Sie brauchen, und um alles andere können Sie sich wirklich morgen kümmern. Ihr Schlüssel passt auch noch.«

Nachts findet sich Helga auf Wilhelms Sofa wieder. Sie hat dort genauso wenig zu suchen wie tags zuvor Martin Lüppertz auf ihrem Sofa, wenn man mal ehrlich ist. Wilhelm hat sie mit Weißwein versorgt und sitzt ihr, die Hände im Schoß verschränkt, gegenüber, wie wahrscheinlich nur ein Pfarrer es kann. Das Einzige, was Helga gerade zu beichten einfiele: dass sie den Elektrikertermin seit Wochen vor sich hergeschoben hat. Und nun hat sie den Salat. An Knutschen ist gerade nicht zu denken. Es gibt so viele andere Dinge, die ihr jetzt im Kopf herumschwirren, so wie noch vor einer Stunde die Schmetterlinge in ihrem Bauch, die Wilhelm mit seinem Kuss aufgescheucht hatte.

Pastor Wilhelm versucht es mit seiner souveränen Ausstrahlung, aber ganz will ihm das nicht gelingen. Auch er wirkt ein wenig verstört. »Wir sollten uns schlafen legen«, schlägt er vor, »und morgen kümmern wir uns dann um deine Wohnung.« Helga weiß gar nicht mehr, was sie tun soll: schlafen oder umfallen, noch mal zur Polizei, Anzeige gegen Unbekannt wegen Brandstiftung erstatten, Tobias benachrichtigen, falls er bei ihr zu Hause auf dem Festnetz um diese Zeit niemanden erreicht und sich Sorgen macht? Ob die Feuerwehr zur Sicherheit die Hauptsicherung ausgeschaltet hat? Und was macht dann der Kühlschrank? Schimmelt alles darin seelenruhig vor sich hin? Die Feuerwehrmänner haben sich bestimmt gewundert, wie es bei einer erwachsenen Frau so unaufgeräumt sein kann. Vielleicht sollte sie doch lieber an gar nichts denken und sich noch mal küssen lassen!

Aber Pastor Wilhelm hat andere Pläne. Er richtet ihr ein Bett in seinem Gästezimmer her und schlägt vor, dass sie versucht, so schnell wie möglich einzuschlafen. Er selber bräuchte auch dringend eine Mütze Schlaf. Und dann gibt er ihr wie ein Überraschungsangriff einen Gutenachtkuss auf den Kopf. Ihr Haar! Der Fischgeruch. Sie hat noch die gebratenen Heringe in ihrer Tasche. Weil es für die ja von Anfang an nie den richtigen Moment gab, kramt sie die zu allem Überfluss jetzt heraus.

»Hier, die sind für dich. Bitte nicht wundern.« Pastor Wilhelm zieht seine ergrauten Augenbrauen hoch und fummelt umständlicher, als man es von den filigranen Fingern erwarten würde, am Plastikdeckel der Tupperdose herum, bis er sie endlich aufbekommt. Helga vermutet, dass er als Pastor ungewöhnliche Präsente gewohnt ist. So wie er guckt, hätte es ein Buch sein können statt zwei gebratener Heringe. »Danke. Wie nett!«

»Gehören in den Kühlschrank.«

Ein letztes Lächeln, ein letzter Blick und Gute Nacht!

Sie hört noch, wie er die Tupperdose in seinen Kühlschrank schiebt und die Tür zufallen lässt. Dann bleibt es totenstill in der Pastorenwohnung.

Helga kann nicht einschlafen. Sie starrt an die Decke. Neben der Lampe befindet sich ein untertassengroßer Fleck, der auf ähnlich unerklärliche Weise dorthin geraten sein muss wie sie auf dieses Schlafsofa. Von draußen scheinen die Laternen durch die dünnen, karierten Vorhänge. Sie dreht sich von einer Seite auf die andere, wirft einen Blick auf ihr Handy. Schon wieder nach Mitternacht. Sie nimmt ihr Telefon und wählt Theos Nummer.

»Theo? Helga hier.«

»Helga!?«

Sie hört schon an seiner Stimme, dass es nicht passt.

»Pass auf«, versucht Helga gleich zum Punkt zu kommen. »Ich bin im Gemeindehaus. Schlaf heut hier, weil …«

»Kann's mir denken.«

»Nein, weil vielleicht jemand versucht hat, meine Wohnung abzufackeln.«

»Helga?!?«, ruft Theo erschrocken ins Telefon, als hätte sie selbst was angestellt.

»Hast du morgen Zeit? Wir müssen mal besprechen, wie es weitergehen soll.«

»Was denn weitergehen?«

»Wir müssen rausfinden wer …«

»Wir?«, unterbricht Theo. »Ich schlage vor, wenn jemand versucht hat, deine Wohnung abzufackeln, gehst du noch mal zur Polizei, aber dalli.«

»Ich hab doch keine Beweise. Die Feuerwehr sagt, das lag an der defekten Elektrik.«

Theo wird ungeduldig. »Hat jetzt jemand deine Wohnung in Brand gesteckt, oder ist das passiert, was ich dir seit Wochen prophezeit habe, nämlich dass deine defekte Elektrik mal Probleme machen wird?«

»Keine Ahnung, aber ich hab langsam echt Angst …«

»Du, ich hab auch Angst.« Theo spricht flüsternd weiter. »Evelyn ist in Rage, dabei hab ich bloß …«

»Irgendeinen Scheißschwamm beim Abwaschen nicht richtig ausgedrückt, ich weiß!«, schimpft Helga.

»Na, hör mal«, sagt Theo entrüstet.

»Ist doch wahr.«

»Du«, versucht Theo den Spieß umzudrehen. »Nur weil du es nicht geschafft hast, mal einen Elektriker anzurufen, muss ich auf der Stelle springen, wenn es anfängt, bei dir zu kokeln.«

»Mann, Theo, es kokelt so richtig was bei mir. Merkst du's denn nicht? Ich komm gar nicht zur Ruhe. Erst der Mordanschlag, heute der Brand.«

»Helga, du übertreibst.«

»Ich übertreibe?« Sie setzt sich im Bett auf. »Ach ja? Ich übertreibe?«

»Du bist hysterisch.«

»Ich? Hysterisch? Du tickst doch nicht mehr richtig.«

Theo bleibt stumm.

»Ist doch wahr«, schiebt Helga hinterher. »Bei dir kokelt schon viel zu lange was vor sich hin. Wahrscheinlich ist schon alles verkohlt in deinem Oberstübchen nach fast vierzig Jahren Ehe mit deiner alten Schreckschraube. Dann hilf mir eben nicht. Bleib bei der, bleib, wo der Pfeffer wächst.« Wütend legt sie auf. Sie guckt noch eine ziemlich lange Weile das Telefon an, aber Theo ruft nicht noch mal an. Sie auch nicht.

Sauer eingelegt

»Der war heute früh mit der Zeitung in unserem Briefkasten!« Verwundert lässt Pastor Wilhelm einen Umschlag auf seinen Küchentisch fallen, der mit Helgas Namen versehen ist. »Ah, gut, danke!« Als hätte sie die Post bereits erwartet, schiebt Helga den Brief ungeöffnet in ihre hintere Hosentasche, ungeachtet Wilhelms fragenden Blickes. Sie nimmt noch einen Schluck Kaffee und schaut scheinbar interessiert durch die Gardinen nach draußen, als ginge dort auf der Straße etwas ziemlich Außergewöhnliches vor sich, dabei rollt der Verkehr nur wie eh und je hin und her; Autos, Fahrräder, Kinderwägen, Skateboards – das Leben in seinen unterschiedlichen Geschwindigkeiten.

Der Briefumschlag sticht ihr mit seiner Ecke über dem Hosenbund ins nackte Fleisch. Woher weiß der Absender, dass sie die Nacht hier verbracht hat? Unheimlich ist das. Und als sich Wilhelm mit der Zeitung zu ihr an den Tisch setzt, ohne sie aufzuschlagen, wird ihr noch unheimlicher. Wilhelm legt seine Hände auf die Zeitung und schaut Helga an, als eröffne er gleich die Grabrede. Helga schaut auf die Uhr. In zwanzig Minuten muss sie auf Schicht sein. Hoffentlich macht er's nicht zu kompliziert, aber es ist bekanntermaßen kein Leichtes und kann dauern, die richtigen Worte zu finden, wenn man sich schon so bereit macht wie Wilhelm.

»Helga, ich, also ich möchte ehrlich sein«, sagt er. »Da sind Sympathien zwischen uns, das merke ich, und du vielleicht auch.«

Sie schmunzelt verschämt. Um das nicht zu bemerken, müsste man aber schon eine amtliche Wahrnehmungsstörung haben.

»Aber ich würde gerne, also solange du auch hier im Gemeindehaus wohnst …«

»Ich kann heute wieder in meine Wohnung«, unterbricht sie, bevor hier gleich bei dem Gespräch was schiefgeht. »Hat doch die Feuerwehr gesagt. Kein Problem.«

»Du kannst gerne noch ein paar Tage hier wohnen, aber, also, das mit uns, mir geht das alles etwas zu schnell.«

Zu schnell? Zu schnell!?! Jetzt klingt er aber wie eine sechzehnjährige Teenagerin.

»Weißt du«, sagt er, »ich mag dich wirklich sehr, schon länger. Ich habe gemerkt, dass da was ist, aber jetzt, wo wir diesen Weg eingeschlagen haben, bin ich mir nicht mehr so sicher, ob ich ihn gehen will und wohin er mich führen wird.«

Er? Welcher er? Der Weg oder der Herr? Helga versteht kein Wort, so wie bei diesen Chorliedern mit den ihr unverständlichen Texten von Herrn und Hirten. Zur Sicherheit nickt sie aber.

»Ich …« Pastor Wilhelm zupft am herunterhängenden Tischtuch. »Vielleicht sollten wir erst mal … also …«

Helga versteht nur Bahnhof. »Klar«, sagt sie. »Wir können erst mal nur … also wie immer?«

»Gut.« Der Pastor lässt seinen Kopf ein paar Zentimeter fallen. »Weißt du, ich will einfach kein Gerede.«

»Hab's kapiert«, sagt Helga. »Ich muss jetzt aber los.«

Der Pastor ringt sich ein Lächeln ab. »Aber heute Nachmittag, da komm ich mit in deine Wohnung und helfe dir mit dem Schloss und den Formularen, ja?«

»Mal sehen. Ich ruf dich an.« Helga steht auf. Nichts wie weg hier, bevor sie gleich zu allem Unglück vor ihm noch ins Flennen gerät. Draußen reißt sie wütend den Briefumschlag auf. Zu schnell? Im Schneckentempo ging's zu diesem ersten Kuss. Zu schnell! Pfff. Sie zieht ein weißes A4-Blatt heraus. Und ihr anderer Verehrer, der Typ, der offenbar auch ein Problem mit ihr hat, fängt an, sich richtig Mühe zu geben. Dieses Mal ist die Nachricht nicht handschriftlich, sondern am Computer verfasst worden.

HALT DICH RAUS, SONST KANNST DU WAS ERLEBEN. ICH WEISS, WO DU WOHNST! UND DAS NÄCHSTE MAL WERF ICH DICH NICHT NUR IN DEN SUND. DAS NÄCHSTE MAL SORGE ICH DAFÜR, DASS DU ERSÄUFST WIE REDEPENNING. UND DEINEN PASTOR SCHICK ICH DIR GLEICH HINTERHER IN DEN HIMMEL.

Also doch! Der, der ihr die Nachrichten hinterlässt, hat sie auch in den Sund gestoßen, absichtlich, weil sie sich *raushalten* soll. Raushalten! Das klingt aber nicht unbedingt nach einem ungerechtfertigten Knöllchen. Helga hält sich vor Schreck die Hand vor den Mund und muss lachen. Aus dem Lachen wird ein Weinen, und dann lacht sie wieder und weint dabei auch noch ein bisschen. Hoffentlich sieht sie keiner. Völlig aus der Fassung steckt sie den Brief in ihre Tasche und zieht ein Taschentuch heraus, in das sie schnäuzt. Wenn die Ängste, dass Pastor Wilhelm sie gerade in die Wüste geschickt hat, dass sie irgendwas Falsches gesagt oder getan hat, dass ihm der Kuss oder die gebratenen Fische nicht geschmeckt haben, wenn diese Ängste nicht gerade so übermächtig wären, dann würde sie sich jetzt wahrscheinlich wegen der Drohung vor Angst in die Hose machen. Aber unter den gegebenen Umständen sollen die Leute sie doch so oft ins Wasser schubsen, wie sie lustig sind.

Als Helga etwa dreißig Minuten später in ihrem Büro am Schreibtisch sitzt, um Berichte zu schreiben, ist das Taschentuch immer noch in Gebrauch und ziemlich durchgeweicht. Sie versucht ihre Tränen lautlos da hineinzubekommen, doch ab und zu entfährt ihr ein Schluchzer, der die Kolleginnen peinlich berührt verkrampfen und stumm auf die Computerbildschirme starren lässt.

Als sich Helga in ihrer Mittagspause ein Fischbrötchen bei Lüppertz holt, obwohl sie gar keinen Appetit hat, steckt sie sich noch drei Servietten für den Notfall in die Tasche. Sie ist ziemlich übermüdet, was sie vermuten lässt, dass das mit der Weinerlichkeit heute auch nicht mehr besser wird. Martin ist immer noch krank. Helga hätte gerne ein paar Worte mit ihm gewechselt, einfach so, weil sie ihn mag, weil sie's gewohnt ist und Gewohntes wichtig, oder weil es schön ist, angehimmelt zu werden, oder weil es einfach auch wirklich nett mit ihm ist. Sie kann verstehen, warum sich manche zu Affären hinreißen lassen, die sie eigentlich nicht wollen. Man muss sich nur einsam genug fühlen. Oder sauer sein. Oder Angst haben. Es gibt wirklich unendlich viele Gründe. Nur Wilhelm, der findet ausgerechnet den einen Grund, der dagegenspricht, den unergründlichen Weg des Herrn, oder so ähnlich, zu beschreiten. Mit einem herzhaften Biss ins Brötchen und festem Blick auf den Kirchturm der Marienkirche, der hinter den Dächern der Innenstadt emporragt, versucht Helga dem aufkommenden Schwindelgefühl zu trotzen.

»Bei Lüppertz isser doch noch am besten«, findet die Frau, die sich zu Helga an den Stehtisch gesellt. Vielleicht auch eine mit Zahnfleischproblemen, vermutet Helga, bevor sie die Frau erkennt. Die ehemalige Mitarbeiterin von Redepenning, die ihr kürzlich erst auf der Polizeiwache begegnet ist. Die sollte sich mit Fisch eigentlich auskennen.

»Ja, mir schmeckt's hier auch immer gut«, nickt Helga, dankbar für ein bisschen Ablenkung. Anschließend schauen beide eine Weile kauend auf den Kanal zwischen Hafeninsel und Innenstadt, wo beseelte Heringsangler gerade ihr fischblutverschmiertes Mietboot entladen. Eimer für Eimer hieven sie an Land. Was will man denn mit so vielen Heringen anfangen? Damit kann man sich doch nur unbeliebt machen, wie mit allem, von dem man viel zu viel im Angebot hat.

Plötzlich spürt Helga einen Stoß und stolpert, so fühlt es sich zumindest an. Sie fällt ins Hafenbecken. Dass das nicht real ist, weiß sie. Und trotzdem: Es ist dunkel, es ist kalt, sie schluckt Brackwasser. Martin taucht am Kai auf. Und Renate Hasselbach. Helga klammert sich mit einer Hand an den Stehtisch und wischt sich mit dem Handrücken der anderen, in der sie das Brötchen hält, über die Stirn, wo sich kalter Schweiß gebildet hat. Sie ist ausnahmsweise froh, dass sie heute den ganzen Arbeitstag im Büro mit Papierkram verbringen wird.

»Alles okay?«, fragt die Dame.

»Ja«, lügt Helga, während eine kleine Windböe ihre weiße Serviette kurz möwengleich mit einem Flügel schlagen lässt. Da schwingt sich Helga wieder zur Ermittlerin auf. Ob denn die Polizei den Einbrecher schon dingfest gemacht hätte, erkundigt sie sich. Da muss doch sogar die Polizei aufwachen. Wieso bricht einer bei einem toten Fischverkäufer ein kurz nach seinem tödlichen Unfall?

»Nee«, Redepennings Mitarbeiterin schüttelt den Kopf und hält ihr Brötchen ganz nah vor den Mund. »Nur Ärger gerade«, sagt sie. »Um was man sich da alles kümmern muss, kaputte Scheibe hinten im Bad, und dann haben sie noch nicht mal was geklaut.« Jetzt beißt sie ab und schiebt sich mit dem kleinen Finger den Matjesschwanz in den Mund.

»Na, das ist ja doof.« Helga schüttelt verständnislos den Kopf. »Und sowieso der ganze Ärger wegen Ihrem Chef…«

»Ja, der…« Die Frau macht eine Faust, als wolle sie ihm drohen. »Macht sich vom Acker und lässt mich mit dem Ganzen…«

»Ist das denn überhaupt Ihre Angelegenheit? Muss sich da nicht seine Frau drum kümmern?«

»Ach, man weiß ja gar nicht, wer jetzt zuständig ist und wie dat laufen soll. Sacht einem ja auch keiner wat. Bin erst mal von Frau Redepenning beurlaubt. Die arme Frau hat genug Scherereien. Sie hat mich gebeten, mich zu kümmern, bis klar ist, wie es mit dem Laden weitergeht.

Und nach über dreißig Jahren im Dienst der Redepennings, da werde ich ja nicht … also da muss sich Frau Redepenning drauf verlassen können.« Sie hebt ahnungslos die Schultern und reibt Daumen und Zeigefinger aneinander. »Und ganz arbeitslos kann ich mir auch nicht leisten.«

»Hatte Ihr Chef denn Probleme?«

»Wie meinen Sie das?« Angemessen verwundert über diese Frage, legt die Mitarbeiterin ihre von Sommersprossen besprenkelte Stirn in Falten.

»Keine Ahnung. Geldsorgen oder ein Techtelmechtel oder besonders viele Weinbrandbohnen im Regal.«

»Ich weiß nicht, worauf Sie anspielen wollen.«

»Ach, auf gar nichts. Ich dachte nur, wegen Unfall und Einbruch und so. Vielleicht hat ja jemand im Geschäft was gesucht.«

»Da hat auf jeden Fall einer was gesucht, so wie dat da aussah, aber herauszufinden, wer und was, das ist nun wirklich nicht auch noch meine Aufgabe.« Sichtlich genervt von ihrem derzeitigen Arbeitsverhältnis und dessen Umständen, zieht die Dame eine Flunsch.

»Natürlich nicht.« Helga schüttelt lachend den Kopf.

»Und Feinde und Techtelmechtel haste als kleine Berühmtheit auf jeden Fall mehr als genug«, sinniert Redepennings Angestellte. »Klar kamen ein paar Damen sehr regelmäßig vorbei. So ist dat nun mal, wenn du wat Qualitatives anzubieten hast. Tja …« Die Mitarbeiterin schnalzt mit der Zunge. »Vor zwei Monaten dacht ich noch, wir brauchen eine neue Kollegin, wenn dat klappt mit der Brauerei und uns, und jetzt such ich einen neuen Job. So kann's gehen.«

»Will noch einer von euch beiden wat?«, ruft Lüppertz aus seinem Kutter.

Die Frauen verneinen. Die Mitarbeiterin macht sich abmarschbereit, dabei ist Helga gerade erst hellhörig geworden. Beinahe hätte sie ihr noch die Hand auf den Arm gelegt, um sie zurückzuhalten.

»Was war denn mit der Brauerei und Ihnen? Gab es da nicht so einen Riesenradzwist?«

Die Dame verdreht die Augen, ist aber willig, Auskunft zu geben. Sie ist das Interesse an ihrem berühmten Arbeitgeber gewohnt. Und sicherlich gefällt's ihr auch. »Irgendwat war da im Busch«, sagt sie. »Meine Vermutung. Ständig kam diese Braumeisterin, aber immer alles ganz nett und so geheimniskrämerisch, wie das immer so ist, wenn es um richtig viel Asche geht. Wie ich meinen Chef kenne, hat der geschafft, aus dem Riesenradtheater ordentlich was rauszuschlagen. Hätt mich nicht gewundert, wenn es bald ein paar *Fish 'n Beer*-Aktionswochen gegeben hätte.«

»Die Braumeisterin?« Helga macht große Augen. »Aber nicht zufällig so eine große, ein bisschen ...« Helga vergrößert mit den Händen etwas ihren Bauchumfang.

»Doch, genau die. Kennen Sie die?«

»Ich sing mit ihr im Chor.«

»Aha.« Redepennings Mitarbeiterin knüllt die Serviette zusammen und lässt sie in den blauen Plastiksack fallen, der neben ihr mit Panzertape an einem Stromkasten befestigt ist. »Dann schöne Grüße an Ihre Chorkollegin. Wenn sie unseren Fisch vermisst, soll sie sich hier bei Lüppertz versorgen. Der ist immer noch der Beste!«

»Mach ich. Alles Gute!«, wünscht Helga. Ein Blick auf die Uhr mahnt, dass die Mittagspause allmählich ihr Ende finden sollte. »Du«, sagt Helga zum Lüppertz. »Weißt wat? Ich nehm noch so 'n Alsterwasser.«

»Na, na«, freut sich Lüppertz. »Und dat während der Dienstzeit!?«

Nach dem Alster sieht die Welt tatsächlich etwas freundlicher aus. Die beiden Kolleginnen im Büro sind zwar nicht ganz blöde, aber wegen der durchnässten Taschentücher lassen sie Helgas Alkoholfahne unkommentiert. »So«, sagt Ute und drückt den Locher durch ein Papier. »Ab jetzt ist das für mich grundsätzlich Vorsatz.« Sie legt das Papier auf einem etwa fünf Zentimeter hohen Stapel ab und ihre Brille obendrauf. Während sie sich die Schläfen massiert, schafft sie es außerdem noch, den Kopf zu schütteln. Ute lässt keinen Zweifel daran, dass auch sie vom Parkverhalten der Brauereimitarbeiter die Schnauze voll hat, und zwar gestrichen voll. »Fünf Mal in zwei Wochen, das ist doch nicht mehr feierlich!« Sie reibt sich die müden Augen. Danach wird sie sich wie gewohnt in den Nacken greifen, bevor sie sich ihre Brille wieder aufsetzt und weiter abheftet.

Helga kann ihrer Kollegin nur zustimmen, der anderen Kollegin ist es egal. Die versucht sich gerade auf den Gerichtstermin vorzubereiten, zu dem sie als Zeugin geladen wurde. »122 innerorts!« Immer noch begeistert von dem gemessenen Wert schüttelt die den Kopf. Die drei Kolleginnen geraten in einen kurzen Plausch über Geschwindigkeitsbegrenzungen, während Helga eigentlich nur eines hört, nämlich dass ihr Telefon nicht klingelt. So was in der Art hat sie mal auf einer Postkarte gelesen. Das fand sie gut und ziemlich treffend für ihren *Zustand*. Bis zum Feierabend haben weder Wilhelm noch Theo angerufen. Natürlich nicht. An Theos Stelle hätte sich Helga auch nicht angerufen. Und Wilhelm wartet, wie es ihm aufgetragen wurde. Schließlich hat sie gesagt, dass sie sich meldet.

Unentschlossen sitzt Helga, nachdem sie Uniform und Büro für heute verlassen hat, in ihrem Auto und braucht die erste der drei lüppertzschen Notfallservietten von heute Mittag nun doch noch. Nach Hause möchte sie noch nicht, kann sie noch nicht. Vielleicht ruft Wilhelm doch noch an. Und dann müsste sie sagen, dass sich alles schon erledigt hat. Dann säßen sie in einer Sackgasse und fänden auf die Schnelle keinen anderen Grund für ein Zusammentreffen.

Ob sie bei Tobi noch mal anklingeln soll? Vielleicht kann sie ihn für ein paar Tage in Hamburg besuchen? Oder vielleicht sollte sie Martin einen Krankenbesuch abstatten? Das würde sich zumindest so gehören. Ein gewisser Zusammenhang zwischen Erkältung und einem nächtlichen Sprung ins frühlingshaft temperierte Hafenwasser ist ja nicht ganz von der Hand zu weisen. Das Handy liegt schwer in Helgas Hand, als sei sie unbedingt gewillt, jemandem auf die Nerven zu gehen, und wüsste nur noch nicht, wem.

»Heidenbluth, hallo. Ich würde gerne mal mit einem Chef sprechen.«

»Ach, Sie sind die Frau Heidenbluth!« Der Herr, der ihr gleich als Erstes auf dem Brauereigelände über den Weg läuft, karierter Hemdkragen, groß, richtig hoch wie eine junge Birke, aber nicht mehr jung, sondern in den mittleren Jahren, streckt ihr die Hand entgegen.

»Ja.« Sie nickt.

Er greift sich Helgas Hand, nachdem sie keine Anstalten macht, und legt seine andere Hand kumpelig auf ihr Schulterblatt. »Das trifft sich gut. Ich hatte neulich eine Idee, da habe ich an Sie gedacht!«

»An mich? Wieso das denn?« Irritiert macht Helga einen Schritt zur Seite, dass seine Hand von ihr runterrutscht. »Aber erst mal wollte ich eigentlich einen Chef …«

»Ich bin Chef.«

»Ach so. Das trifft sich gut. Also mein Name ist, wie gesagt, Frau Heidenbluth, und ich komme vom Ordnungsamt.«

Die Aussage bringt den karierten Kragen zum Schmunzeln. Das behält er auch die ganze Zeit bei, während ihn Helga über Paragraf 1 bis 14 der StVO aufklärt, ihn auf das uneinsichtige Verhalten seiner Mitarbeiter aufmerksam macht und ihn darüber in Kenntnis setzt, dass der Führerschein weg ist, wenn man fünfmal vorsätzlich im Absoluten parkt. »Oder siebenmal behindert oder sechsmal in der Fußgängerzone«, beendet sie ihr kurzes Aufklärungsgespräch. Nach einer kleinen Pause des Luftholens fügt sie hinzu: »Meine Kollegen haben die Schnauze voll, es gibt keine Hühneraugen mehr zum Zudrücken. Ab jetzt hagelt's Punkte. Wir müssen nun bei jeder Missachtung der Verkehrsschilder von Vorsatz ausgehen. Ich wollte Sie fairerweise vorwarnen. Das ist so meine Art, ich hätt da sonst ein schlechtes Gewissen, weil …«

»Ja, ja«, unterbricht der Chef, wie es womöglich seine Art ist. »Danke. Alles klar, verstanden.« Er nickt. »Können wir jetzt kurz über meine Idee reden?«

»Okay!?«

»Ich habe mich gefragt«, beginnt der karierte Hemdkragen und kommt souverän zum Punkt, »ob Sie nicht Lust hätten, Schirmherrin unserer Charity-Veranstaltung zu werden. Unsere Schlagershow. Wir haben echt große Namen dabei.«

»Schirmherrin?« Das Wort hat Helga natürlich schon mal gehört, sie ist mit den Aufgaben einer solchen Herrin aber alles andere als vertraut.

»Ja. Soweit ich weiß, sind Sie von unserem Thema ja persönlich betroffen und …«

»Betroffen!?«

»Na ja. Ich dachte halt, das könnte passen, Sie und wir und die Anti-Rassismus-Aktion. Sie haben eben diesen persönlichen Bezug, wie ich gehört habe, und sind eine echte Stralsunderin, original wie unser Bier und …«

»Und das könnte Ihnen so passen mit mir und Ihrem Schwarzbier, oder wie? Nein, ich möchte bitte nicht.«

»Warum denn nicht?«, fragt er streng und macht nebenbei Zeichen in Richtung des Gabelstaplerfahrers, der Paletten im Slalom um Aluminiumfässer fährt. »Gerade Sie sollten doch ein Interesse an Aufklärung haben, den Leuten zu zeigen, dass Sie und Ihr Kind ganz normal sind, Vorurteile abbauen und so. Sie könnten den Stars auch backstage die Hand schütteln, wären hautnah dabei, Catering und alles.«

»Nee, wirklich nicht.« Helga schüttelt den Kopf. Da ist bei den Leuten Hopfen und Malz verloren, glaubt sie. Das kriegt man mit Schlagermusik auch nicht aus denen rausgeschlagert. Mit den Dingen, die nicht so sind wie bei einem selbst oder bei den meisten, kommt der Mensch eben nicht so gut klar. Kennt man ja von sich selbst, und das wird auch immer so bleiben. Ob Helga Heidenbluth eine Schirmherrin spielt oder nicht.

»Und ganz ehrlich«, sagt sie, »diesen Schlagerfuzzis ist doch Rassismus schietegal.«

»Na, na, na!« Mahnend hebt der Chef seinen Zeigefinger und lässt ihn hin- und herwackeln. »Da sind Sie aber streng mit unseren Schlagersternchen. Vorsicht, dass Sie da mal nicht Ihren eigenen Vorurteilen aufsitzen.« Er macht einen Schritt auf sie zu, legt wieder seine Hand auf ihre Schulter und beugt sich vertrauensvoll zu ihr. »Ich glaube ja, der Mensch ist in Wirklichkeit ganz lieb, man muss ihm das nur zutrauen.« Daran glaubt Helga seit einigen Tagen nicht mehr. Dann gibt er ihr einen kleinen Klaps auf den Rücken. »Na, vielleicht überlegen Sie es sich noch mal, Frau Heidenbluth, und wir kommen doch noch ins Geschäft.«

»Ich traue Ihren Mitarbeitern jetzt erst mal zu, dass sie sich an die Verkehrsregeln halten«, entgegnet Helga.

Der Chef drückt ihr seine Visitenkarte in die Hand. Helga ist kurz versucht, ihm im Gegenzug eine von ihren Optiker-Visitenkarten zu geben. Wo soll sie die sonst jemals loswerden? Aber das kann sie sich dann gerade noch verkneifen. Und schon ist er auf und davon, noch bevor Helga ihr eigentliches Anliegen vorbringen konnte, nämlich ihre Nachfrage nach einer geplanten und wohl geplatzten Zusammenarbeit mit Uwe Redepenning. Das hätte sie nun interessiert. Darum ist sie hier. Nicht, weil ihre Art, Leute vorzuwarnen, sie hierher verschlagen hätte, sondern weil es ganz offensichtlich ihre neue Art ist, anderen Leuten hinterherzuschnüffeln.

Sie versucht noch einen weiteren Mitarbeiter, der ihr

über den Weg läuft, zum Reden zu bringen, aber der winkt schon von Weitem ab und gibt ihr zu verstehen, dass er keine Zeit für gar nichts hat. Ein dritter weiß von keiner geplanten Kooperation mit einem Fischhändler, das sei nicht seine Abteilung. Und der Gabelstaplerfahrer ist auch nicht aufzuhalten. Helga sieht ein, dass das hier nichts wird mit ihren sogenannten Ermittlungen. Und auch, dass das mit Wilhelm und dem Anruf nichts mehr wird, muss sie einsehen.

Sie fühlt sich unfähig. Und das ist sie auch. Sie ist ja noch nicht mal auf die Idee gekommen, ihre Bekannte Renate Hasselbach in der Brauerei aufzusuchen und über die Kooperation auszufragen. Laut Redepennings Mitarbeiterin muss die ja im Bilde gewesen sein. Das fällt Helga aber erst ein, als sie zu Hause den Hausflur betritt, auf Zehenspitzen. Sie horcht. Erst diese Schmiererei am Briefkasten, dann auch noch die Feuerwehr. Den Nachbarn traut sie sich bis mindestens Weihnachten nicht mehr unter die Augen. Alles ist ruhig. Helga hetzt die Treppe hoch in den ersten Stock. Hastig fummelt sie den Schlüssel ins Schloss, öffnet und macht die Tür hinter sich zu. Geschafft, ohne jemandem zu begegnen. Sie lehnt sich mit dem Rücken an die Tür. Die Wohnung ist ganz still, als hielte die den Atem an. Kein Surren des Kühlschrankes, kein fiepender Stromzähler, nix. Und kalt ist es auch. Helga spürt, wie sich die kleinen Härchen auf ihrem Arm aufrichten. Sie geht ins Wohnzimmer, wo sich was unter ihrer Steckdose verselbstständigt haben soll. Um die Steckdose herum ist es ein bisschen schwarz, weiter nichts.

Sie zieht ihr Handy aus der Hosentasche, kein Wilhelm,

kein Theo, niemand, und setzt sich auf die Sofalehne. Sie wählt Tobis Nummer. Sein Anrufbeantworter nimmt ihren Anruf entgegen. Wahrscheinlich rettet er gerade mal wieder Leben, und da kommt Mama mit ihrem langweiligen Zeug um die Ecke. »Ich bin's. Wollt nur mal hören, nix Bestimmtes. Ruf mal an, wenn du Zeit hast. Hab dich lieb.« Sie schmatzt noch ein Küsschen dazu. Und jetzt? Jetzt will sie wieder weg, das ist hier nicht auszuhalten. Diese kalte, stille, angekokelte Wohnung. Wenn man sich das mal auf der Zunge zergehen lässt, bekommt man gleich schon wieder eine Gänsehaut.

Mit Papa Karten spielen und was essen. Das, findet sie, klingt nett. Da wird diese Unfähigkeit, sich über Persönliches auszutauschen, zu einem Segen. Helga fallen die sauer eingelegten Heringe im Kühlschrank ein. Ach herrje, der Kühlschrank! Der Fisch. Alles. Helga packt sich eine Zahnbürste, Deo, ihre Beißschiene und Unterwäsche in ihren kleinen Lederrucksack, schnappt sich die Schüssel mit dem eingelegten Brathering aus dem abgetauten Kühlschrank und macht sich vom Acker. Allererste Amtshandlung im betreuten Wohnen: den Elektriker anrufen. Und bis bei ihr dahin gehend wieder alles funktioniert, kommt sie nicht mehr nach Hause.

Vielleicht weil sich Helga beim Autofahren so konzentrieren muss, dass aus der Schüssel eingelegter Heringe auf ihrem Schoß nichts vom Essig-Zwiebel-Sud überschwappt, vergisst sie nach ihrer Ankunft am betreuten Wohnen, die sich selbst auferlegte allererste Amtshandlung auszuführen. Fast. Eigentlich denkt sie kurz daran, aber Termine machen, das geht ihr nicht so leicht von der Hand, dazu muss sie in Stimmung sein. Und ihre Stimmung gibt das einfach gerade nicht her. Also beschließt sie, die Angelegenheit noch mal auf morgen zu vertagen.

Helmut lässt sich wegen des unangekündigten Besuches nichts anmerken. Mit beinahe glaubwürdiger Selbstverständlichkeit empfängt er Helga. Sie versucht sich am Riemen zu reißen, nicht loszuflennen. Sie stellt die Schüssel auf dem kleinen quadratischen Tisch ab. »Abendessen«, sagt sie.

»Hast wohl genug von Kochbananen und Zebrafleisch?«, scherzt ihr Vater.

»Haha«, macht Helga. Während sie die Bratheringe auf zwei Tellern drapiert, erzählt sie vom Treffen mit Großcousine Gudrun und der Flaschenpost. Einerseits ist es ja schön, wenn es Alternativen zu dem einen gibt, mit dem man jetzt am allerallerliebsten Bratheringe essen möchte, aber andererseits macht das auch ziemlich wehmütig, wenn man eben nicht mit diesem einen die Bratheringe isst, sondern zum Beispiel mit seinem Vater. Also ehrlich! Du denkst wie eine Vierzehnjährige!, versucht sich Helga im Stillen zur Räson zu rufen.

»Deine Großcousine Gudrun«, murmelt Helmut mit gemächlicher Stimme, als hätte er beschlossen, jetzt Schritt für Schritt die Merkwürdigkeiten seiner Tochter aufzudecken. Im Hausflur hört man zwei alte Männer reden, vergnüglich und potent, wie Jungspunde.

»Und die da«, Helmut zeigt skeptisch auf die Bratheringe, »sind nach diesen geangelten Rezepten eingelegt?«

»Teilweise.«

»Teilweise …«

Helmut und Helga setzen sich an den kleinen Küchentisch. Draußen wanken die Baumkronen vor einem sich zuziehenden Himmel. Das wird aber nur ein kurzer Guss, ein kleiner Schauer, der die Heringsangler kaum jucken wird.

»Da soll eigentlich noch Anis rein«, sagt Helga, der das Wort gerade wieder einfällt.

»Anis!« Helmut nickt, als hätte er mehr als nur eine leise Ahnung davon, was Anis da zu suchen hat. Er schaut Helga noch mal kurz ins Gesicht, skeptisch ja, aber dann schiebt er mit dem Messer Fleisch von der Gräte auf seine Gabel. Helga macht das auch und hebt die Gabel unsicher in den Mund, zögerlich, aber schnell der Überzeugung, dass das gar nicht so schlecht ist. Kauend erzählt sie, dass die Rezepte aus der Flaschenpost eigentlich alle so einen besonderen Kniff haben. »Scholle mit Pfefferkuchengewürz«, sagt sie und tippt sich an die Stirn. Aber der sauer eingelegte Brathering schmeckt wunderbar. Das kann man gar nicht anders sagen.

»Das ist besser, als du glaubst«, sagt Helmut und beißt ins Brot. »Diese Pfefferkuchensache.«

»Hast du das schon mal so …?« Helga zieht die Gräte mit Daumen und Zeigefinger von der unteren Hälfte des Herings hoch und legt sie an den Tellerrand.

»Hat der Fischer Thießen immer so gemacht. Scholle in dunkler Biersoße mit Lorbeer und Pfefferkuchengewürz. Und Kapern an Heringssalat, und Safran an die schwedische Dorschsuppe. Hat mir mal erzählt, dass es eigentlich Makrelen sein müssten, aber die gibt's ja hier nicht.«

»Thießen!?« Der Name sagt Helga was.

»Na, der hatte doch damals seinen Laden in der Mönchstraße. Den kennst du, wir haben da auch öfter was gekauft. Der hat dir als Kind immer 'n Rollmops geschenkt, wie der Redepenning dem Tobi immer was geschenkt hat. Weißt du nicht mehr? Der Rollmops war immer mit Chinapfeffer. Das mochtest du. Oder dir hat gefallen, wie immer alle gestaunt haben, dass du beim Pfeffer keine Miene verziehst. Thießen hatte einen Kumpel, der zur See gefahren ist, Übersee, und der hat ihm immer diese Gewürze mitgebracht.«

Helga kann sich kaum erinnern. »Thießen«, murmelt sie noch mal und versucht sich an pfeffrige Rollmöpse zu erinnern. »Na, der Opa von dieser Dingens, diese ... wie heißt sie denn? Die vonner Brauerei.«

»Renate?«

»Heißt die so? Na die, die damals nach Berlin gegangen ist, die Getränketechnologie studiert hat. Wollt von Fisch nix wissen. Und dann war sie wohl in Sachsen, ne?«

Renate Hasselbach, zum Zweiten! Helga lässt wortwörtlich die Gabel fallen. Als hätte jemand bei ihr ein Licht angeknipst. Im Scheinwerferlicht steht Renate Hasselbach mit ihrem Kescher. Da fischt sie zufällig nach ihrer Uhr im Hafenbecken, wo noch zufälliger eine Flaschenpost drinnen liegt mit Rezepten, die ihrem Großvater gehören könnten. Verpackt in einer Flasche aus ihrer Brauerei. Wat 'n Zufall? Warum hat Helga denn nicht gleich geschaltet? Schon, als sie vorhin erfahren hat, dass Renate Hasselbach, die nach eigener Aussage, Redepenning nicht leiden konnte, ständig bei ihm zu Gast war, da hätte es doch bei Helga klick machen müssen.

Andererseits, was geht's denn Helga an? Hasselbach kann fischen, wann und wonach sie will. Die kann auch Redepenning so doof finden, wie sie will, und trotzdem bei ihm einkaufen. Klar. Geht überhaupt niemanden etwas an. Und vermutlich wäre Helga das auch alles wirklich schnurz, wenn ihr eigenes Leben nach Redepennings Tod nicht so heillos durcheinandergeraten wäre. Da sieht's mittlerweile fast schlimmer aus als in ihrer Wohnung. Vielleicht weiß ja die lügende Renate Hasselbach, wie das so weit kommen konnte, dass der Redepenning futsch und Helgas Leben ein Chaoshaufen ist.

Geständnisse

Kurz fühlt sie sich wie ein neuer Mensch, als sie am nächsten Morgen im betreuten Wohnen die Augen aufschlägt. Sie hat ein paar Stunden am Stück geschlafen. Sonnenlicht fällt herein, ein Vögelchen legt auf dem Fensterbrett eine kurze Verschnaufpause ein, und Papa macht in der Küche Kaffee. Es könnte schön sein. Aber dann nimmt Pastor Wilhelm, dem alles ein bisschen zu schnell geht, wieder das Zepter ihrer Gedanken in die Hand. Helga wirft einen Blick auf ihr Handy. Keine Nachricht. Weder von dem einen noch von dem anderen. Helmut bringt eine Tasse Kaffee und setzt sich zu Helga auf die Bettkante. Er selbst hat auf dem Sofa geschlafen. »Na, Schieterbacke, wie sieht's denn aus?«

»Besser«, sagt sie. »Hab heute frei. Ich kümmer mich um den Elektriker und ... na ja, danke, Papa.« Sie klopft mit der flachen Hand auf seinen Schenkel. »War die letzten Tage irgendwie der Wurm drin.«

Helmut nickt. Würmertage kennt er. Kennt ja jeder.

Nicht an Wilhelm zu denken klappt nicht so gut. Helga steht auf, duscht, zieht sich an und schafft es weiterhin nicht, nicht über Wilhelm und ihr Tempo nachzudenken. Über was sich Helmut in dieser kleinen Wohnung unterm Dach so den ganzen Tag Gedanken macht, fragt sie sich.

So viel Zeit, in so einer kleinen Wohnung, da muss man ja auf so einige Gedanken kommen – du lieber Junge. Da bekommt Helga beinahe das erste Mal Angst, wenn sie an ihre Pensionierung denkt. Bisher hatte sie sich immer vorgestellt, dass sie gut damit beschäftigt wäre, die Enkel in Hamburg zu hüten, Hady in Afrika zu besuchen und sich mit Theo die Zeit um die Ohren zu schlagen, und, na ja, neuerdings kam auch die Liebe in den Planungen ihres letzten Lebensabschnittes vor. Und das, wie man weiß, kann ziemlich zeitaufwendig sein. »Ich muss raus«, sagt Helga zu ihrem Vater, und weil sie nicht nach Hause will, bis ihr dort ein Elektriker alle Sicherungen wieder reingedreht hat, steht sie wenig später auf der Straße und ist ganz ernsthaft kurz davor, einen Elektriker anzurufen. Aber dann, apropos Sicherungen – da fällt ihr etwas von gestern Abend wieder ein.

Helga hat sich in der Brauerei zur Braumeisterin durchgefragt und findet Renate nicht, wie vermutet, über einen Kupferkessel gebeugt, in dem sie mit einem überdimensionalen Holzlöffel Malz und Hopfen und Hefe verrührt, sondern auf einem Bürostuhl vor einem Computer sitzend.

»Hier, ich wollte dir das wiedergeben.«

Renate guckt auf die Flaschenpost, die ihr Helga hinhält, als erwarte sie ein Ploppen und einen grünen Geist, der entweicht. »Was soll ich denn damit?«

»Ich glaube, die Rezepte gehörten deinem Großvater«, antwortet Helga scheinheilig.

»Ach …«

Renate rollt mit dem Stuhl ihrem Überraschungsbesuch

entgegen, nimmt zögerlich die Flasche und dreht sie hin und her. »Ist ja eine von uns«, stellt sie fest und guckt Helga mit gespielter Überraschung an. Unbeirrt schaut Helga zurück, versucht Souveränität auszustrahlen, wie sie das bei Vera Redepenning erlebt hat, einfach nichts sagen und abwarten, bis der andere ins Schleudern gerät. Renate öffnet die Flasche, plopp, kein grüner Geist. Sie steckt den Zeigefinger hinein und versucht, das Blatt herauszufummeln. Vor Nervosität stellt sie sich etwas an. »Ist ja echt lieb von dir, aber woher weißt du, dass die meinem Großvater gehörten?«

»Tun sie nicht?«

Renate rollt das Blatt auseinander und zuckt mit den Schultern. »Keine Ahnung. Sind das Fischrezepte?«

»Ich hab gehört, dass dein Großvater gern mit besonderen Gewürzen rumexperimentiert hat. Müssten seine Rezepte sein. Und deine Flasche, oder?«

Renate dreht noch mal die Flasche hin und her, als müsse sie darüber nachdenken, dabei könnte sie mit einem Blick durchs Fenster auf die haushoch aufgetürmten Bierkisten auf dem großen Innenhof feststellen, dass diese Flaschen hier millionenfach abgefüllt werden. »Kann sein, aber ich weiß es nicht genau. Ich mag keinen Fisch. Hab selten was von seinen Experimenten gegessen.«

»Du magst keinen Fisch?«

»Nicht so gerne.« Sie verzieht den Mund.

»Komisch.«

»Wieso? Da sind Parasiten drauf, Fadenwürmer auf Heringen, bäh. Und Aale, diese Aasfresser – nee, nix für mich. Meine Familie hätt ja auch gern gesehen, dass ich ins Geschäft einsteige, also in das von meinem Großvater.

Aber hab mich fürs Bier entschieden. Ich meine, warum sollte ich …?«

»Du magst keinen Fisch?«, unterbricht Helga ungeduldig.

»Nee.«

»Und Uwe Redepenning konntest du auch nicht ausstehen?«

»Was hast du denn jetzt schon wieder mit dem?« Renate rollt zurück an ihren Schreibtisch, um die Flasche abzustellen.

»Du mochtest ihn nicht, hast du gesagt.«

»Ja, ich finde, er war ein eingebildeter Fatzke. Und ja, es gab genug Leute, die ihm den Tod an den Hals gewünscht haben. Frag mal deinen Verehrer Martin Lüppertz.«

»Und wenn du weder ihn noch Fisch magst, warum warst du dann ständig bei ihm einkaufen?«

»Na ja, ständig …« Renate schaut scheinbar interessiert auf ihren Computerbildschirm, als ginge dort etwas Mysteriöses vor sich, das sie unbedingt im Auge behalten sollte.

»Oft.«

»Stimmt doch gar nicht. Wer sagt denn das?«

»Seine Mitarbeiterin.«

»Ach die …«

»Wieso gibst du es nicht zu?«

»Was soll ich denn zugeben?« Nach der kurzen Verschnaufpause auf dem Monitor dreht sich Renate wieder ihrem unbequemen Gast zu. Und der wird nun noch unbequemer. »Dass du ständig bei Uwe Redepenning Fisch gekauft hast«, sagt Helga, »weil du entweder seinen Fisch oder ihn oder beides mochtest, und dass das da deine Flasche ist, nach der du neulich gesucht hast.«

Renate wirft den Kopf zurück und lacht. »Meine Güte, ich habe da auch *mal einen* Fisch gekauft. Ja, gut. Was soll ich denn da zugeben? Was willst du denn von mir? Und wenn du es genau wissen willst, ich war im Auftrag der Brauerei *ständig* da. Wir hatten was wegen dem Riesenrad zu besprechen.«

»Ich denk, du braust das Bier!? Ist doch gar nicht deine Abteilung. Bist du doch gar nicht für zuständig.« Eigentlich will sich Helga bloß nicht lumpen lassen, aber wie aus Versehen scheint sie irgendeinen Nagel auf den Kopf getroffen zu haben.

»Ja, okay.« Renate lässt ihre Schultern hängen und sitzt nun da wie ein ausgeschimpftes Schulkind. »Ich geb's zu. Ungern, aber ich mach's. Ja, das war der beste Fisch der Welt, und ich vermisse ihn schmerzlich. Den Fisch. Lag an den Gewürzen, die mein Großvater an seine Heringe gekippt hat, dass ich Fisch jahrelang gehasst habe. Ich meine, mein Opa, der hat halt nicht 'ne Gurke und 'n Stück Zwiebel in einen Rollmops gerollt, sondern 'ne Zimtstange und Chinapfeffer oder was weiß ich, nur weil ihm das irgendwer immer von irgendwo eingeschleppt hat. Ich konnte Redepenning nicht ausstehen, aber sein Fisch war toll, schön schlicht. Zufrieden?«

Noch nicht so ganz. »Und warum wolltest du dann die Rezepte von deinem Großvater wiederhaben, wenn sie so ekelhaft waren?«, muss sich Helga wundern.

»Ich wollte die doch gar nicht wiederhaben. Hab dich nicht drum gebeten, sie mir wiederzugeben.«

»Ach, der Kescher neulich, der lag zufällig da rum, ne?«

Renate stemmt sich von ihrem Stuhl hoch. »Warum muss ich mich eigentlich vor dir rechtfertigen? Und wieso spielst du dich so als Detektivin oder Redepennings Anwältin auf? Lief da was zwischen euch?«

»Spinnst du?« Helga drückt ihren Zeigefinger in Renates Schulterblatt. »Ich dachte eher, du hättest vielleicht mit Redepenning …«

»Ja klar, sonst noch was?« Renate wird richtig grimmig. »Vielleicht hab ich mit dem ja ein paar uneheliche Kinder, die ich hier irgendwo in Lagertanks versteckt habe.«

»Wer weiß?!«

»Du, ich muss weiterarbeiten.« Ungeduldig tritt Renate an Helga vorbei und öffnet ihre Bürotür. Sie hat keine Lust mehr auf diese Unterhaltung, und Helga hat nichts gewonnen. Sie glaubt Renate kein Wort, aber jemanden des Lügens verdächtigen und jemanden des Lügens überführen, das sind zwei verschiedene Paar Schuhe, oder besser gesagt, zwei verschiedene Kunststücke. Und in dem Moment fällt Helga der Liebesbrief aus Redepennings Jackentasche wieder ein!

»Tut mir leid, Renate«, sagt sie in reuevollem Ton. »Ich glaub, ich seh schon Gespenster.«

»Ja«, glaubt auch Renate. »Du steigerst dich da schon die ganze Zeit voll rein.«

Helga kramt einen Kugelschreiber und den aufgerissenen Briefumschlag von gestern früh aus ihrer Tasche. Da will sie doch mal sehen! »Hast recht. Bin irgendwie ’n bisschen …« Sie lässt den Zeigefinger neben der Schläfe kreisen. »Zu viel Brackwasser geschluckt. Tut mir echt leid.«

Renate atmet erleichtert aus. »Ist kein Problem.« Gönnerhaft schüttelt sie mit geschlossenen Augen ihren großen Kopf. »Aber hör jetzt mal besser auf, Leute mit deinen Fantasien zu belästigen, ja?«

Schuldbewusst wendet Helga den Blick ab und nickt. »Du, aber noch was ganz anderes.« Sie hält Renate den Kuli hin. »Wegen der nächsten Probe. Kannst du mir bitte noch mal aufschreiben, welche Lieder wir singen? Ich hab schon wieder meine Zettelwirtschaft nicht im Griff.«

Zögerlich nimmt Renate den Kuli, als würde sie den Braten riechen. Dennoch kritzelt sie brav: *Let the sunshine in* und *Die Nacht ist vorgedrungen* auf den Umschlag, bevor sie Helga Kuli und Briefumschlag mit skeptisch zusammengekniffen Lippen zurückgibt.

Aufgeregt läuft Helga die Sundpromenade entlang. Sie ist auf dem Weg zu Redepennings Witwe und weiß nicht, ob sie sich dabei besonders blöd oder besonders heroisch fühlen soll. Aber sie weiß, dass sie einfach nicht anders kann. Einer wie Pastor Wilhelm würde das vielleicht so beschreiben, dass die große, kräftige Hand Gottes auf ihrem Rücken liegt und sie den Weg entlangschiebt. So was in der Art fühlt sie, wobei sie persönlich aber nicht an die Hand Gottes glaubt, sondern eher an was Menschlicheres, vielleicht so ähnlich wie Harndrang ist das. Man muss halt und macht's einfach, ohne großartig darüber nachzudenken. Helga kann gerade selber nur den Kopf über ihre kruden Gedanken schütteln, denen sich nun drei Schwäne in den Weg stellen. Helga wird langsamer. Ein ungutes Gefühl befällt sie, als sie sieht, wie ein Paar ihrem Kind eine Tüte mit harten Brotkrumen in die Hand drückt. Sie kann ein Lied von den aggressiven Schwänen hier an der Promenade singen. Einer hatte ihrem Sohn mal ziemlich heftig in die Hand gebissen, seitdem machen Heidenbluths einen großen Bogen um die Sund-Schwäne. Mit angemessenem Abstand umschifft Helga die Tiere und setzt ihren Weg zügig fort.

Ihre Gedanken schlagen weitere Wellen. Auf dem wie so oft grauen Sund liegen ein paar Dutzend Fischerboote, in denen eimerweise Heringe zappeln, bis sie an der Luft ersticken. Das ist den Hobbyanglern ein Vergnügen. Nicht dass die Heringe ersticken, das ist ihnen natürlich völlig gleich, aber das Beutemachen, das Rausziehen des Silbers aus dem trüben Wasser – das ist ein Vergnügen. Apropos Angler, apropos aus dem Meer ziehen, apropos – na, wie soll Helga denn jetzt nicht wieder an Redepenning und an ihren eigenen *Reinfall* denken? Das Handy unterbricht Helgas Gedankenflut. Sie bleibt stehen, hofft auf Tobi, aber es ist Theo.

»Ich bin's«, sagt ihr Freund.

»Hab keine Zeit.« Helga versucht eingeschnappt zu klingen, aber das steht ihr nicht. Und es steht ihr auch nicht zu. Zwar hat er als Freund versagt, aber sie hat ihn ziemlich beleidigt, und das ist auch nicht die feine englische Art der Freundschaft.

»Ich hab ihn erwischt«, keucht Theo, als würde er jemanden im Schwitzkasten haben.

»Wen?«

»Den, der dir die Liebesbriefe untern Scheibenwischer klemmt.«

»Hä?« Helga bleibt stehen.

»Hab mich auf die Lauer gelegt«, schnauft Theo. »Hab ihn fotografiert. Ich schick dir das Foto aufs Handy, und wir treffen uns bei der Bullerei. Bin da in sieben Minuten. Den zeigen wir jetzt an. Wir haben ihn!«

»Ich hab eigentlich gerade was anderes vor«, sagt Helga,

als hätte sie was nicht ganz begriffen. Drum sagt Theo ihr noch mal, dass sie bitte jetzt zum Polizeirevier kommt, egal, was sie gerade vorhat, denn er hätte *ihn* geschnappt. Und dann spricht er sogar noch das Wort *Peiniger* aus. Helga dreht um. Übermütig bewirft das Kind die Schwäne mit dem alten Brot, sodass die zwar ein paar Schritte zurückweichen, aber mit Sicherheit nur, um Anlauf zu nehmen. Sie werden zum Angriff übergehen. Schwäne lassen sich nichts gefallen. Helga hält ihr Handy noch in der Hand, als es vibriert. Den Mann auf dem Foto, das ihr Theo geschickt hat, erkennt sie sofort; der von der Feuerwehrzufahrt abgeschleppte Pferdeschwanz von neulich. Das Foto zeigt ihn deutlich, wie er ein Blatt hinter den Scheibenwischer ihres Autos klemmt.

Als Helga nach fünfzehn Minuten die Polizeistation erreicht, bemüht sich Theo lässig und entspannt auszusehen, indem er gegen einen hüfthohen Fahrradständer gelehnt nicht gleich auf sie zustürmt, sondern bloß einen Mundwinkel hochzieht. Um zu wissen, dass er vor Stolz gleich platzt oder vorher noch vor Aufregung explodiert, kennt ihn Helga lange und gut genug.

»Jetzt guck nicht so«, sagt Theo, als sie vor ihm steht. »Du kannst dich ja wohl über meine Wiedergutmachung nicht beschweren!«

»Ich guck doch gar nicht«, behauptet Helga und fühlt sich ertappt. Aber natürlich hatte sie gerade so geguckt, als hätte er sie bereits zweimal nach einem Mordanschlag im Stich gelassen.

»Dieses Mal hab ich den Vogel abgeschossen«, glaubt Theo. »Kennste den denn?«

Helga nickt. »Abgeschleppt.«

»Na los, jetzt verpetzen wir den.« Beschwingt entert Theo die Stufen der Polizeiwache auf dem Frankendamm und drückt den Klingelknopf. Dem öffnenden Polizisten hält er sogleich sein Handy wie eine Trophäe unter die Nase. »Der Typ hat sie hier«, er zeigt mit dem Daumen auf Helga, »tagelang beleidigt und bedroht.«

»Guten Tach, junger Mann. Nun mal schön ruhig Blut«, sagt der Polizist und fordert beide mit einer harschen Kopfbewegung auf, ihm zu folgen. Sie landen in einem noch kahleren Raum als beim Kriminalkommissariat, nicht mal mehr für eine Gummipalme hat's hier gereicht. Theo beginnt den Sachverhalt sofort und ziemlich ausführlich darzulegen, dass er zu Hause so ein komisches Gefühl bekommen, ihm irgendeine Stimme was geflüstert habe, er dann auf gut Glück zu seiner Freundin Helga gefahren sei, wo ihm bei seiner Ankunft dieser Typ auffiel. Der sei ihm gleich merkwürdig vorgekommen, weil er so um Helgas Auto herumscharwenzelte. Da habe er eins und eins zusammengezählt, sich geistesgegenwärtig hinter eine Blaue Tonne gehockt und so getan, als würde er sich die Schuhe binden. Als sich der Typ dann Helgas Auto zielstrebiger näherte und in seine Jackentasche griff, da habe Theo dann geistesgegenwärtig sein Handy gezückt und – voilà, Volltreffer! Theo tippt wieder auf sein Handy. Der Polizist guckt fragend zu Helga und kombiniert.

»Und Sie sind die Dame, der das Auto gehört?«

Helga nickt.

»Kann die Dame, der das Auto gehört, sich auch selber zur Sache äußern?«

Folgsam berichtet Helga, dass sie neulich bei einem Kollegen auf der anderen Wache eine Anzeige wegen Beleidigung gegen Unbekannt erstattet habe. Der Polizist hebt das Kinn. »Na, so kommen wir der Sache doch schon näher.« Er wendet sich seinem Computer zu und beginnt Helgas Daten da hineinzutippen, während sich Helga und Theo mittels Blicken darüber verständigen, dass der Polizist möglicherweise unfähig sei, aber bestimmt trotzdem alles gut wird.

»Ach, da hatten wir ja zwei Baustellen; rassistische Beleidigung und Bedrohung plus einen … Mordanschlag?«

»Mordanschlag?« Theo schnauft. »Nun werd nicht albern, Helga. Hast du das als Mordanschlag angezeigt?« Er guckt den Polizisten an und verdreht spöttisch die Augen.

»Ach, Sie waren das, die am Hafen reingefallen ist?«, will der Polizist wissen.

»Reingeschubst«, verbessert Helga und wirft ihrem Freund Theo einen giftigen Blick zu. »Er war nicht dabei. Ich bin reingeschubst worden«, wiederholt sie in aller Deutlichkeit. Der Polizist zieht Theos Handy zu sich heran und wirft nun zum ersten Mal einen Blick auf das Handyfoto. »Sieht gar nicht aus wie ein Rechter. Kennen Sie denn den Herrn?«

»Hab ihm neulich ein Knöllchen verpasst. Der hatte eine Feuerwehrzufahrt zugeparkt. Schätze, der ist einfach sauer. Kein Nazi oder so was.«

»Sie haben ihm also auch mal einen netten Zettel hinter den Scheibenwischer geklemmt?«, stellt der Polizist mit monotoner Stimme fest, dabei will er das doch bestimmt als Witz gemeint haben. Er schaut wieder in den Computer. »Ach, und Herr Lüppertz und Frau Hasselbach waren Zeugen bei der Sache im Hafen?« Helga nickt. »Dann werden wir uns mal mit den beiden in Verbindung setzen. Vielleicht erkennt einer den Herrn wieder, und es handelt sich tatsächlich um die gleiche Person, also der, die Sie verbal bedroht, und der, der Sie körperlich angegriffen hat. Wäre doch verwunderlich, wenn jemand wie Sie gleich zwei straffällige Feinde hätte.«

»Ach, täuschen Sie sich nicht. So eine …«, beginnt Theo gut gelaunt, darf aber sein Späßchen nicht weiter ausführen. Der Polizist unterbricht: »Aber immer schön eins nach dem anderen. Jetzt geben Sie mir erst mal den Zettel, den er zuletzt an Ihrem Auto hinterlassen hat.«

Hektisch fummelt Theo einen Zettel aus der hinteren Hosentasche und reicht ihn mit zitternden Händen dem Polizisten. Helga reckt den Hals. Dieses Mal hat er seinen Unmut wieder handschriftlich zu Papier gebracht.

Der Polizist liest die zwei Zeilen und wendet dann das Papier, als würde er auf der Rückseite das PROBLEM suchen.

»Jedenfalls«, sagt Helga, »hab ich ihm damals eine Verwarnung ausgestellt. Also brauchen wir nur eine Halterabfrage zu machen, dann haben wir Namen und Adresse.« Der Polizist schließt die Augen und atmet noch mal tief ein und pustet lange aus.

»Ich schlage vor, jeder macht seinen Job, und ich melde mich bei Ihnen, wenn es Neuigkeiten gibt.« Er verspricht, sich zeitnah um die Angelegenheit zu kümmern, und bittet Helga und Theo freundlich, aber bestimmt, wie man so sagt, zu gehen.

Vor dem Polizeigebäude muss Helga ein wenig die Augen zusammenkneifen, weil die Sonne so blendet. Heute ist wieder alles so blau und klar und kühl. Und schräg gegenüber, auf der anderen Straßenseite, befindet sich das zweigeschossige Gemeindehaus aus Backstein.

»Komm, jetzt lass mich doch nicht so betteln«, drängelt Theo.

»Mh.«

»'n Eiskaffee, auf mich anstoßen, dass ich den Typen gestellt habe. Ist doch ein Grund zum Feiern.«

»Du hast ihn doch weglaufen lassen, statt ihn zu stellen«, versucht Helga die Tatsachen richtigzustellen. Ihr ist nicht nach Feiern zumute. Ihr ist so nüchtern. Als hätte man sie leer geräumt wie einen Schrank, den man mal ordentlich auswischen muss. »Guck mal, der Dicke da!«, sagt Theo und zeigt belustigt auf einen Spatz, der auf der Bank vor dem Gemeindehaus still wie ein Denkmal steht. Helga könnte sich nicht vorstellen in einer Stadt zu wohnen, in der es keine Möwen gibt, geschweige denn in einem Land. Ist schon merkwürdig, wie unterschiedlich die Menschen leben, die einen mit Möwen über Brackwasser, die anderen mit Löwen hinterm Busch. Ab und an denkt sie an Hady und wundert sich überhaupt nicht darüber, wo die Liebe manchmal hinfällt. Darüber wundern sich doch immer nur die anderen. O ja, die Verwunderung war damals sehr groß, als Helga und Hady … na ja, und als dann Tobi kam, war die Verwunderung noch größer und die *Sorgen* der anderen erst.

»Wie läuft's denn mit dem?« Theo nickt rüber zum Gemeindehaus. Helga hebt die Schultern. »Der ist doof.«

»Diese Pfaffen, ich hab's mir gedacht, sind die Schlimmsten von allen. Und weißt du, wieso?«

»Na?«

»Weil die so wenig Erfahrung haben mit Zwischenmenschlichem. Und dann sind sie unbeholfen, wenn sie sich mal verlieben. Das ist dann wie Borderline. Ganz bestimmt, entweder Borderline, fehlende Erfahrung, ein Problem mit Abgrenzung – ja, so was irgendwie, und dann müssen die anderen darunter leiden, mit denen sie zu tun haben. Diese Leute haben doch die meisten Leichen im Keller. Halt dich von dem fern. Ist besser so.«

»Muss los«, sagt Helga.

»Ich begleite dich«, sagt Theo und hebt eine Faust. »Da will ich dabei sein, wenn du dem den Marsch bläst!«

»Wem?« Helga blickt ihn erstaunt an.

»Dem Zopfträger. Oder wem willst du den Marsch blasen?«

Niemandem will sie den Marsch blasen. Sie weiß doch gar nicht, wer das ist und wo der wohnt. Theo findet, sie könne doch in den Unterlagen nachgucken und eine Halterabfrage selber machen lassen. Aber das kommt für Helga nicht infrage. Ihrer Meinung nach gibt es nicht umsonst Gesetzeslagen und Zuständigkeiten, und das möchte sie ungern durcheinanderbringen. »Ich überlass das der Polizei«, sagt sie.

»Aber Helga, das ist doch privat«, sagt Theo. »Da bist du doch, was Recht und Ordnung betrifft, gar nicht so streng!«

Da hat er auch wieder recht, aber Helga will jetzt zu Frau Redepenning, und das sagt sie Theo auch.

»Mensch, Helga, jetzt lass doch mal die arme Frau Redepenning in Ruhe trauern«, sagt ihr Freund streng. »Du schnüffelst so lange im Privatleben eines Toten, bis du seiner Witwe beweisen kannst, dass er eine Affäre hatte? Das ist doch unnötig.«

»Es geht nicht um die Affäre, Theo«, versucht Helga die Situation noch mal zu erörtern. »Da wurde doch auch in dem Fischladen bei ihm eingebrochen.«

»Ach, Helga, ich bitte dich!« Theo schüttelt skeptisch den Kopf und legt beide Hände auf Helgas Schultern, als müsse sie einer mal festhalten. Aber Helga ist trotz seiner und ihrer eigenen Skepsis, die ja gar nicht geringer ist, entschlossen. Wenn er sich inzwischen langweilt, schlägt sie ihm vor, könne er für sie einen Elektrikertermin machen, so wie er das früher auch immer für sie übernommen hat. Theo verspricht, sich darum zu kümmern, und kann seiner Freundin dann bloß noch fassungslos hinterherschauen, wie sie davoneilt. Sie wird's ihm schon beweisen. Sie wird's allen beweisen.

Vera Redepenning öffnet die Tür ihrer Würfelvilla. Helga kann das Oh nicht an sich halten. Frau Redepenning trägt einen Morgenmantel in Satin, blau, mit Vogelmotiv, viele kleine Vögel – jetzt am frühen Nachmittag. So, wie man sich das hinter den Gemäuern einer Villa in seiner wilden Fantasie eben vorstellt. Die Witwe ignoriert Helgas Oh souverän und begrüßt sie freundlich distanziert mit einem »Guten Tag«, zu dem sie sie dieses Mal nicht hereinbittet.

»Ich sollte Sie doch auf dem Laufenden halten«, beginnt Helga zögerlich und kommt sich unsäglich dämlich vor. Ja, genau, Theo hat recht, was soll das? Warum hat er sie nicht aufgehalten, dieser Idiot?

»Gibt es Neuigkeiten?«, fragt Vera Redepenning und zieht die Nase hoch. Die Nase ist ganz zierlich, fällt Helga auf, sieht aber nicht operiert aus oder was solche Leute manchmal mit ihren Nasen anstellen. Wobei Helga auch nur eine operierte Nase kennt, die von Michael Jackson. Sie überlegt, welche Neuigkeit sie zuerst preisgeben soll;

die zugeschissene Linse der Überwachungskamera, dass sie auch ins Hafenbecken geschubst wurde oder die lügende Braumeisterin, die vielleicht hinter dem Liebesbrief steckt?

»Würden Sie mir noch mal diesen Liebesbrief zeigen?«

Ohne Nachfrage verschwindet Vera Redepenning durch ihren Eingangsbereich. Fasziniert von den bunten Vögeln auf dem blauen Satin starrt ihr Helga hinterher. Soll sie jetzt eintreten und die Tür hinter sich schließen, wegen Zug und Schnupfen? Sie traut sich nicht. Als Vera Redepenning wiederkommt, steht Helga noch brav vor der Schwelle, und das scheint von Vera Redepenning auch so beabsichtigt gewesen zu sein. Sie streckt ihrer Besucherin wortlos den Liebesbrief durch den Türspalt. Helga zieht den Briefumschlag mit den notierten Chorliedern für kommenden Donnerstag aus ihrer Tasche und hält ihn in der einen, den Liebesbrief in der anderen Hand. Ihre Augen wandern hin und her.

»Entschuldigung, dass ich mich hier wie eine Kripobeamtin aufführe«, sagt sie schließlich, »aber diese Schriften sind doch ziemlich ähnlich. Finden Sie nicht auch?«

Vera Redepenning hebt das Kinn und legt zur Betrachtung der Schriften den Kopf etwas schief. Sie mag eine gewisse Ähnlichkeit nicht abstreiten, würde ihre Hand dafür aber nicht in den Kamin legen, wie sie es formuliert. »Wem gehört denn dieser Umschlag?«

»Mir, aber raufgeschrieben hat das meine Chorkollegin Renate Hasselbach. Sagt Ihnen der Name was?«

Frau Redepenning schnürt den Gürtel ihres Morgenmantels etwas enger, während sie überlegt. »Die Enkelin von Kurt Thießen?!«

Helga bejaht. Vera Redepenning legt den Kopf zurück und lacht, alles voller Gold hinten im Mund. Verunsichert schaut ihr Helga bei dem kleinen Emotionsausbruch zu. Schlagartig hat sich die Witwe daraufhin wieder im Griff. »Mit der hatte Uwe garantiert kein Verhältnis.«

»Woher …?«

»Uwe und Kurt Thießen haben sich gemocht. Uwe hat ihn noch kennengelernt, da war der Thießen schon Mitte neunzig. Mein Mann hat ihn verehrt und auch einiges von ihm gelernt. Und immer wenn wir diese Renate Schieß-mich-tot irgendwo gesehen haben, hat er ziemlich schlechte Laune bekommen. Er hat mir mal erzählt, dass das Thießens Enkelin sei, die sich aus Trotz geweigert hat, sein Lebenswerk fortzusetzen. Uwe fand das verwerflich.«

»Verwerflich«, wiederholt Helga. Mit dem Wort kann sie in dem Zusammenhang nichts anfangen. »Mh«, macht sie und wirft noch mal einen Blick auf die Schriften. Ähnlichkeit haben die schon, aber je länger man draufguckt, desto weniger möchte auch Helga ihre Hand dafür in den Kamin legen. Frau Redepenning niest. Helga wünscht Gesundheit und zeigt ihr auf ihrem Handy das Foto, das Theo geschickt hat.

»Und kennen Sie den hier?«

Die Witwe wirft nur einen flüchtigen Blick darauf und schüttelt den Kopf. »Noch nie gesehen.«

»Jetzt gucken Sie doch mal bitte genau hin.«

»Keine Ahnung. Ich kann mir Gesichter schlecht merken. Warum fragen Sie?«

»Der hat mich bedroht, und vielleicht hat er mich auch ins Hafenbecken gestoßen.«

»Auch? Sie meinen wegen Uwe?«

Helga zuckt mit den Schultern. »Ach, ich weiß gar nichts mehr …« Vera Redepenning legt ihre Hand an Helgas Unterarm. »Ich kenne den Mann nicht«, sagt sie und niest wieder. »Es tut mir leid, dass ich Sie irritiert habe mit diesem Brief da. Ich würde vorschlagen, wir beide atmen einmal tief durch und lassen's jetzt mal gut sein.«

»Aber …«, sagt Helga. Und dann macht Vera Redepenning etwas, das vielleicht auch nur Menschen wie sie in einem Satin-Morgenmantel mit Vögeln drauf können. Sie sagt: »Auf Wiedersehen!«, und macht Helga einfach die Tür vor der Nase zu. Recht hat sie. Und Theo auch.

Die ganz große Liebe

Noch schlimmer an den Handwerkerterminen als die Anrufe für die Terminvereinbarungen sind die Momente, in denen diese Typen dann im Blaumann schnaufend in der Wohnung knien und reparieren, während man selber nicht weiß, wohin mit sich. Helga ist froh, als es vorbei ist und der kleine Dicke mit Schnurrbart seinen Werkzeugkoffer zuklappt, während er noch mal mit ihr schimpft, dass sie es so lange darauf hat ankommen lassen. Wie könne man da so ein dickes Fell haben, wenn einem ständig die Sicherung rausfliegt? Er schüttelt verständnislos den Kopf.

»Warum warten die Leute immer, bis ihnen die ganze Bude um die Ohren fliegt?«, will er von Helga wissen. Die verzieht schuldbewusst den Mund. »Na dann«, sagt er, »jetzt sitzen Sie nicht mehr im Dunkeln. Rechnung mach ich fertig, eine Steckdose, ein neuer FI-Schalter, Anfahrtsweg, Arbeitszeit ...« Er guckt auf seine Armbanduhr. »Mit um die Hundertfuffzich darf Ihr Vermieter rechnen.« Helga nickt. Ist ihr egal. Hauptsache, er ist fertig und weg. Als er es endlich ist, setzt sie sich auf ihr Sofa und schaltet zu Testzwecken das Fernsehgerät ein. Es ist ein merkwürdiges Gefühl, dass das Licht weiterleuchtet, der Fernseher weiterläuft, der Kühlschrank weiterbrummt. Man ist ja doch so ein Gewöhnungstierchen.

Interessanterweise fühlt es sich für Helga gar nicht so an, als wäre alles wieder heile, sondern im Gegenteil, als würde jetzt alles für immer unaufhaltsam weiterfunktionieren, weitermachen, ohne Sendepause. Als hätte sie die Kontrolle verloren. Sie geht zum Sicherungskasten und kippt den neuen Hauptschalter nach unten. Aus! Alles dunkel. Kippt ihn wieder hoch, alles wird hell, und in der Küche rattert sich der Kühlschrank in Gang. Runter: dunkel. Hoch: funktioniert. Sie hat doch noch die Macht, Dinge an- und abzustellen.

Sie schaltet das TV-Gerät erneut an und zappt sich durch das Programm. Snooker ist schon ein bisschen langweilig, aber gut zum Abschalten, also zum Sich-selbstabschalten. Helga genehmigt sich dazu einen Korn und beschließt, sich auch einen Cognac anzuschaffen, so einen dunkelorangen. Vom Cognac ist es dann nicht mehr so weit bis zu Vera Redepenning, und da muss sich Helga jetzt korrigieren. Frau Redepenning und Theo haben nicht recht. Nein! Uwe Redepenning hat damals dem kleinen Tobi immer was geschenkt, zumindest so lange, bis es mit der sozialen Planwirtschaft zu Ende ging. Und ob er das aus Nächstenliebe oder Mitleid oder um das kollektive schlechte Gewissen wegen der rassistischen Sprüche zu beruhigen getan hat oder weil er Tobi einfach niedlich fand, spielt keine Rolle. Er hat es getan und Tobi immer einen glücklichen Augenblick im Fischladen beschert, und darum gebührt ihm Gerechtigkeit.

Nach einer halben Stunde ist beim Snooker die Entscheidung gefallen, der Sieger hebt ziemlich abgeklärt für einen Gewinner den Queue. Helga legt die Beine hoch und zappt weiter. Was für eine Aufregung! War nur ein wütender Pferdeschwanz, der sie belästigt hat, versucht sie sich zu beruhigen. Und das andere, ein Pfarrer mit Borderline. Vielleicht kommt der ja wieder auf Spur. Das Licht ist immer noch an, und der Fernseher läuft weiter. Alles wieder heile. Helga landet bei einem Krimi im Zweiten, aber das ist ihr gerade zu gruselig, sozusagen zu nah dran an ihrem echten Leben. Krimis schaut sie sowieso nicht gern, hat aber doch genug gesehen, um zu wissen, dass die, die lügen, Dreck am Stecken haben. Immer. Warum hat Renate Hasselbach gelogen? Weil sie natürlich Uwes Affäre ist. Klarer Fall. Gleiche Schriften. Und die Affären, die wissen mehr als die Ehepartner. Immer. Helga muss dringend noch mal mit Renate sprechen. Vielleicht weiß die ja, warum Uwe Redepenning an jenem Abend wieder was getrunken hat und was ihn nachts zum Hafen trieb.

Es klingelt an der Tür. Helga zuckt erschrocken zusammen und legt die Hand auf ihre Brust. Den Fernseher stellt sie auf stumm, legt die Fernbedienung aufs Sofa und geht zur Tür. Vielmehr schleicht sie dorthin. Und wenn da jetzt der Pferdeschwanz steht!? Sie legt ihr Auge an den Spion. Martin Lüppertz steht kreisrundverzerrt im schwachen Licht des Hausflurs. Am liebsten möchte Helga auch ihm nicht öffnen, aber der Anstand verbietet es ihr. Erstens ist er ihr Lebensretter, zweitens hat er vielleicht Neuigkeiten wegen der Anzeige, weil die Polizei ja mit ihm sprechen wollte, und drittens: Verhält man sich so Menschen gegenüber, die einen lieben – aus welchen Gründen auch immer?

»Du hast so einen glasigen Blick«, stellt Helga fest.

»Glasig?«, lallt Martin und stolpert über die Türschwelle in ihre Wohnung. »Glasklar meinst du!?«

Helga schließt schnell die Tür hinter ihm. Bei den Nachbarn hat sie mit der Schmiererei am Briefkasten und der Feuerwehr ihr Soll an Aufmerksamkeit für die nächsten Jahrzehnte erfüllt. Auf die Rechnung muss nicht auch noch ein sturzbesoffener Fischverkäufer im Rock-'n'-Roll-Outfit kommen, der viel zu jung für sie ist. Wankend steht Martin im Flur. Seine gewachste Haartolle hängt auf halb acht. Sein weißes Shirt ist mit irgendwas bekleckert, sieht aus wie Remouladensoße.

»Hier riecht's 'n bisschen wie Bratwurststand.« Wankend zieht Martin Luft durch die Nase. »Aber dat stört mich nicht. Ich lieb dich trotzdem, Helga.«

Sie lässt ihn kurz stehen, hofft, dass er nicht umkippt, solange sie ein Glas Wasser holt.

»Ein Glas Wasser?« Er guckt angewidert, als sie ihm das in die Hand drückt. »Nein, nein, das wirft mich um Stunden zurück.« Er hebt abwehrend die Hände.

»Trink!« Helga kann das noch, dieses *Muttersein*, dieses Ich-meins-ernst-jetzt! Mach! Martin gehorcht. Er trinkt und gibt ihr das leere Glas zurück. »Mich stört dat wirklich nicht, dass du so alt bist«, sagt er und fängt an, seine Hüfte zu bewegen. Er greift nach ihrer freien Hand. Sein Bein schwingt er rock-'n'-roll-artig an ihr vorbei, hätte beinahe das Schuhregal getroffen. Helga löst sich aus seinem Griff und sagt, für den Fall, dass er das selber noch nicht gemerkt hat: »Du bist total dun, mein Lieber. Wo kommst du denn her?«

»Von zu Hause.« Er schlängelt sich ins Wohnzimmer, wo er sich aufs Sofa fallen lässt. »Das müssen die Grippemittelchen sein. O Gott, Helga, das ist mir jetzt aber echt peinlich.« Er hält sich grinsend die Hand vor den Mund.

»Ist schon okay.«

»Ja, find ich auch. Ich hab dir auch deinen Stalker identifiziert.«

Helga legt sich die Hände auf die Brust, dahinter klopft die Erleichterung. »Ja? Wie? War er das? Der Gleiche, der mir die Zettel … der mich reingestoßen hat?« Von der Polizei hat sie noch keine Benachrichtigung erhalten. Ist der Lüppertz jetzt besoffen genug, um alles durcheinanderzubringen, oder stimmt das, was er sagt?

»Kann sein. Glaub schon«, faselt er.

»Was hat die Polizei denn gesagt?« Helga setzt sich neben ihn auf die Sofalehne.

»Weiß nicht. Aber ich glaub, ich bin sicher, der war das.«

Helga rutscht von der Lehne neben ihn und legt ihre Hand auf seinen Oberschenkel, nimmt sie aber sofort wieder weg, weil sie da nicht hingehört, und legt sie in ihren eigenen Schoß. »Vielleicht legst du dich hin, kannst hier wieder auf meinem Sofa bleiben. Kennste ja inzwischen. Und dann schläfst du deinen Rausch aus.«

»Rausch? Jaaaaa, ich bin berauscht, von dir.« Martin neigt seinen Kopf zu ihr. »Dieser Fuzzi, Pastor – o Entschuldigung, lieber Herr im Himmel, vergib mir, dieser Pastor Wilhelm, der ist doch gar nichts für dich.« Martin neigt sich zur Seite. Bevor er seinen Kopf in ihrem Schoß ablegen kann, steht sie auf. Er fällt auf das Polster. »Alter Knacker«, nennt er Wilhelm. Helga holt Decke und Kopfkissen. Als sie damit zurückkommt, liegt Martin embryonal zusammengerollt auf dem Sofa und wimmert. Ach, der Mensch kann so … während Helga noch nach einem passenden Wort für die Unzulänglichkeiten des Menschen sucht, nuschelt Martin etwas von Scheiße gebaut, Scheiße gebaut. Es geht hier Schlag auf Schlag. Helga wird mulmig. Sie befürchtet, Martin Lüppertz könnte unter *Scheiße gebaut* etwas anderes verstehen als sie. Die, die ihrer Meinung nach Scheiße bauen, denen stellt sie eine Verwarnung aus und klemmt sie hinter Scheibenwischer. Sie will lieber nicht wissen, was Lüppertz darunter versteht, aber er hat Redebedarf.

»Wegen Redepenning«, lallt er. Der hätte ihm eine Stange Geld geschuldet. Und dann muss Helga es doch wissen. »Sag's, Martin«, beschwört sie ihn. »Komm, sag's!« Das Licht brennt unbeirrt weiter. Und der Fernseher läuft. Irgendwas mit Erdmännchen.

»Ich war das«, wimmert Martin und versucht sich noch kleiner zu rollen.

»Was warst du?«, fragt Helga, obwohl sie eine leise Ahnung beschleicht und ihr kurz im Kopf alles durcheinanderwirbelt. Martin legt sein Gesicht in seine Hände. Jetzt schaltet Helga die Erdmännchen im TV ab. Martin kneift die Lippen zusammen und guckt Helga an. In ihr wummert's.

»Raus damit!«, fordert sie. Martin sieht plötzlich so fremd aus. Ganz anders. Vielleicht muss er sich übergeben. »Bin da eingebrochen«, beginnt er seine Beichte, »in sein Scheißgeschäft. Dachte, ist sowieso egal, ist ja jetzt zu. Der ist ja jetzt tot. Hab gedacht, vielleicht ist da noch was in der Kasse von meinem Geld. Es gehört ja mir, und ich würde denen auch ihr blödes Klofenster zahlen, aber das ist ja wohl megapeinlich für mich, wenn das rauskommt.«

»Sage mal!«, freut sich Helga fast. Sie klopft sich auf die

Schenkel. Da fällt ihr wirklich ein Stein vom Herzen. Und ihr Oberkörper fällt vor Erleichterung sogar kurz auf Martin drauf, sitzt aber sofort wieder aufrecht. Bloß ein Einbruch. Und sie dachte schon …

»Dieser Idiot!«, schimpft Martin.

»Selber Idiot. Wie kommst ’n bloß auf so was, du Dösbattel? Irgendwo einbrechen!?« Sie schüttelt den Kopf.

Martin beginnt zu weinen. Unbeholfen tätschelt sie seinen Rücken. »Macht doch jeder mal ’n Fehler.«

Er ist jedoch viel zu betrunken, um das überschäumende Selbstmitleid in den Griff zu kriegen. »Kann man so doof sein?«, jammert er weiter. »Zu doof? Einen Laden ausrauben, ohne was zu rauben? Keine Kohle, kein Kippersrezept, das mich zum neuen König macht, nix. Ich meine, von mir aus könntest nur du bei mir deine Brötchen kaufen, nur du allein … das würde mir reichen, aber Vattern …« Er setzt sich auf und versucht ihr einen Kuss auf die Lippen zu drücken. Helga zieht den Kopf erschrocken und angewidert weg, wie ein Kind, das den Kuss von Tante Mechthild scheut. Anschließend flüchtet sie in die Küche, wo sie sich einen weiteren Korn einschenkt.

»Bist du jetzt sauer?«, ruft Martin.

»Ach Quatsch«, ruft Helga zurück. »Ich geh jetzt aber ins Bett. Gute Nacht!«

Martin antwortet nicht. Helga trinkt noch einen, bevor sie das Licht ausmacht.

Es ist fünf Uhr in der Früh, als Helga von einem Geräusch aus dem Schlaf hochschreckt. Einem Rumms. Mit sperrangelweiten Augen sitzt sie kerzengerade in ihrem Bett. Ihr Nachttischlämpchen brennt noch. Draußen wird es unter nervösem Vogeltirilieren langsam hell. Helga tastet nach ihrer Brille auf dem Nachttisch und schlägt die Bettdecke zurück. Das muss Martin gewesen sein. Sie geht trotzdem nachsehen.

Seine Bettdecke liegt ordentlich zusammengelegt auf dem Sofa, das Kissen obendrauf. Verrückte Sache, sein Besuch gestern. Helga macht sich einen Kaffee. Sie kann ohnehin nicht weiterschlafen. Das fröhliche Vogelgezwitscher am Morgen kann emotional instabilen Menschen bestimmt den Rest geben, denkt sie. Die zweite Tasse Kaffee und einen Toast mit Teewurst erlaubt sich Helga vor dem Fernseher. Die Guten-Morgen-Sendung, bei der sie hängen bleibt, ähnelt akustisch den überdrehten Vögeln vor ihrem Fenster. Zehn nach acht klingelt das Telefon. Es ist die Polizei, die Helga mitteilt, dass man die von ihr wegen Beleidigung angezeigte Person überprüft hätte. Der Herr habe nicht von seinem Aussageverweigerungsrecht Gebrauch machen wollen, sondern hätte ganz im Gegenteil alles sofort gestanden. Sowohl die Beleidigungen als auch seine Attacke am Hafenbecken habe er reuevoll zugegeben. Es tue ihm leid. Man werde das jetzt der Staatsanwaltschaft übergeben, und die brächten das dann gegebenenfalls vor Gericht.

»Was heißt denn gegebenenfalls?«, erkundigt sich Helga. »Falls der mich nicht vorher noch richtig umbringt, oder wie?«

»Niemand bringt Sie um«, versichert der Polizist. »Sie werden Post von uns erhalten mit allen weiteren Details zu Ihren Fragen.«

»Sie kennen doch meine Fragen noch gar nicht. Wie heißt er denn?«, möchte Helga zum Beispiel gerne wissen.

»Das darf ich Ihnen jetzt aus ermittlungstechnischen Gründen nicht telefonisch sagen … sind sensible Daten. Aber wie gesagt, sie bekommen weitere Auskünfte auf postalischem Weg. Es sei denn, Sie wollen die Anzeige zurückziehen, dann …«

»Das ist doch Blödsinn. Da brauch ich doch bloß meine Kollegen anrufen. Die dürfen auch eine Halterabfrage machen.«

»Dann tun Sie das. Auf Wiederhören!«

Und weil der Polizist das Gespräch auf so eine unhöfliche und abrupte Art beendet, braucht Helga nicht mal ein schlechtes Gewissen zu haben, dass sie Martins Geständnis von gestern Abend nicht erwähnt hat. Vielleicht hätte sie ja was gesagt, aber wenn's der Polizist nicht hören will!?! Bitte sehr! Martin hat sie zur Mitwisserin gemacht, der Blödmann! Irgendwann muss sie ihn vielleicht verpetzen. Verdammt.

Helga wollte es gerne auf sich beruhen lassen. Ihre Wildwest-Fantasien in Bezug auf Uwe Redepenning und die Umstände seines Unfalltodes waren mit dem Anruf des Polizisten einen Moment lang wie verraucht. Es ist nicht so, dass Helga wirklich enttäuscht war, nein, natürlich war sie vor allem erleichtert, dass das Phantom, das ihr diese liebenswürdigen Nachrichten an der Windschutzscheibe hinterlassen und sie ins Wasser geschubst hat, bloß ein wütender Mitbürger mit Pferdeschwanz ist, der sich ungerecht behandelt fühlt, weil er eine andere Einstellung zu Feuerwehrzufahrten hat als sie. Der hat sicher nichts mit Uwe Redepennings Unfall zu tun. Aber dieses unsichere Gefühl, ein ganz übler Bursche könnte es auf sie abgesehen haben, weil sie ihm auf die Schliche zu kommen droht, das hatte auch seinen kleinen Reiz. Na ja, und der war jetzt weg. Am Ende, dachte sie, waren es wieder nur die Hormone, die einen verrückt gemacht haben. Und wenn man ein Auge auf jemanden geworfen hat, tanzen die einem ganz schön auf der Nase rum und wirbeln den Alltag ordentlich durcheinander. Man kennt es ja eigentlich, aber das hilft nichts.

Die Hormone sind entlarvt, die Party ist vorbei, dachte Helga jedenfalls für einen Moment. Aber der Zufall wollte es, dass sie die Tour vom erkrankten Kollegen Heinz übernehmen und den Parkraum rund um die Brauerei abklappern muss. Zu dem gehört auch die *Räuchersiedlung* am kleinen Hafen hinter der Brauerei sowie die Bundesstraße vor der Brauerei, auf der sich Touristen zur Ferienzeit bis Rügen stauen. Auch der große Besucherparkplatz der Brauerei selber gehört dazu, auf dem manchmal Wohnwagen campieren oder Leute Sperrmüll unter den Forsythiensträuchern in den Ecken entsorgen. Und wer steht dort, mir nichts, dir nichts, auf dem Behindertenparkplatz? Jawohl, die unverbesserliche Hasselbach, beziehungsweise ihr Vectra. Helga stöhnt, aber dann fällt ihr der Zufall auf, der ihr hier in die Hände spielt. Sie zückt ihr Handy.

»Hallo, hier ist Helga.«

»Nanu!?«

»Kommst du mal bitte raus? Ich stehe hier bei deinem Wagen. Du müsstest mal fix umparken, sonst gibt's ein Knöllchen.«

»Ach, wegen behindert?« Renate scheint vorbereitet. »Du, das ist der Parkplatz von meinem Kollegen, der hat heute frei. Ich darf den dann benutzen, hat er gesagt.«

»Das entscheidet aber nicht dein Kollege. Komm, Renate, ich bin schon so nett, dich vorzuwarnen.«

Renate legt auf. Helga macht zwei Fäuste und nimmt sich ganz fest vor, nichts wegen Redepenning zu sagen, weil das bestimmt alles so oder so egal ist, aber als die lügende Renate Hasselbach dann vor ihr steht und so blöde grinst, nachdem sie ihren Vectra vom Behindertenparkplatz runter und vier Meter weiter links wieder eingeparkt hat, da ist das Wildwestgefühl plötzlich wieder volle Kanone da, Hormone hin oder her.

»Na, dann schönen Tach noch«, sagt Renate und möchte zurück an ihren Arbeitsplatz. Aber Helga wischt über ihr Handydisplay und hält Renate den Pferdeschwanz unter die Nase. »Kennst du den? Vielleicht ein Mitarbeiter von dir?«

»Nee, wieso?«

»Der hat mich ins Hafenbecken geschubst, und der hat geschrieben, ich soll mich aus Dingen raushalten, die mich nix angehen. Und da dachte ich, vielleicht hat es eben doch auch mit Uwe Redepenning …«

»Kommst du mir schon wieder mit dem Redepenning«, unterbricht Renate und schiebt sich die Ärmel über die Ellenbogen.

»Du scheinst ihn nun mal ganz gut gekannt zu haben.«

Jetzt guckt Renate beinahe angewidert. »Ganz gut gekannt? Nur, weil mir seine Fische geschmeckt haben?«

»Fische geschmeckt, ach so«, murmelt Helga und zieht den Liebesbrief aus der Tasche. Hektisch faltet sie ihn auseinander. Das Blatt zittert in ihrer Hand. »Ist doch deine Schrift, oder etwa nicht?!« Auffordernd hält sie den Brief noch weiter in Renates Richtung. Renate schaut nicht hin.

»Renate!?!« Helga wedelt mit dem Papier. »Hallo!?«

Wie eine Statue steht die Hasselbach da und guckt über Helga hinweg. Dann beginnt ihre Unterlippe zu zittern, ihre Augenlider flattern, sie zieht die Nase hoch, die Mundwinkel verzerren sich, einer nach Nordost, der andere nach Südwest. »Weiß nich«, sagt sie mit brüchiger Stimme. Und dann kann Helga die fünf Sekunden runterzählen wie zum Jahreswechsel. Das Unausweichliche wird passieren. Es wird explodieren und knallen und Funken sprühen. Fünf, vier, drei, zwei, eins – Renate bricht in Tränen aus, wie man sich das bei ihr immer vorgestellt hat; wuchtig, ausufernd, viel zu laut – als stünde sie auf einer Theaterbühne und der alte, schwerhörige und begriffsstutzige Mann in Reihe sechsunddreißig soll es auch noch kapieren, dass da jemand eine Verzweifelte spielt. Als sich Renate nach zwei, drei Minuten, in denen Helga unsicher dasteht und ihr beim wuchtigen Heulen zuschaut, wieder etwas gesammelt hat, trompetet sie laut in ein Taschentuch und wischt sich mit dem Unterarm über die Augen. »Ja, ja, ja und nochmals ja – wir haben uns geliebt.«

»Oh«, entfährt es Helga, als käme das jetzt doch etwas plötzlich. So genau hatte sie es vielleicht dann doch nicht …

»Wir wollten zusammen fortgehen, zusammen alt werden, Uwe und ich.« Renate greift nach der Hand der perplexen Helga und drückt sie sich selbst zum Trost fest. »Er fehlt mir so, Helga!«

»Mensch, Renate, warum hast du denn nichts gesagt?« Helga drückt die Hand nun auch etwas fester, was heißen soll: Das wird schon wieder! Die Liebe! Na, da weiß sie doch selber gerade am besten, wie kompliziert das immer ist.

»Hat doch sowieso jeder gewusst«, glaubt Renate. »Und getuschelt haben sie alle. Der Redepenning und die Hasselbach.« Renate schneidet eine Grimasse, als sei die Kombi Redepenning und Hasselbach nicht die beste. War sie ja auch nicht, wenn man ehrlich ist.

»Ich habe nichts mitbekommen«, versucht Helga ihre Chorfreundin zu beruhigen. »Und ich glaube, Uwes Frau jedenfalls auch nicht.«

Renate schnaubt noch mal kräftig aus, scheint sich wieder einzukriegen, doch dann bricht es noch mal heftig aus ihr heraus. Unauffällig schaut Helga auf die Uhr. Sie müsste langsam mal weiter. Sie müsste mal ein bisschen Tempo machen. »Hat Uwe wieder getrunken?«, fragt sie noch unverhohlen.

»Nur Weinbrandbohnen, meistens …« Renate sieht schlimm aus. Die Wimperntusche unter den Augen verschmiert, rotfleckig im Gesicht.

»Aber trockene Alkoholiker, die … also das geht doch auch nicht mit Weinbrandbohnen.«

»Ein bisschen was hat er schon getrunken, und manchmal auch ein bisschen mehr«, behauptet Renate.

»Und an dem Abend, als er …«

»Hat er mir gesagt, dass er sich von seiner Frau scheiden lassen wird. Wir waren bei mir, hatten ganz viele Kerzen an und haben Tee getrunken, so einen Rooibos, den mochte er am Anfang nicht, hat ihn aber immer bei mir getrunken, und irgendwann fand er ihn total lecker und hat gesagt, dass er auch welchen gekauft hätte, für zu Hause, weil er sich damit warme Gedanken machen kann. Nach dem Tee wollte er los, wollte noch was erledigen, und dann …« Sie schlägt die Hände vor's Gesicht.

»War er nüchtern, als er bei dir weg ist?«

Renate nickt. »Nur halt die Weinbrandbohnen und ein oder zwei Bier zum Tee.«

»Bier?«

»Aber mehr als zwei sind es nie gewesen. Ehrlich nicht. Höchstens zwei. Er hatte es im Griff. Und dann ist er los.« Renate starrt gedankenverloren ins Nirgendwo, als sei ihr Uwe jetzt genau dort.

»Und was er noch erledigen wollte, hat er nicht gesagt?«

Renate schüttelt den Kopf. »Nur, dass er noch was zu tun hat, hat er gesagt, und dass er einen Typen trifft, der einen Zopf hat. Vielleicht der Typ von deinem Foto.«

»Ist nicht wahr!« Helgas Herz hämmert. »Mit Zopf?«

Renate nickt. »Mit Zopf!«

Helga ist wie erstarrt. Typ mit Zopf, hallt es in ihren Gedanken, während Renate Hasselbach noch mal geräuschvoll in ein Taschentuch schnaubt und damit anschließend unter ihren Augen an der verschmierten Wimperntusche reibt. Nun hat Helga die arme Hasselbach wirklich genug belästigt. Die ist ja fix und fertig mit den Nerven. Helga beschließt, die kleine Betrügerin beim nächsten Mal zur Wiedergutmachung ein paar Minuten länger als erlaubt auf einem Behindertenparkplatz stehen zu lassen. Der Chef, mit dem Helga kürzlich das Vergnügen hatte, verlässt ein Nebengebäude. Gut gelaunt, verdammt gut gelaunt, als hätte er gerade den Deal seines Lebens gemacht, stolziert er in Richtung Haupthaus. Als er seine Braumeisterin und Helga sieht, hebt er den Kopf und macht einen so starken Schlenker, dass er beide Arme zu Tragflächen aufklappt, um die Kurve zu kriegen.

»Mensch, Sie sehen aber übel aus, Frau Hasselbach.«

Renate wendet den Blick eingeschüchtert ab. Das Taschentuch stopft sie in die Hosentasche. »Und Sie Frau Heidenbluth?« Er greift nach Helgas Hand, um sie einmal kräftig zu schütteln. Helga spürt die Haut an ihrem Unterarm wabbeln. »Ich grüße Sie«, sagt der Chef. »Darf ich hoffen, dass Sie es sich zu unseren Gunsten überlegt haben?«

»Nee, ich …« Helga schüttelt den Kopf.

»Tja, Pech gehabt«, findet der Chef und ist damit auch schon wieder auf dem Abflug. »Die Pflicht ruft. Auf Wiedersehen.«

»Was hat der denn genommen?« Entgeistert schaut Helga ihm hinterher.

»Hat sein beknacktes Riesenrad durchgeboxt bekommen«, erklärt Renate und zieht noch mal die Nase hoch. »Er darf es bauen. Uwe kann sich ja auch nicht mehr querstellen.« Sie schluchzt. »Du, Helga, ich bin nicht stolz drauf«, fährt sie bedröppelt fort. »Aber wo die Liebe hinfällt. Weißt ja selber, wie dat is. Bitte häng es nicht an die große Glocke, vor allem seine Frau muss ja nicht unbedingt … und danke für die Rezepte.« Ihre Nasenflügel blähen sich auf. »Die wollte ich Uwe schenken, als Zeichen meiner Liebe, aber bevor ich das machen konnte, sind sie mir aus der Tasche unglücklich rausgerutscht, beim Küssen, das war immer sehr, na ja, stürmisch, und dann ist die Flasche ins Hafenbecken gerollt. Muss mich bei dir bedanken, dass du mir das Andenken gerettet hast. Ich habe sie erst neulich im Nachlass meiner Eltern gefunden.«

»Gern geschehen, und nun lass ich dich in Frieden«, verspricht Helga. »Und wenn du willst, kannst du auch auf dem Parkplatz deines Kollegen parken, wenn der heute nicht da ist.«

»Echt?« Für einen Moment wirkt es, als würde Renate das für ihr Seelenheil ernsthaft in Erwägung ziehen, aber dann muss sie über das Angebot und ihre Reaktion ein bisschen lachen.

Den restlichen Vormittag kann Helga ihrer Arbeit fast ungestört nachgehen. Sie versucht ein bisschen Frieden zu genießen, der durch die Siedlung am kleinen Hafen weht, wie auch der leichte Wind, der im Schilf hängen bleibt, zu kraftlos, um was zum Rascheln zu bringen. Helga bleibt vor dem Zaun des Bootvereins stehen und beobachtet zwei Herren, die damit beschäftigt sind, ein kleines Motorboot vom Anhänger ins Wasser zu kurbeln. Der Radfahrer, den Helga wegen Fahrens auf der falschen Straßenseite zur Räson ruft, bleibt ungewohnt höflich, sodass sie für einen Moment gar vermutet, sie hätte es mit einem Schwerverbrecher zu tun, der bemüht ist, wegen einer Lappalie bloß keinen Verdacht auf sich zu ziehen. Ein verwarnter Hundehalter, um genau zu sein, Herr Diepken, der Bruder ihrer Kollegin Annegret, macht den Kackhaufen seiner Riesendogge nach einem strengen Blick kommentarlos weg. Schließlich kommt es noch zu einer typischen Diskussion über Höchstparkdauer und Reifenventile. Der junge Mann behauptet außer Atem, in den zwei Stunden, die er bereits auf dem Parkplatz mit der Höchstparkdauer von einer Stunde steht, einmal um den Block gefahren zu sein. Wenn es so gewesen wäre, wäre es in Ordnung, aber Helga hatte sich vor anderthalb Stunden die Ventile angeschaut, und es ist ein Ding der Unmöglichkeit, dass sie nach dem Rumfahren genau an der gleichen Stelle stehen. »Aber so ist's«, argumentiert der junge Mann unverhohlen. Helga schüttelt den Kopf. Zwecklos.

Er könne seine Sicht der Dinge ja noch mal schriftlich einreichen, sagt Helga und will gerade damit loslegen, sein Nummernschild in ihr böses Gerät einzutippen, da sieht sie *ihn* plötzlich in die Straße einbiegen. Verkrampfung! Schleudergang. Flatternde Schmetterlinge, die kurz darauf wie tot vom Himmel fallen. Wilhelm wechselt seinen Aktenkoffer von der rechten in die linke Hand und winkt. Helga versucht ein Lächeln, aber sie merkt gleich, dass da eher so was wie ein Zahnschmerzengesicht draus wird.

»Ja, na aber dalli jetzt weg hier«, sagt sie zu dem jungen Mann, der sein Glück kaum fassen kann und sie wahrscheinlich für die einfältigste Person von hier bis Afrika hält. Erleichtert steigt er in sein Auto. Da kann man sich fragen, warum man nicht jeden Tag die Menschen glücklich macht, wegen zehn oder fünfzehn Euro, die man ihnen gnädigerweise erlässt – wenn einem die Macht dazu obliegt. Helga hätte die Macht, aber sie weiß natürlich auch, warum das so nicht läuft. Es braucht immer ein Gleichgewicht zwischen Hoch- und Abwärtsgefühlen, sonst wird's Gewohnheit: Dreimal 'n Zehner gespart, und schwuppdiwupp sind die Erwartungen da, es würde immer so sein mit dem Glück, und dann … kann man ja nur noch verlieren. Mit seinem Kuss hatte Wilhelm all ihre Erwartungen übertroffen, aber jetzt ist sie enttäuscht. Sie hätte erwartet, dass er zu ihr kommt, sich nach ihrem Befinden oder wenigstens nach der verräucherten Wohnung und der Versicherung erkundigt, aber Wilhelm belässt es bei einer freundlichen Begrüßung aus der Ferne, zeigt auf ein Wohnhaus und ruft das Wort »Hausbesuch!« über die Straße.

»Was hab ich dem denn eigentlich getan?«, fragt sich

Helga vergleichsweise laut. Und obwohl sie sich die Frage selbst gestellt hat, möchte jemand wissen: »Wieso?«

Eine ihr bekannte Stimme lässt Helga herumfahren.

Simone Templin zeigt ihre schiefen Zähne. »Haben Sie Stress mit dem?«, fragt sie. Die Mischung aus schlechten Manieren und echter Anteilnahme verunsichert Helga kurz, dann findet sie die kleine Templin, die mittlerweile stramm auf die vierzig zugeht, wieder so rührend wie früher. »Ach«, sagt Helga. »Nicht weiter wild. Kleine Meinungsverschiedenheit.« Sie macht sich innerlich startklar für einen kurzen Plausch über das Wetter oder die Heringe, doch Simone hat nicht vor zu plauschen. »Meine Schwester ist weg!«, sagt sie unumwunden und guckt Helga erwartungsvoll aus ihren eng stehenden Augen an, so als könne Helga die Verlorengegangene mit einem Fingerschnippen wieder herzaubern. Simone klemmt sich die Haare hinter ihre Ohren, mit denen sie rüber bis nach Dänemark segeln könnte. Das ist wahrlich ein beeindruckendes Bataillon an Hässlichkeiten, das sie da auffährt, findet Helga und weiß ansonsten nicht, was sie sagen soll. »Tja …«

»Weg«, fasst Simone die Kernaussage ihres Satzes noch mal zusammen, als wäre ihre Gesprächspartnerin ein wenig begriffsstutzig. »Mh«, macht Helga ratlos. Sie würde gerne wissen, was sie damit zu tun hat. Warum erzählt Simone ihr das? Weil Helga auch ihr Nummernschild *wiedergefunden* hat?

»Frau Heidenbluth, ich fange an, mir Sorgen zu machen.« Simones Stimme ist ganz leise. Sie fasst Helga in die Armbeuge. »Darum frag ich jetzt mal rum.«

»Verreist vielleicht?«, schlägt Helga vor.

Simone schüttelt den Kopf. »Nein, so was macht sie nicht. Nie. Die war höchstens mal in Greifswald, allerhöchstens Rostock und einmal auch Mallorca, oder nein, Menorca.«

»Vielleicht hat sie einen Freund, bei dem sie vorübergehend wohnt oder den sie gerade besucht.«

»Quatsch!«, ist sich Simone sicher. »Das Handy ist auch seit Tagen aus, und bei ihr zu Hause verwelken die Tulpen. Hab ich durch ihr Fenster gesehen. Das muss schon stinken da drinnen.«

»Dann musst du zur Polizei gehen und eine Vermisstenanzeige aufgeben.« Helga fragt sich, ob ihr diese Idee früher auch so leicht von den Lippen gegangen wäre, also bevor sie selber auf der Polizeiwache ein und aus ging wie im Supermarkt. Aber bei Handy aus und verwelkten Blumen darf man sich Sorgen machen. So werden auch immer die Vermisstenfälle im Fernsehen skizziert.

»Die Sache ist nicht so einfach«, antwortet Simone. Sie schwitzt auf der Oberlippe. Und sie riecht nach Räucherofen, wie Renate immer den Malzgeruch ausdünstet. »Wir haben ja Bewährungsauflagen, und wenn Petra morgen ihre Sozialstunden in der Kirchengemeinde nicht anfängt … Die Polizei wird glauben, dass sie untergetaucht ist. Aber die ist nicht untergetaucht. Sie ist einfach weg.«

»Du, ich hab sie nicht gesehen, Simone, tut mir echt leid.« Helga guckt auf die Uhr. »Ich muss leider zurück ins Büro.« Grußlos wie eine, die fortwährende Abweisungen gewohnt ist, dreht sich Simone weg und wandelt gespenstergleich weiter die Straße hinunter.

Aus der Vogelperspektive

Im Büro wählt Helga die Durchwahl ihres Kollegen und bittet um eine Halterabfrage. Ihr Kollege, der ungern unnötig Zeit verplempert, die ihm hintenraus fürs Solitärspielen fehlen könnte, ziert sich nicht. Aber auch jeder andere hätte bei Helgas angeschlagenem Ton wohl kaum gewagt, Widerstand zu leisten. Von der allerschnellsten Sorte ist der Kollege nicht. Bestimmt liebt seine Frau gerade diese Gemütlichkeit an ihm, zyklusabhängig hasst sie dann aber auch, dass er nicht in die Pötte kommt. Und wenn die Menopause vollzogen ist, kaufen sie sich ein Tandem und fahren zufrieden mit sich und der Welt von Rügen an den Bodensee.

»Flötner, Andreas. Diebsteinweg 15!«, wird Helga von der Stimme ihres Kollegen aus ihren Vermutungen über seine Partnerschaft gerissen.

Mit einem knarrenden Geräusch zieht Helga die Handbremse an. Sie überlegt kurz, den Motor laufen zu lassen, während sie Theo abholt, findet das dann aber doch zu dramatisch. Nach einer kleinen Ewigkeit öffnet Theo seine Wohnungstür im dritten Stock. Helga sieht es sofort an seinen kleinen drolligen Augen, dass gerade wieder die Fetzen geflogen sind. Sie beschließt, gleich zum Punkt zu kommen. »Mir dauert dieser offizielle Weg viel zu lange«, sagt sie. »Du hattest recht, ist ja eher privat. Ich hab die Adresse von dem Typen, kommst du mit?«

»Welcher Typ?« Theo guckt verunsichert nach hinten über seine Schulter, wo Helga seine Ehefrau vermutet. Entgeistert schaut sie ihren Freund an. »Ach, vergiss es!«, sagt sie dann und macht auf dem Absatz kehrt. Dafür hat sie weder die Zeit noch die Nerven. Aber sie hat genug Wut, um sich auch allein in die Höhle des Löwen zu trauen.

»Was is 'n?«, ruft Theo ihr hinterher. »Jetzt warte doch mal.«

Helga steigt unaufhaltsam die Stufen des engen Treppenhauses hinunter. Hier riecht es seit Jahren nach Bohneneintopf. Helga hört Evelyn oben fragen, was los sei und ob Theo vielleicht mal bitte zurück in die Wohnung kommen und die Tür hinter sich zumachen könne. Helga hört, wie die Tür ins Schloss fällt. Aber dann: Schritte. Theo geht mit an Bord. Mit schnellen Schritten und einem Sprung auf den letzten Treppenabsatz hat er sie eingeholt. Beide bleiben kurz stehen und schauen sich an. Sie wissen um den bedeutenden Moment ihrer Freundschaft.

Ungefähr im Kreisel am Theater erzählt Helga von Renates Geständnis, dass sie was mit Uwe Redepenning hatte, wie man das so sagt. Entlang der Stadtmauer kommt dann Martins Einbruch zur Sprache, und als Helga schließlich noch den Anruf der Polizei erwähnt, ist Theo auf Höhe Knieperteich ganz gut im Bilde und stellt fest, dass das doch alles ganz normal und nicht nach Kriminalfall klingt. »Wenn du meinst«, sagt Helga.

Das Haus ist ein anständiges Haus, in dem man anständige Leute vermutet, die sich nicht gerne etwas zuschulden kommen lassen. Neben der Haustür hängt ein selbst gebasteltes Windspiel aus Feuersteinen, dem Theo nicht widerstehen kann. Er tippt es an. Klackernd baumeln die Steine gegen Treibholz, während Helga stürmisch auf die Klingel drückt. Der Pferdeschwanz öffnet die Tür und braucht einen Moment, ehe er erkennt, mit wem er es zu tun hat. Verlegen fährt er sich mit der Hand übers Gesicht.

»Guten Tag. Sie haben doch wohl nicht mehr alle Tassen im Schrank«, sagt Helga tollkühn. Der Pferdeschwanz inspiziert eingeschüchtert Theo, den er vielleicht für einen osteuropäischen Schläger hält.

»Hören Sie«, beginnt er zögerlich, »es tut mir furchtbar leid, was ich getan habe. Ich schäme mich in Grund und Boden. Ich hab die Beherrschung verloren. Ich lebe gerade in einer emotionalen Ausnahmesituation und ...«

»Aber so 'n paar flotte Sprüche auf einen Zettel schreiben, dafür reicht's noch in Ihrer emotionalen Ausnahmesituation!?«, unterbricht Helga.

Der Typ stützt sich mit der Hand im Türrahmen ab. »Ich habe mich sehr über Sie geärgert«, sagt er nun vergleichsweise streng. »Ihre Sturheit. Ich komm damit manchmal nicht so gut klar.«

»Womit? Mit Strafzetteln?«

»Mit diesen sturen Stralsunder Böcken. Dass man hier die Dinge so macht, wie man sie immer macht, und dass man nicht vernünftig reden kann, null Komma null Spielraum für besondere Situationen.«

»Also erstens«, Helga hält ihren Daumen in die Luft, »findet jeder Parksünder seine Situation besonders und wünscht sich Spielraum. Und zweitens«, Zeigefinger, »kann man immer vernünftig mit mir reden, stimmt's, Theo?«

Theo tippt stumm erneut gegen das Windspiel. Man könnte das für eine Einschüchterungstaktik halten. Jedenfalls lässt er sich zu keinem Kommentar hinreißen, sodass Helga fortfährt. »Vernünftig!«, sagt sie und hebt den Zeigefinger noch ein wenig höher. »Aber wenn man mir mit einer Möwe kommt, die …«

»Wie gesagt, ich kann mich nur für meinen Aussetzer entschuldigen«, sagt der Pferdeschwanz Andreas Flötner. »Ich war verzweifelt und sauer. Sie haben so gemeine Sachen über meine Frau gesagt, und ich wollte Ihnen einfach auch gemeine Sachen sagen.«

»Woher wissen Sie bitte schön überhaupt von meinem Sohn?«, wundert sich Helga.

»Ich war beim Ordnungsamt und wollte mich über Sie beschweren. Da haben Ihre Kollegen gefragt, ob ich *die mit dem schwarzen Sohn* meinen würde, eine genauere Auskunft habe ich dann nicht bekommen. Dann hab ich mich auf die Lauer gelegt, Sie ein bisschen gestalkt, ja, und …«

»Und jetzt reicht's!« Helgas Stimme rutscht etwas hoch. »Sie haben doch nun wirklich genug Gemeinheiten fürs Altpapier fabriziert.«

»Tut mir leid, dass Sie im Wasser gelandet sind, als ich Sie angerempelt habe. Das war nicht meine Absicht. Das tut mir wirklich sehr, sehr leid. Ich hab ja gesehen, dass da jemand war, sonst hätt ich natürlich …«

»Ja, ja, ist ja gut, Sie haben sich genug entschuldigt. Hören Sie einfach auf.« Helga schiebt Theo den Ellenbogen in die Rippe, der das missversteht und glaubt, auch mal was sagen zu sollen, egal was. »Wenn Sie nicht damit aufhören, meine Freundin zu belästigen …«

»So weit waren wir schon«, unterbricht Helga ihren

Freund und fährt fort. »Das hatte ja am Ende schon fast was Professionelles, als Sie zum Drucken übergegangen sind.«

Flötner schüttelt den Kopf. »Gedruckt? Mein Drucker ist kaputt. Gedruckt habe ich nichts. Sie können gerne reinkommen und sich davon überzeugen.« Reinkommen? Zu diesem Typen? Unsicher guckt Helga zu Theo, der noch viel unsicherer zurückguckt. Der will nirgends rein, der will wieder nach Hause zu Evelyn. Aber dieses Mal will es Helga richtig machen und nicht schon wieder irgendwelche Ermittlungen abbrechen, wenn sie anfangen für Aufschluss zu sorgen. Den defekten Drucker möchte sie nun wirklich gerne sehen. Andreas Flötner macht einen Schritt zur Seite und lässt die beiden hereinkommen.

Der Flur ist mit schwarz-weißen Lochkamerafotos behängt, die leer gefegte Ostseestrände zeigen. Windschiefe, karge Bäume, große runde Findlinge. Eine menschenleere Seebrücke, ein alter Kahn und ein verlassener Rettungsturm, und nichts davon vermisst irgendwas oder irgendwen. Durch einen schmalen Türspalt sieht Helga ein unordentliches Bett. Auf dem Nachttisch türmen sich zentimeterhoch Arzneiverpackungen.

Helga beschleicht ein ungutes Gefühl. Die Wohnung ist unerwartet geschmackvoll eingerichtet, für einen Typen mit Jeansjacke und Zopf gleich dreimal geschmackvoll. Im Wohnzimmer nehmen Helga und Theo Platz auf einem braunen Ledersofa. Zu bequem sollten sie es sich hier nicht machen, vielleicht muss man schnell wieder hoch, denkt Helga. Und da könnte Theo mit seinem angeschlagenen Kreuz Probleme machen und die Flucht verzögern. Dass Andreas Flötner psychische Probleme hat, hat er die letzten Tage immerhin eindrücklich unter Beweis gestellt. Mal ehrlich, welcher normale erwachsene Mensch schubst einen anderen Menschen in ein Hafenbecken und rennt weg? Auch dass hier alles so aufgeräumt ist, hält Helga für ein Indiz, dass etwas nicht ganz stimmen kann. Ihr sind aufgeräumte Wohnungen schon immer verdächtig.

Flötner lässt seinen Drucker mit richtig Wumms auf den Couchtisch fallen.

»So, und woher wissen wir jetzt, dass der schon vorher kaputt war?«, fragt Theo geistesgegenwärtig.

Andreas klappt einen Deckel hoch und zeigt hinein. »Da ist mir dieses Halterungsdings für die Patronen mal abgebrochen, seitdem erkennt der keine Patronen mehr. Ohne Patrone kein Ausdruck.«

Helga und Theo starren in das Innere des Druckers. Lassen die sich gerade einen Bären aufbinden, oder was wird hier gespielt? Helga sieht etwas, das wie abgebrochen aussieht. Als könnte Herr Flötner Gedanken lesen, was die Situation noch unheimlicher macht, sagt er: »Sie können mir wirklich glauben, ich hab schon Monate nichts mehr ausgedruckt.«

Theo guckt Helga wieder mit so einem triumphierenden *da siehste*-Blick an. Als hätte sie sich das alles bloß ausgedacht. Aber sie hat es doch schwarz auf weiß. Ausgedruckt. Jemand hat Drohungen mit einem Computer verfasst. Und wenn das nicht aus diesem Drucker kam, dann aus einem anderen. Und das macht die Sache nicht weniger unheimlich, wirklich nicht. Helga lehnt sich zurück. »Es fällt mir irgendwie schwer, Ihnen das zu glauben«, sagt sie. »Ich meine, Ihre dämliche Ausrede mit der Möwe …«

»Das war keine Ausrede.«

»Ich bitte Sie. Die Viecher sind aufdringlich, ja, aber die, die Menschen bestehlen, heißen Elstern. Da haben Sie was verwechselt.«

Flötner verlässt erneut das Wohnzimmer. Helgas Blick fällt auf ein gerahmtes Bild einer fröhlich lachenden Dame. Ihr fallen die Medikamentenschachteln auf dem Nachttisch ein, und da überfällt sie eine kleine Scham. Andreas Flötner kommt mit einer Kamera zurück und drängelt sich zwischen Helga und Theo. Helga spürt seinen muskulösen Oberschenkel an ihrem weniger muskulösen Oberschenkel. Er lässt das Objektiv herausfahren. Auf dem kleinen Bildschirm erscheinen private Fotos. Das findet Helga noch unangenehmer als diese aneinandergepressten Oberschenkel. Flötner drückt rhythmisch und zielstrebig von Bild zu Bild. Helga versucht nicht hinzugucken und lehnt sich etwas zurück, um hinter seinem Rücken Blickkontakt zu Theo aufzunehmen, aber Theo schaut ungeniert auf den Kamerabildschirm. Helgas Blick bleibt an einer kleinen Uhr hängen, in der sich goldene Kugeln hin und her drehen.

»Schauen Sie«, Andreas Flötner hält Helga die Kamera hin. Sie schnellt wieder nach vorne. Es ist schwer, etwas auf dem Bild zu erkennen. Es ist ohne Blitz in der Dämmerung aufgenommen. »Hier bin ich mit meiner Frau.« Er tippt auf den Bildschirm. »Drüben in Altefähr. Es war schon fast dunkel. Meine Frau hat sich das gewünscht. Wir hatten so ein Gefühl …«

»Abends in Altefähr rumspazieren zu müssen?«, fragt Helga forsch, als hätte sie den Ernst der Lage immer noch nicht begriffen.

»Dass wir nie wieder gemeinsam in Altefähr herumspazieren, wenn wir es nicht gleich tun«, antwortet Andreas Flötner. In die darauffolgende Stille gibt Theo ein Räuspern. Helga, zur Salzsäule erstarrt, guckt auf die Kamera. Andreas Flötner spielt ein Video ab. Die blonde Frau schneidet Grimassen unter der Laterne neben dem *Manöver*, einer kleinen Imbissbude gegenüber der Slipanlage in Altefähr, an der die Boote ins Wasser gelassen und zum Ende der Saison wieder an Land geholt werden. Das nächste Video zeigt, wie die blonde Frau Stückchen von einem Brötchen abbricht und den Möwen zuwirft, die in der Dämmerung unter den Laternen und über dem schwarzen Sund fliegen.

Das dritte Video ist anders. Flötner ist selbst mit drauf, er und seine Frau. Die beiden müssen die Kamera auf einer Bank positioniert haben. Doch plötzlich ein Wackeln. Er ruft: »Halt. Warte, du …« Die Frau lacht. Er lacht auch. Die beiden werden kleiner, die Welt gerät ins Schaukeln. Im Vogelflug geht es über den Sund. Es ist dunkel. In der Ferne sieht man rote und weiße Lichter blinken.

»Das ist ja echt abgefahren. So sieht also so 'ne olle Möwe die Welt von da oben«, staunt Theo, und wie zu erwarten möchte er jetzt gerne von seiner Horrorlandung nach einem Flug von Portugal berichten. »Als ich mal …«, beginnt er, aber Helga weiß dieses Bedürfnis im Keim zu ersticken. »Die fliegt jetzt mit der Kamera wirklich rüber nach Stralsund, oder?«, grätscht sie ihm dazwischen.

Andreas Flötner nickt. Da ist aber keine Verwunderung, keine Genugtuung, keine Freude, keine Wut – er sieht einfach nur todtraurig aus.

»Da!«, entfährt es Helga, und sie hämmert mit dem Fingernagel auf das Display. Er zieht seine Kamera besorgt ein Stück zu sich heran.

»Das Datum. 12.4. Der Abend, an dem Redepenning ertrunken ist.«

»Da haben wir ihn«, sagt Theo. »Einen richtig guten Buchtitel für deinen ersten Kriminalroman.« Er wischt mit seiner Hand einen Halbkreis vor seinem Gesicht. »Der Abend, an dem …«

Helga lässt sich nicht beirren. »Machen Sie das Video noch mal von vorn und halten dann an, wenn die Möwe überm Stralsunder Hafen ist, wenn es wieder heller wird wegen der Laternen auf der Mole, da wo die ganzen Segelmasten zu sehen sind.«

Andreas tut, was Helga wünscht. »Stopp!«, brüllt sie, sodass sich Theo demonstrativ einen Finger in das ihr zugewandte Ohr steckt und ihr von der Seite einen entsetzten Blick zuwirft.

»Da sind doch welche!«, ruft Helga. Jawohl! »Ein Mann, eine Frau und …« Sie hält den Kopf schief.

»Noch eine Frau«, schätzt Theo. Aber das ist schwer zu sagen. Sie oder er trägt eine Segeljacke, Basecap und flache Schuhe – könnte beides sein.

»Ich wusste es! Ich wusste es! Ich wusste es!« Helga springt auf und stampft mit dem Bein auf wie Rumpelstilzchen. Theo schielt etwas pikiert zu Andreas. Helga nimmt, na ja, reißt vielmehr, Andreas Flötner die Kamera aus der Hand. Kurz versucht er noch, sie festzuhalten, gibt aber schnell Helgas beherztem Ruck nach. Sie hält das Standbild ganz nah vor ihre Augen. Sie erkennt Grabows und Inges Verkaufskutter, Segelboote, ein Stück Mole und niemanden weit und breit außer den drei Personen. Einer davon ist ganz klar Uwe Redepenning mit seiner Prinz-Heinrich-Mütze.

»Kann man das irgendwie zoomen?« Aufgeregt dreht Helga die Kamera hin und her. Flötner will ihr die Kamera aus der Hand nehmen, aber sie hält sie fest. Die Frau da? Hat jedenfalls Locken. Jetzt überlässt sie Herrn Flötner die Kamera. Er soll noch mal zurückspulen und versuchen die drei ranzuzoomen. Ja und dann: Schleudergang hoch zehn, als würde Pastor Wilhelm wieder seine rauen Lippen auf ihre legen, nur noch viel, viel schlimmer. Das Auto, ein Vectra, kein Behindertenausweis, sieht man zwar aus der Perspektive nicht, aber da würde Helga ihre Hand für ins Feuer und auch in den Kamin legen. Dieser Opel Vectra! Renates. Ja, das ist Renates Opel, und die grobschlächtige Renate mit den drahtigen, dicken Locken ist höchstpersönlich im Bild. Helga hält Theo die Kamera entgegen.

»Die kennen wir!« Theo steht auf und starrt auf das Display. Andreas legt eingeschüchtert die Hände in den Schoß.

»Das ist Uwe Redepenning«, sagt Helga zu ihm. »Den kennen Sie doch auch, oder?«

»Dieser Fischverkäufer?«, fragt Flötner.

»Der tote Fischverkäufer«, erwidert Theo.

»Ja, den kenn ich.« Flötner nickt.

»Ja, sie kannten ihn. Genau!« Helga erinnert sich an Renates Aussage. »Und Sie wollten ihn an dem Abend treffen, richtig? 12.4.«

Flötner zieht sein Zopfgummi aus dem Haar. Ein paar Haare fallen dabei auf den Boden, einige bleiben auf seiner Schulter hängen. Er macht sich einen neuen Zopf.

»Richtig?!«, setzt Helga nach.

»Hä? Ich weiß überhaupt nicht, was Sie von mir wollen«, sagt er. »Ich kann nicht mehr tun, als mich für meine Taten zu entschuldigen. Ich war an dem Tag mit meiner Frau unterwegs, und ich finde, ich habe Ihnen jetzt genug meiner Zeit geschenkt.«

»Jaaaaa«, sagt Helga übermütig. »Und jetzt, wo ich Sie ertappt hab, sollen wir gehen?!«

»Ertappt?« Flötner tippt sich an die Stirn. »Aber ja, bitte gehen Sie jetzt. Ich hab noch Dinge zu erledigen.«

»Wir müssen Ihre Kamera mitnehmen«, sagt Theo und greift sich an den Hosenbund, um seine Hose mit kleinen Drehbewegungen über die Hüftknochen zu ziehen.

»Kommt nicht infrage.« Flötner weist mit der Hand zur Tür.

»Aber wir müssen das der Polizei zeigen«, sagt Theo.

»Die Polizei kann sich hier gerne die Kamera abholen, wenn sie sie haben möchte«, behauptet Andreas Flötner, schiebt die beiden in Richtung Haustür und da hindurch nach draußen. Dann schließt er die Tür.

»Total verdächtig!«, findet Helga. »Renate hat gesagt, er war an dem Abend mit ihm verabredet, also mit einem mit Zopf.«

»Der war doch mit seiner Frau unterwegs«, wendet Theo ein. »Haben wir doch gerade auf der Kamera gesehen. Und ich glaub, seine Frau ist richtig schlimm krank.« Theo bringt noch mal das Windspiel in Gang, bevor sie gehen. Dumpf klackern ihnen die Treibhölzer hinterher.

»Ja, gut«, muss Helga zugeben. »Der hat ein Alibi. Hast recht. Aber was soll die Polizei mit seiner Kamera? Die nützt doch auch nichts.«

»Wenn die sehen, dass deine Freundin mit Redepenning unterwegs war, obwohl sie das dir, also einer Zeugin gegenüber abgestritten hat, dann nehmen sie sie vielleicht fest.«

»Die ist nicht meine Freundin.«

»Chorfreundin.«

»Warum sollten sie sie festnehmen?« Helga rollt mit den Augen. »Die macht ja nüscht außer lügen. Wenn man sie was fragt, erzählt die einem doch wieder was vom Pferd, und das war's dann. Und selbst wenn. Ist ja nicht verboten, mit Uwe Redepenning am Tag seines Todes spazieren zu gehen. Ach, verdammter Mist.« Sie boxt sich in die flache Hand.

»Na toll, Helga!« Theo zieht ein paarmal nervös seinen Reißverschluss hoch und runter. »Jetzt hast du deinen Kriminalfall, auf den du schon die ganze Zeit so scharf bist. Zufrieden?«

Helga nimmt ihre Brille ab. Die Umgebung wird unscharf. »Noch nicht ganz, würde ich sagen.«

»Was denn noch?«

»Na, wir müssen meinen Kriminalfall noch lösen.« Jetzt guckt Helga herausfordernd, etwas keck, aber ganz und gar überzeugt. Sie merkt es gerade selber, wie überzeugt sie ist. Ein interessantes Gefühl. Sie reibt die Brillengläser an ihrer Hose und setzt die Brille wieder auf. Theo fängt erneut mit seinem Jackenreißverschluss an, hoch, runter, hoch, runter. Er findet, das könne doch nun wirklich die Polizei machen. Helga sagt, dass er mal mit dem Reißverschluss aufhören soll, damit sie nachdenken kann, aber Theo sieht im Nachdenken keinen Sinn. Redepenning war nachweislich nicht alleine am Hafen, kurz bevor er ertrunken ist. Und da sei es nun nicht zu viel erwartet, wenn man, also nicht man, sondern die Polizei, seine Begleitung, Renate Hasselbach, da etwas genauer unter die Lupe nähme. Fertig. Aus. Finito. Mehr gäb's da jetzt nicht nachzudenken. Ab zur Polizei.

»Bis sich die Polizei bequemt, der Hasselbach mit ein paar unbequemen Fragen auf die Pelle zu rücken, hat die sich längst wieder einen Hut voll Lügen überlegt«, ist sich Helga sicher. Ratlos steigen sie in Helgas Auto und schnallen sich an. Dann blicken sie aus ihren Seitenfenstern. Eine rote Katze, die kerzengerade auf einem Briefkasten sitzt, starrt eindringlich zurück.

»Weißt du denn, wo sie wohnt?«, bricht Theo das Schweigen und dreht seinen Kopf zu Helga. Natürlich weiß Helga, wo Renate Hasselbach wohnt. Intuitiv hat sie sich genau auf diesen Fall vorbereitet. Bereits vor drei Tagen hat sie in der Choradressliste nachgesehen, wo Renate wohnt. Theo schlägt vor, einfach mal hinzufahren. »Vielleicht macht sie ja was Verdächtiges«, überlegt er. »Wir könnten sie beschatten und dann mal sehen.«

»Was soll das Verdächtiges sein? Redepenning ist ja schon tot.«

»Vielleicht macht sie sich ein Feuerchen im Garten und will Beweismittel verbrennen«, fantasiert Theo weiter. Helga grinst. Ach, sie hat ihren Theo einfach gern. Und solange es keine bessere Idee gibt, ist zum Rumpelstilzchen fahren besser als nix.

Wie eine Filmkulisse kommt Helga die Stadt plötzlich vor, wie extra aufgebaut für eine haarsträubende Geschichte, die sich das Privatfernsehen leistet. Manchmal ist Stralsund die schönste Stadt der Welt, mit Segelmasten, Backstein und dem frischen Wind, der vom Meer kommend durch die Gassen pustet. Vielleicht liegt es an dem Schutz der gut erhaltenen Stadtmauer, dass der Wind es manchmal nicht schafft, Offenheit und Toleranz in der Stadt zu verwirbeln, so leicht wie die Worte eines Gerüchts.

Aber die Stadt kann auch ziemlich hässlich sein, wie alles Intolerante hässlich ist. Helga soll nicht immer so eine schlechte Meinung von ihrer Stadt haben, findet Theo. Hat sie ja gar nicht. Sie mag die Menschen hier, sonst wäre sie ja damals weg, zu den Löwen und Giraffen. Sie mag den Wind, die Möwen, die Leute, auf deren Wort man sich bis zum Erbrechen verlassen kann. Ein Handschlag zählt. Mündliche Gesetze und Vereinbarungen sind nicht weniger wert als die schriftlichen. Und wenn hier mal einer falsch parkt, dann passiert das entweder aus Versehen oder aus Sturheit. Auch darauf ist Verlass.

Helga hält vor Renates Mietshaus. Sie schaltet Motor und Licht aus. Und dann sitzen Theo und Helga wirklich wie die Ermittler eines TV-Krimis im Auto und würden sich wahrscheinlich sehr private Dinge beichten, wenn sie nicht bereits alles voneinander wüssten.

»Irgendwie gruselig«, findet Theo. Er glaubt, wenn einer mal einen auf dem Gewissen hat, dann wären die Hemmschwellen ganz weit unten, die einen täglich vor weiteren Morden abhalten, so jemand würde ganz schnell wieder was Komisches machen, da sei er ganz sicher.

»Täglich?«

Bevor sich Theo einen Scherz auf Kosten seiner Ehefrau in Verbindung mit den täglichen Mordgedanken machen kann, wird die Haustür geöffnet. Eine ältere Dame mit

Hund verlässt das Haus. Theo hält sich erschrocken die Hand aufs Herz. Nicht dass der hier gleich noch einen Herzkasper kriegt und Helga dafür verantwortlich ist wie für Martins Erkältung. Aber dann kriegt Helga fast selber einen Herzinfarkt, weil ihr nämlich in dem Moment, in dem der Hund sein Bein zum Pinkeln hebt, noch mal die Frage in den Sinn kommt, wer ihr eigentlich diese ausgedruckten Drohungen zukommen lässt, wenn es nicht Andreas Flötner mit seinem defekten Drucker ist. Aber in den Gedanken kann sie sich dann nicht weiter hineinsteigern, denn da kommt sie tatsächlich: Renate Hasselbach. Sie trägt zwei Einkaufstüten, die sie vor der Haustür abstellt, um nach ihrem Schlüssel zu kramen. Theo legt die Hand an seine Tür. Helga schmeißt sich über ihn und hält die Tür zu. »Was hast du denn vor?«

»Mensch, ich steh doch hier nicht rum, um herauszufinden, dass jemand vom Einkaufen nach Hause kommt«, meckert Theo. »Ich frag die jetzt einfach!«

»Ach, lieber nicht«, keucht Helga, während die Haustür hinter Renate ins Schloss fällt. Es ist nicht so, dass Helga der Mut verlassen hätte, aber die Sache ist ziemlich unübersichtlich geworden, und vielleicht sollte man es doch planvoller angehen, erst mal einen Köder auf einen Haken spießen und den Kescher bereithalten.

In dieser Nacht kriegt Helga kein Auge zu. Die Zeit klemmt. Helga legt sich Worte zurecht, Köder, auf die Renate morgen bei der Probe im Gemeindehaus anspringen soll. Aber wie macht man jemanden dingfest? Der Gedanke an das Gemeindehaus verheddert sich kurz in Helgas Überlegungen. Hoffentlich muss sie Wilhelm nicht begegnen! Am liebsten würde sich Helga hier mit ihrer neuen Elektrik für einige Wochen einschließen, aber dann wird es nie Gerechtigkeit für Uwe Redepenning geben, dann wird sich das Gerücht des Unfalls eines rückfällig gewordenen Alkoholikers halten, über der Stadt stehen wie die wochenlange Dämmse des letzten Sommers. Und Renate Hasselbach käme mit ihren Lügen ungeschoren davon.

Flucht nach vorn

Mit dem obligatorischen »Der Letzte macht das Licht aus« eilt die Chorleiterin nach der Probe schneller denn je von dannen. Man möchte manchmal schon gerne wissen, wohin oder in welche Arme sie sich donnerstagabends immer flüchtet. Ihre Chorschäfchen, wie sie sie nennt, packen beschwingt und beglückt vom gemeinschaftlichen Singen ihre Noten zusammen. Dem ein oder anderen geht dabei noch mal die Melodie von den Lippen, die in der letzten halben Stunde unter der Prophezeiung *Wenn ihr das jetzt nicht kapiert, kapiert ihr's nie* bitterlichst geübt worden war.

»Na?« Helga dreht sich zu Renate, die alle Anstrengungen darauf verwendet, ihrem Blick auszuweichen.

»Ach! Na?« Als hätte sie Helga die ganze Chorprobe noch gar nicht wahrgenommen. »Alles klar?«

»Bei mir schon. Man hat den Typen ausfindig gemacht, der mich geschubst und mir diese Zettelchen geschrieben hat.«

»Na siehste!«, scheint sich Renate für sie zu freuen. »Wer war's denn?«

»Ein ... Kunde«, sagt Helga und behält Renate weiter fest im Blick. Die gibt sich entspannt, aber ihre Kaumuskeln arbeiten. Die Lampe sirrt. Lange macht's diese Glühbirne wohl nicht mehr.

»Verstehe.« Renate lässt den goldenen Magnetverschluss ihrer grünen Kunstledertasche zuschnappen. Dann legt sie vertrauensvoll eine Hand auf Helgas Schulter. »Sag mal, aber du hast ihr nichts gesagt, oder?«

»Wem?«

»Seiner Frau.«

»Natürlich nicht!« Helga gibt alles, um ebenso vertrauenswürdig rüberzukommen wie sie.

»Brav.« Renate lässt erleichtert von ihr ab und hängt sich die Tasche abmarschbereit über die Schulter. »Muss los.« Sie wirft noch ein »Tschüss« in die Runde, das in choralem Echo zurückhallt. Dann ist sie zur Tür raus. Helga verabschiedet sich auch von den anderen, um sich an Renates Fersen zu hängen. Als sie auf den Flur des Pfarrhauses tritt, sieht sie noch die Haustür zufallen. Gleichzeitig wird Wilhelms Bürotür aufgestoßen. Von ihm höchstpersönlich. Er lächelt. Das passt jetzt gar nicht. Helga schielt zur Haustür. »Hallo, Helga«, sagt er. »Hast du einen Augenblick?« Wie sehr wollte sie Augenblicke mit ihm haben. Unendlich viele, aber ausgerechnet jetzt? Kann man Augenblicke auf später verschieben, oder sind sie dann für immer vorbei?

»Vielleicht morgen?«, hört sich Helga fragen.

Pastor Wilhelm versucht sein Lächeln auf den Lippen zu lassen, aber in seinem Blick, den er einmal kurz gen Himmel schickt und dann auf den Boden wirft, bevor er sich zu ihr zurück wagt, ist die Verunsicherung unübersehbar. »Ich wollte bloß«, sagt er und wird sogleich von einem ungeduldigen »Ich kann jetzt nicht!« unterbrochen. Sie kann jetzt wirklich nicht. Wollen würde sie natürlich schon. Die Schmetterlinge flattern wieder. Aber sie kann nicht. Sie muss sich wie mit Theo verabredet an Renates Fersen heften, sonst ist sie weg. Und so bleibt vorerst alles ungesagt. Wilhelm macht noch zwei, drei Schritte auf sie zu und redet von einem selbst gemachten Heringssalat, den er am Abend für sie … aber Helga hebt bloß wie zur Abwehr die Hände und lässt sich von einer kleinen Welle Chorkollegen mit nach draußen spülen. Hoffentlich hat Wilhelm das nicht wieder in den falschen Hals bekommen. Aber sicher will sie seinen selbst gemachten Heringssalat.

Als Helga auf der Straße steht, steht Theo wie verabredet Spalier und begrüßt seine Freundin sogleich mit einer vorwurfsvollen Geste, dass sie doch bitte nicht so trödeln möge. Erleichtert stellt Helga fest, dass sich auch Renate noch aufhalten lassen hat. Vor dem kleinen Springbrunnen mit den drei bronzenen Karpfen, die sich gegenseitig mit Wasser bespucken, klönt sie noch mit Thoralf. Helga wirft lachend den Kopf in den Nacken, nickt und legt dem verdutzten Theo freundschaftlich die Hand auf die Schulter. »Jaaa«, lacht sie laut ohne übermäßige Fähigkeiten der Schauspielkunst. »Natürlich, und weißt du noch …?« Dabei schielt sie rüber zur Zielperson, die sich von Thoralf verabschiedet und ihren Opel auf der gegenüberliegenden Straßenseite anvisiert. Theos Wagen parkt vier Autos dahinter, steht fast ein bisschen zu nah an der Kurve. Fünf Meter Abstand müssen es sein.

Als Helga die Straße betritt, fällt ihr auf, dass sie vor Aufregung vergessen hat, nach links und rechts zu gucken. Erschrocken bleibt sie für den Bruchteil einer Sekunde stehen, mitten auf der Straße – ein Folgefehler. Besonders hoch ist das Verkehrsaufkommen außerhalb der Saison und um diese Zeit auf dem Frankendamm jedoch nicht, da kann man es in Stralsund durchaus mal drauf ankommen lassen und blind die Straßenseite wechseln. Theo macht Dampf und schiebt Helga in Richtung seines Autos. Nervös fummelt er kurz darauf den Schlüssel ins Zündschloss und startet den Motor. Dann lenkt er den Wagen auf die Straße und versucht einen angemessen unverdächtigen Abstand zum Opel zu halten, der vor ihm aus der Parklücke ausgeschert ist.

Schon an der ersten Kreuzung wird klar: »Sie fährt nicht nach Hause!« Aufgeregt zieht Helga an Theos Ärmel, dass das Auto kurz ins Schlingern gerät. »Helga!«, mahnt er. »Sie fährt aber nicht nach Hause«, ruft Helga noch mal und gerät ins Schwitzen. Theo macht das mit der Verfolgung, als wäre es nicht sein erstes Mal, hält Abstand, bleibt ruhig und zieht im richtigen Moment an, wenn die Gefahr besteht, die Ampel könne auf Rot springen. Nach wenigen Minuten ist Helga klar, wohin die Reise geht. »Was will sie denn um diese Uhrzeit an ihrem Arbeitsplatz?« Renate steuert das Brauereigelände an. Dass sie ihren Opel Vectra ordnungsgemäß auf einem offiziellen Parkplatz abstellt, sieht Helga jedoch nur durch die Heckscheibe.

»Jetzt fahr doch nicht da vorbei«, ruft sie. »Was machst du denn? Du bist vorbeigefahren.«

»Was soll ich denn machen?« Theo schwitzt. »Mich einfach danebenstellen?« Er fährt stoisch weiter, vorbei an den Doppelhaushälften, vorbei an den Eichen, vorbei an der Tankstelle, gleich werden sie das Ortsausgangsschild passieren.

»Dreh um!«, ruft Helga. »Mensch, jetzt dreh endlich um!«

Kurz vor dem Ortsausgangsschild kommt Theo zur Vernunft. Er wendet auf der Auffahrt der Tagesklinik und fährt zurück zum Brauereigelände. Da will er wieder anfangen, sich anzustellen, aber Helga weiß das zu unterbinden. »Jetzt park doch nicht noch ein, sondern halt einfach irgendwo an. Herrgott«, schimpft sie ungeduldig. Theo schaltet zuerst das Licht, dann den Motor aus. »Wo ist sie denn?«, fragt er, was Helga richtig aufregt. Woher soll sie denn wissen, wohin Renate entschwunden ist, wenn Theo am Ort des Geschehens vorbeifährt? »Pscht!« Helga greift an seinen Oberschenkel. »Da!« Am Hinterausgang der Abfüllerei erscheint plötzlich eine Gestalt, die im Schein von einem Bewegungsmelder hinter die meterhohen Türme von Bierkästen huscht oder vielmehr stolpert.

»Komm!« Helga öffnet die Autotür.

»Das ist gefährlich!«, mahnt Theo.

»Da hockt nur jemand hinter Getränkekisten. Da ist kein Löwe im Gebüsch und bestimmt keiner mit einer Knarre, der Hunger hat. Wir sind hier nicht in Afrika.«

Entschlossen steigt Helga aus. Theo atmet schwer ein und tut dann das Gleiche, bloß ganz und gar unentschlossen. Helga eilt zügig und beeindruckend furchtlos in die Richtung, in die die Person verschwunden ist. »Hallo?«, ruft sie auch noch todesmutig.

»Mensch!«, schimpft Theo. »Helga!!« Er fummelt seinen Schlüsselbund aus der Jackentasche, an dem eine kleine LED-Taschenlampe baumelt, und beeilt sich Schritt zu halten. Einen kleinen, aber starken Lichtkegel schickt Theo um die Ecke. Aber da ist keiner. Er und Helga folgen dem wackligen Schein der Taschenlampe durch zwei weitere Reihen haushoher Bierkästen, bis der Lichtkreis tatsächlich jemanden erwischt. Der Jemand hält sich schützend den Arm vor die Augen. Helga braucht nur einen ganz kurzen Moment: »Ach, bist du nicht Simones Schwester, Petra?«, fragt sie und drückt dabei Theos Arm mit der sehr leuchtkräftigen Taschenlampe ein wenig runter. Petra Templin lässt den Arm sinken und sich gegen die Kistenwand fallen. »Ey, die Alte tickt nicht mehr richtig. Völlig durchgeknallt. Die hat mich hier tagelang oben aufm Dachboden eingesperrt, zwischen Kornsäcken.«

»Wer hat dich eingesperrt?«, fragt die verdutzte Helga. »Renate?«

»Weiß nicht, wie die heißt«, sagt Petra, »aber die arbeitet hier. Hat gesagt, außer ihr hat hier niemand einen Schlüssel. Das sei ihr Revier, der Malzboden. Und ich würde da nie wieder rauskommen, wenn sie das nicht will.«

»Und wo ist sie jetzt?«, fragt Theo.

»Diese Gestörte?« Petra Templin, wahrlich um einiges hübscher als ihre kleine Schwester, hebt die Schultern. »Weiß nicht, bin eben abgehauen. Hab sie getreten und dann raus, die Tür war noch auf. Die ist irre. Habt ihr 'n Auto? Weg hier, auf jeden Fall.«

Helga zieht ihr Telefon aus der Hosentasche.

»Was machen Sie da?«, fragt Petra Templin barsch.

»Sie ruft die Polizei«, antwortet Theo, weil das natürlich die einzig logische Aktion ist, aber Petra Templin sieht das anders. »Nein, das geht nicht«, sie schüttelt den Kopf. »Nein. Nein. Nein. Ich bin auf Bewährung, und wenn die wissen wollen, wie das hier alles gekommen ist, geh ich in den Knast. Ist nicht so wichtig mit der Irren. Hauptsache, ich bin da raus.«

»Na, wie ist denn das alles gekommen?« Helga hält den Daumen über den grünen Telefonhörer auf dem Display.

»Das kann ich jetzt nicht ... später vielleicht, aber bitte erst mal weg hier.« Petra legt die Hände wie zum Gebet zusammen.

»Nee, so läuft's nicht«, unterbricht Helga selbstbewusst und nimmt Theo die Taschenlampe aus der Hand, um selber Beleuchterin zu sein. »Sie erzählen jetzt, was los ist, sonst ruf ich die Polizei an.«

Fahrig und im Eiltempo erzählt Templin, dass sie letzte Woche am Hafen gewesen sei, weil sie da schon wieder, na ja, also, sie hätte da eigentlich wirklich nicht sein dürfen, sie hätte es gut sein lassen sollen, natürlich, aber nur einen klitzekleinen letzten Gruß hätte sie loswerden wollen, einen klitzekleinen Brandanschlag auf das Boot von Redepennings Zulieferern hätte sie vielleicht und eventuell geplant, aber mehr nur so gedanklich, sie hätte jedenfalls so oder so nicht am Hafen sein dürfen, aber diese Lizenzgeschichte und dieser gierige Redepenning, na ja. Aber dann sei Redepenning plötzlich selbst aufgetaucht, mit dieser Frau, mit der Irren. Krach hätte es gegeben, und Petra hätte das alles beobachtet. Und als Redepenning dann auf einmal im Hafenbecken lag, er sei da reingesprungen, einfach so, wobei, vorher flog noch ein Gegenstand rein und er dann hinterher, jedenfalls, als er unterging, da wollte sie selbstverständlich hin, weil seine Begleitung ja keine Anstalten machte, ihm da rauszuhelfen, aber mit einem Mal hätte sich diese Frau, die Irre, an sie drangehängt, hätte sie in ihr Auto gezerrt und dort eingesperrt, von außen zugesperrt, und dann hätte Petra alles gesehen, alles mit ansehen müssen, und anschließend hätte Renate sie dann hierher entführt und hier festgehalten.

»Was haben Sie denn mit ansehen müssen?«, fragt Theo.

»Na«, beginnt Petra Templin, bevor sie sich blitzschnell gegen die Getränkekiste presst, als könne man sie in dieser Position schlechter sehen. »O Gott, sie kommt!«, raunt sie heiser. Helga richtet den Schein der Lampe auf eine sich öffnende Tür des Gebäudekomplexes. Verwundert bleibt Renate Hasselbach stehen. Geistesgegenwärtig knipst Helga das Licht aus. Hasselbach ist dennoch gut zu erkennen, solang sie da unter der über der Tür angebrachten Bootslampe steht. Sie legt den Kopf etwas schief, bevor sie die Tür verschließt, noch mal horcht, sich umguckt und dann zu ihrem Auto geht. Die Art, wie sie den Gang verlangsamt, lässt ihre Verwunderung über das fremde Auto auf dem Parkplatz erahnen. Sie wird dann auf dem letzten Meter wieder etwas schneller und läuft die letzten Schritte zu ihrem Auto.

»Die schnappen wir uns, bevor sie abhaut«, ruft Helga, schaltet die Taschenlampe wieder an und stürmt los. Sie erreicht Renates Auto noch rechtzeitig. Als Renate die rotgesichtige Helga erkennt, verdreht sie die Augen, macht den Motor wieder aus und lässt das Fenster runter. »Ich park richtig«, sagt sie genervt. »Jetzt frag ich mich langsam, ob du hier oben ein bisschen ballaballa bist.«

»Wer von uns beiden ist wohl ballaballa?«, sagt Helga und tippt sich an die Stirn.

»Da ist sie ja!« Erschrocken schaut Renate an Helga vorbei. Sie wird blass. Helga dreht sich um. Hinter ihr stehen Theo und Petra Templin. »Haltet sie fest«, ruft Renate und fuchtelt mit dem Finger aus dem Seitenfenster. »Haltet sie fest. Sie hat …!« Renates Unterlippe beginnt zu zittern. »Sie hat …«

»Was hat sie?«, fragt Helga streng.

»Ich hab gar nichts!«, sagt Petra Templin und richtet ihren Zeigefinger nun ihrerseits auf Renate. »Sie hat …«

Renate schüttelt den Kopf. »Nein, sie hat! Sie hat Uwe … O Gott. Ruft die Polizei! Schnell. Das muss alles endlich ein Ende haben. Helga, Mensch, ruf die Bullen. Sie hat Uwe auf dem Gewissen. Die gehört endlich weggesperrt«, sagt Renate.

»Spinnst du?« Petra Templin fährt sich nervös mit beiden Händen durch das Haar. »Spinnt die?«, fragt sie aufgelöst nun in eine Richtung, wo niemand steht.

»Du hast mich in mein Auto eingesperrt und mich gezwungen zuzugucken, wie Uwe …« Renate wirft ihre Hände vors Gesicht und lässt sich auf das Lenkrad fallen, was die Hupe alarmiert.

»Das ist nicht wahr«, sagt Petra Templin. »Es war genau andersrum. Sie hat Uwe ertrinken lassen und mich entführt, weil ich es gesehen habe«, behauptet sie.

»Entführt?«, kreischt Renate. »Ich dich?« Hysterisch schüttelt sie ihren wuchtigen Kopf hinter dem Seitenfenster. »Du hast mich erpresst und verfolgt, tagelang. Ich wollte nur mit Uwe am Hafen spazieren, und plötzlich«, sie wendet sich Helga zu, »ist sie aufgetaucht und hat ihn ins Wasser gestoßen. Ich hab geschrien und wollte ihn rausziehen, da hat sie mich in mein Auto gedrängt und von außen mit der Fernbedienung zweimal verriegelt, sodass ich gefangen war. Ich musste mit ansehen, wie Uwe … Aber sie hat mich erpresst und immer weiter verfolgt. Die wohnt ja in der Siedlung hinter der Brauerei, wie ihre Schwester. Ständig hat sie mir hier aufgelauert. Jetzt ist sie schon wieder hier!« Dann wendet sie sich an Templin. »Was willst du denn heute Abend schon wieder hier?«

»Und was wollen Sie hier?«, mischt sich Theo recht spitzfindig in die Unterhaltung.

»Ich arbeite hier«, antwortet Renate entrüstet.

»Um diese Zeit?«

»Jaaaa«, sagt sie mit großen Augen und zickig wie eine Zehnjährige. »Um diese Zeit. Hab die Lagertanks kontrolliert. Das muss ich öfter noch abends mal nach dem Chor machen, wenn ich es in der Dienstzeit nicht schaffe.«

In dem Moment nimmt Petra Templin Reißaus, dreht sich auf dem Absatz um und beginnt einfach loszurennen, unaufhaltsam, schleudert noch filmreif ihre Schuhe weg und verschwindet hinter dem Sudhaus. Jetzt erst nimmt Theo die Verfolgung auf, sieht aber nach wenigen Schritten ein, dass seine Aktion sinnlos ist. Simone Templin ist über alle Berge. Renate beginnt bitterlich zu schluchzen. Sie legt wieder ihr Gesicht in die Hände. Helga kennt das Theater ja schon und bleibt vergleichsweise gelassen. Sie tätschelt Theo den Rücken, der auf die Oberschenkel gestützt noch nach Luft japst. »Womit?«, hechelt er. »Womit hat sie Sie erpresst?«

Renate wird kreidebleich. »Ich kann das nicht sagen«, stammelt sie. »Wirklich, ich kann das nicht ... Das ist sehr privat.«

Jetzt hat Helga auch mal eine Frage. »Und warum war Uwe besoffen an dem Tag? Du warst doch mit ihm zusammen. Das musst du doch wissen.«

»Weiß ich ja auch«, gibt sie gleich zu. »Natürlich weiß

ich es. Es war ja unseretwegen! Wir haben angestoßen, weil wir die Flugtickets gekauft haben, nach Barbados, wo Rihanna herkommt.«

»Wer?«

»Es sollte nur ein Schlückchen sein, aber dann hat er nicht aufgehört zu trinken. Ich wollte das nicht. Ich habe gedacht, dieses kleine Schlückchen, aber dann hat er nicht aufgehört, und da dachte ich, es wäre gut, wenn er am Hafen noch mal frische Luft schnappt, bevor er heimfährt, aber dann ... und dann ... diese Templin. Wegen diesen blöden Lizenzen. Nur wegen dieser Gier immer, wegen der Lizenzen, ich kann das Wort nicht mehr hören, weil die Templins Angst hatten, dass Uwe ... dabei wollte er überhaupt gar keine Filiale mehr am Hafen. Ich habe einen viel besseren Deal für ihn klargemacht, mit dem Riesenrad und ihm als exklusivem Gastronomiepartner ...«

»Und wieso hast du vorher nichts gesagt? Ich habe dich doch nun wirklich oft genug drauf angesprochen.«

»Ich habe mich so geschämt. Und ich wurde ja von dieser Templin auch erpresst. Ich werd in der Hölle schmoren. Ich hatte so Angst, weil er ja getrunken hat und weil er sowieso schon tot war, da dachte ich ... da wollte ich nicht, dass seine Frau was erfährt, wegen uns, und dann hätte sie das ganze Gerede der Leute am Hacken gehabt. Das hab ich nicht gewollt. Und wenn Petra mein Geheimnis ausplaudert, wenn das rauskommt, was ich getan habe, dann kann ich hier einpacken. Dann muss ich wegziehen. Wie hätte ich hier weiterleben sollen?«

»Wovon redest du denn so schwülstig? Jetzt hör doch endlich mal auf mit deiner Geheimniskrämerei!« Helga hat die Faxen dicke. Und da gesteht Renate etwas Unglaubliches. Angeblich hat sie vor über zwei Jahrzehnten mal unter der einzigen Zeugenschaft von Petra Templin einen Jungen mit einem Boot überfahren. Helga erinnert sich an den Fall, wie jeder in Stralsund. Fahrerflucht, anscheinend keine Zeugen, und der Täter, die Täterin, war unerkannt geblieben. »Ist jetzt aber verjährt«, sagt Renate. »Das habe ich gegoogelt. Dafür kann man mich nicht mehr drankriegen.«

Theo fasst nach Helgas Hand und klammert sich an ihr fest. »Okay!« Er nickt. »Okay!«, wiederholt er. »Jetzt müssen wir die Polizei anrufen. Nicht wegen dieser Sache da«, er zeigt auf Renate und deutet anschließend mit den Händen einen Crash an, »wegen dieser flüchtigen Petra Templin. Wenn es so ist, dass sie Uwe Redepenning ins Wasser gestoßen hat, dann hat sie ihn ja quasi umgebracht, und das war gerade erst und ist noch nicht verjährt.«

»Ich fahr sofort zur Polizei.« Renate hält Zeige- und Mittelfinger wie zum Schwur hoch. »Ich werde denen alles sagen, auch von meinem Unfall damals. Ich mach jetzt reinen Tisch, und dann kann mich die Templin nie mehr erpressen. Und sie wird büßen für das, was sie Uwe angetan hat. Und mir. Und seiner Frau.« Renate startet den Motor. »Das bin ich meinem Uwe schuldig.«

»Sie fahren jetzt zur Polizei?«, vergewissert sich Theo.

Renate nickt entschlossen: »Ja! Ja, natürlich.« Und dann braust sie ab.

»Die parkt immer auf dem Behinderten!«, sagt Helga. »Unverbesserlich.«

In der *Klabauterfrau* sitzen ausschließlich Klabautermänner, zwei bei Lothar am Tresen und eine Dreierrunde weiter hinten im Raum unter der an der Decke befestigten Fischreuse. Ins Netz geht denen heute nichts mehr. Müde hängen die Blicke der Gäste an ihren Gläsern. Es wäre an der Zeit zu gehen, aber so ticken die Uhren in Hafenbars bekanntlich nicht. Nur einer fühlt sich vom Luftzug, der mit Helga und Theo hereinweht, aufgewirbelt genug, um sich mit einem herzhaften Klopfer auf dem Tisch zu verabschieden. Werner Grabow, der alte Seebär, auf dessen haarigen Handrücken immer ein paar festgeklebte Schuppen schimmern, macht sich auf den Weg. Schon wenn der Morgen dämmert, muss er wieder raus, seine Lieferung in orangen und blau-weißen Plastikwannen entgegennehmen und Fisch verarbeiten; filetieren, räuchern, in Salzfässer einlegen.

Helga und Theo bestellen am Tresen ein Herrengedeck, ein Pils und ein Korn, und finden dann das Upgrade auf einen Doppelten ihrer Situation mehr als angemessen. Abgekämpft lassen sie sich an einem kleinen wurmstichigen Holztisch nieder, an dem gewiss schon ein paar Kilometer Seemannsgarn gesponnen wurden. Während Theo die Wackeligkeit des Tisches mit Bierdeckeln, die er unter ein Tischbein schiebt, in den Griff zu kriegen versucht, spürt Helga die Neugierde der Klabautermänner wie Nebelschwaden durch den Raum wabern. Als sich Theo wieder aufrichtet, hat er einen roten Kopf und der Tisch eine noch nie da gewesene Stabilität. Wirt Lothar lässt zwei Bierdeckel fallen und stellt die Gläser ab. Den Korn gibt er beiden gleich in die Hand. Helga und Theo lassen die kleinen Gläser gegeneinanderklirren, bevor sie die Köpfe in den Nacken werfen. Während der Korn die Kehle hinunterbrennt, wird es Helga warm. »Und jetzt den

Brand löschen«, sagt Theo und setzt das Bierglas an seine Lippen. Er trinkt das Glas in zwei Zügen leer. Dann beugt er sich über den Tisch.

»Wir können der doch trauen, oder?«

Helga leckt sich den Bierschaum von den Lippen. »Hasselbach?«

Theo nickt. »Dass die sofort zur Polizei geht, meine ich. Die ist ja nach der Aufregung heute Abend fix und alle. Vielleicht denkt sie, das hat Zeit bis morgen. Aber morgen ist Templin dann doch längst über alle Berge, oder nicht?!«

Er guckt in sein leeres Glas und hält es dann etwas hoch. Der Wirt nickt, und der Holzboden knarrt, weil sich jemand auf seinem Stuhl zurücklehnt. Die beiden älteren Herren am Tresen sind in ein Gespräch geraten, wie aus Versehen. Helga schnappt den Satz *Dat is ja heutzutage immer noch so* auf, bevor ihre Aufmerksamkeit von Theos eindringlicher Nachfrage: »Oder nicht?« wieder auf ihr eigenes Gespräch gelenkt wird.

»Doch, klar«, sagt sie, obwohl sie nicht ganz mitbekommen hat, was Theo meint.

»Mist!« Mit Schwung knallt Theo das leere Glas zurück auf den Holztisch. »Wir hätten sie zur Polizei begleiten müssen«, flüstert er durch die Zähne. »Ich trau der irgendwie nicht.«

Und wie könnte Helga ihr noch trauen? Nach all den Lügen!?

»Vielleicht hat ja auch Petra Templin die Wahrheit gesagt, und Renate ist die Mörderin.«

»Warum ist sie dann weggelaufen?«, möchte Theo gerne wissen.

»Hatte halt einen Blackout«, überlegt Helga. »Wenn es

so war, wie sie sagt, muss die ja so was wie traumatisiert sein. Da würde ich auch weglaufen.«

»Verdammt, Helga, ich sag's dir, wir hätten zur Polizei gehen müssen«, ärgert sich Theo. »Das hätten wir nicht deiner Hasselbach überlassen dürfen.«

Kann sein, dass er recht hat, aber den Korn hat Helga auch dringend gebraucht. Der hat Ordnung in ihr geschafft. Sie sieht plötzlich sternenklar, all die Ungereimtheiten. Es geht ja schon bei der Frage los, wie die zierliche Petra die große wuchtige Renate in deren eigenes Auto gezerrt haben soll. Da müsste sie davor sogar noch in den Besitz der Autoschlüssel von Renate gelangt sein. Unvorstellbar. Da kann noch so viel kriminelle Energie in Templins Adern fließen, schon beim Kampf um die Autoschlüssel fängt es an. Da hat sie keine Schnitte gegen die Ruderkönigin. Theo gibt Helga mit einem Blick und einem schief gelegten Kopf zu verstehen, dass die Klabautermänner inzwischen Ohren so groß wie die afrikanischer Elefanten haben. Es würde wohl niemanden wundern, wenn einer der Herren in diesem Augenblick noch mal an Renate Hasselbachs Ruder-Erfolge zu DDR-Zeiten erinnern würde, bestimmt mit Doping und allem Drum und Dran, also wegen der Muckis. Helgas Handy vibriert. Theo zuckt zusammen. Helga nimmt den Anruf entgegen, während der Wirt die neue Runde Bier bringt.

»Haste schon geschlafen?«, fragt Tobi.

»Nein, nein.« Helga versucht heiter zu klingen. »Ich sitz hier beim Bier mit Theo.«

»Um diese Zeit? Was Besonderes? Feiert ihr was?«

»Nö.« Helga lacht. »Man wird doch wohl noch mal ohne Grund …«

»Tut mir leid, dass ich erst jetzt zurückrufe. Ich hab so viel Kram um die Ohren und komm zu gar nichts.«

Helga weiß, dass der Kram ihres Sohnes mit tieftraurigen Schicksälen zu tun hat. Es ist nicht so, dass die sie nicht auch irgendwie bewegen, aber der Stolz, der sie jedes Mal dermaßen aufbläst, dass sie als Heißluftballon an den Himmel steigen könnte, um von dort oben der Welt zu verkünden, dass sie es ist, die diesen großartigen Menschen in die Welt gepresst und beim Großartigwerden zumindest nicht gehindert hat, ist peinlicherweise manchmal größer als das Mitgefühl. Ob wirklich alles okay sei, will Tobi wissen. »Ja sicher. Sogar alle Sicherungen wieder drin und heile«, lacht seine Mutter. Tobi will nicht weiter stören, wollte sich bloß mal melden und ruft wieder an, wenn er mal Zeit zum Quatschen hat. Er wünscht einen schönen Abend. Und sie soll's bloß nicht übertreiben.

Vom Übertreiben kann nun wirklich nicht die Rede sein, im Gegenteil. Theo und Helga hat gerade die leise Ahnung beschlichen, sich etwas zu früh aus der Affäre gezogen zu haben. Aber was können sie tun, außer selber zur Polizei gehen und denen was vom Redepenningmord, einer Entführung oder Erpressung und einem Kameraklau durch eine Möwe zu erzählen?

»Uns glaubt doch kein Schwein«, ist Helga überzeugt.

»Ja, dann müssen die halt mal Spuren sichern«, schlägt Theo genervt vor. »Wie alle anderen Kriminalpolizisten das woanders auch machen. Hier muss es ja auch Fingerabdrücke geben und Spuren auf dem Malzboden, wenn da jemand ein paar Tage festgehalten worden ist. Und irgendwelche Haare von Templin muss es ja in Renates

Auto geben, wenn sie da drin war. So was. Na ja und so weiter.«

Dass Helga ordentlich einen im Tee hat, merkt sie, als ihr draußen die kühle Luft entgegenschlägt und sie kurz aus dem Gleichgewicht ins Torkeln gerät. Helga hält sich an Theo, bis es ihr Kreislauf geschafft hat, die frische Luft in ihr verklabautertes Korn-System einzuschleusen. Nun zirkuliert alles wunderbar, was dazu führt, dass sich Helga für fahrtauglicher hält als ihren Freund. Theo argumentiert, dass das in der Natur der Sache einer Untauglichen läge, sich für fahrtauglicher zu halten. Außerdem sei er nicht bei der Stadt angestellt. Sollte es ganz blöde kommen, hätte es eine weitaus geringere Brisanz, wenn er am Steuer säße, auch wenn seine Evelyn auf ihre Weise natürlich auch eine Institution sei, vor der man Angst haben müsse und der gegenüber es nicht leicht werden würde, alkoholisiertes Fahren zu rechtfertigen.

Beide wissen, dass die Zeit zu knapp bemessen ist, um das Ganze weiterhin so gewissenhaft auszudiskutieren, darum steigen sie nun da ein, wo sie stehen, Theo auf der Fahrerseite, Helga als Beifahrerin. Theo startet den Motor. Das Auto macht einen Satz nach vorn, weil der Gang noch eingelegt war. »Spinnst du?«, schimpft Helga. Ganz ungefährlich war das nicht. Gerade mal anderthalb Meter vor ihnen klatscht das Hafenwasser gegen die Kaimauer. Theo schaltet in den Rückwärtsgang und parkt ohne weitere Vorkommnisse aus. Er lenkt den Wagen über das Kopfsteinpflaster der Querkanalbrücke auf die Straße. Kein Verkehr, der die Sache unnötig verkompliziert. Es scheint, als hätten sie freie Fahrt, um sich bei Renate Hasselbach zu versichern, dass sie Petra Templin angezeigt hat, falls das überhaupt alles so stimmt, wie sie behauptet. Sollte Templin die Wahrheit gesagt haben, ist es natürlich noch wichtiger, Hasselbach einen Besuch abzustatten. Es besteht allerhöchste Fluchtgefahr.

Ob man nun daran glaubt oder nicht – und eines Tages möchte Helga Pastor Wilhelm fragen, was er darüber denkt –, aber am Spruch *die Kraft der Gedanken* muss etwas Wahres dran sein. Mit der Kraft ihrer Gedanken haben Helga und Theo es nämlich tatsächlich geschafft, auf die menschenleere Straße eine Polizeikontrolle zu zaubern. Auch Theo zeigt sich nicht sonderlich überrascht. »Na, das war ja klar«, sagt er ziemlich gefasst und folgt der rot blinkenden Aufforderung, rechts ranzufahren. Das Herz schlägt Helga bis zum Hals. Ihr wird schlecht. »Nicht pusten«, raunt sie. »Ist man nicht verpflichtet.«

Theo lässt das Seitenfenster herunter. »Einen wunderschönen!« Ein kurzes Aufblähen der Nasenflügel des Polizisten lässt vermuten, dass er den Braten sofort gerochen hat. Er lässt sich Führerschein und Fahrzeugpapiere zeigen und fragt wie nebenbei, ob Theo etwas getrunken hätte. Theo guckt zu Helga. »'n bisschen«, antwortet sie.

»Heißt was?«

»Gläschen Bier.«

Zuerst scheint der Polizist sich damit zu begnügen und spielt den nächsten Zug. Er will, dass Theo aussteigt und sein Warndreieck zeigt. Wieder guckt der zu Helga, die erklärt, dass ja bekanntlich viele nicht wüssten, wo sich das befindet. Sie hätte übrigens mehr als ein Gläschen Bier gehabt, darum säße sie auf dem Beifahrersitz. Wie sich's gehört. Ist dem Polizisten schnurzegal. Er möchte das Warndreieck sehen. Helga hilft Theo, oder umgekehrt, im Kofferraum suchen, während der Kollege des Polizisten das Atemkontrollgerät klarmacht. »Ich möchte nicht pusten«, sagt Theo. Helga neben ihm nickt. Der Polizist hebt eine Augenbraue. »Ist doch nur, um einen Verdacht auszuräumen.«

»Sie können ihn ruhig verdächtigen, er möchte da nicht reinpusten«, sagt Helga streng.

»Dann muss ich Sie bitten, uns zur Wache zu begleiten, wo wir eine Blutkontrolle veranlassen werden. Da Sie zugegeben haben, etwas getrunken zu haben ...«

»Hab ich nicht«, unterbricht Theo. »Sie hat das nur so behauptet.«

»Es ist so«, mischt sich Helga ein und macht sich ganz gerade. »Ich arbeite ja auch für die Stadt, also beim Ordnungsamt, quasi sind wir also ein bisschen Kollegen. Ich bin auch für Recht und Ordnung und auf der Seite der Leute, die dafür sorgen, für Recht und ... na ja, aber, ja ich weiß, das klingt jetzt wirklich komisch, aber die Renate Hasselbach, es kann sein, dass die Uwe Redepenning auf dem Gewissen hat, also umgebracht, ins Wasser geschubst. Entweder sie oder Petra Templin, die bereits Verurteilte.«

»Aha.« Schmunzelnd gibt der Polizist seinem Kollegen das Atemkontrollgerät in die Hand.

»Ja, ich weiß«, versucht es Helga weiter mit Kumpelhaftigkeit, »Ihnen hat eine Möwe die Linse der Überwachungskamera zugeschissen, aber eine andere Möwe hat das zufällig gefilmt, also wie Redepenning an jenem Abend eben nicht besoffen allein am Hafen war ... Wir haben das auch nicht geglaubt, diese Möwengeschichte, aber gesehen. Die Kamera gibt es, und da sieht man genau, wie ...«

»Dass Frau Hasselbach oder Frau Templin Herrn Redepenning ins Wasser stößt?«, fragt der kleine Polizist unumwunden. Der ist wirklich ganz schön klein, vielleicht kann man, wenn es hart auf hart kommt, prüfen lassen, ob der überhaupt rechtmäßig Polizist geworden ist, da gibt es doch Größenmindestmaße!? Und wenn nicht, dann ist der Bluttest so oder so hinfällig.

»Nicht direkt …« Theo hält sich beim Sprechen die Hand vor den Mund, um seinen verdächtigen Atem zu kaschieren. Die Polizisten schlagen vor, die Unterhaltung auf der Wache weiterzuführen. »Jetzt nehmen wir erst mal Blut ab, und dann kümmern wir uns um Ihre Möwen.«

»Aber wir sind gerade auf dem Weg zu Frau Hasselbach, die …«

»Dann muss Frau Hasselbach warten, oder Sie pusten jetzt in unser Gerät«, wird er zurechtgewiesen.

»Aber die haut ab, wenn wir hier noch lange rumdiskutieren und rumpusten. Es besteht Fluchtgefahr!« Helga legt dem kleinen Polizisten die Hand auf die Schulter, wie sie das beim Brauereichef gelernt hat. Aber hilft nichts.

»Rumpusten«, wiederholt der pikiert. Der andere findet »Fluchtgefahr!« noch besser. Wie man hier um diese Zeit abhauen will, soll ihm auch erst mal einer plausibel erklären. »Bus, Bahn, fährt doch nix mehr hier um diese Zeit.«

»Die hat doch ein Auto, Mensch«, sagt Theo, aber auch davon lässt sich der Polizist nicht beeindrucken. Ob jetzt hier jemand tatsächlich erwartet, dass sie den A20-Zubringer mit einem Nagelbrett für Frau Hasselbach präparieren? Theo muss in den Polizeiwagen einsteigen. Ob er will oder nicht. Die Beifahrerin Helga ist natürlich ein freier Mensch und kann, zu Fuß, versteht sich, wohin sie will.

Am liebsten will sie natürlich bei Theo bleiben und mit auf die Wache fahren, aber sie weiß, dass sie als freier Mensch draußen mehr gebraucht wird. Die Lage hat sich zugespitzt. Wie soll man jemanden dingfest machen, wenn man selber dingfest ist?

Helga raunt ihrem Freund noch theatralisch zu, dass er nichts sagen und nicht pusten soll und sie sich um den Rest kümmert. »Um Hasselbach?«, fragt Theo, bevor die Tür des Polizeiwagens zwischen ihm und Helga von einem amüsierten Beamten schwungvoll zugeschlagen wird, aber dem wird das Lachen schon noch vergehen. Da ist sich Helga sicher. Sie winkt Theo hinterher, der bedröppelt aus dem Heckfenster schaut.

Dann steht sie da, nachts auf dem Kopfsteinpflaster. Hinter keinem Fenster brennt Licht. Kein Mond. Keine Möwe. Kein Wind. Keine Angler. Kein Wilhelm. Niemand. Vielleicht Heringe. Ansonsten nur Stralsund und sie. Und sie? Warum ist sie da? Helga lehnt sich gegen Theos Motorhaube. Sie hat einen sitzen, aber auch nüchtern betrachtet wäre das eine berechtigte Frage. Wie kommt sie hierher? Ist Renate Hasselbach denn überhaupt ihr Problem? Streng genommen ist nicht mal Uwe Redepenning ihr Problem. Das ist alles nur ziemlich komisch gelaufen. Wegen diesem Gefühl. Wegen der Gerechtigkeit. Wegen der Gerüchte, gegen die sie was hat. Aber warum muss sie das jetzt alleine regeln? Ist das ihr Ehemann gewesen?

Helga zieht ihr Handy aus der Hosentasche. Ihr ist ein bisschen übel, während sie durch ihr Anrufprotokoll scrollt. Vera Redepenning geht prompt ans Telefon und klingt nicht mal verschlafen. Nicht mal verwundert klingt sie, nachdem Helga versucht hat, ihr kleines Dilemma mit

Theo und Renate Hasselbach zu schildern. Wahrscheinlich hat die Witwe kein Wort verstanden, sondern nur begriffen, dass da jemand stark alkoholisiert ist und ein bisschen Zuspruch braucht. Mit Betrunkenen kennt sie sich schließlich aus. Sie schlägt vor, wegen der Alkoholkontrolle erst mal ihren Anwalt anzurufen. Der würde sich bezüglich richterlicher Beschlüsse zur nächtlichen Blutabnahme auskennen, das wisse sie aus eigener Erfahrung. »Wenn ich mit ihm gesprochen habe«, fährt Frau Redepenning bestimmt fort, »hol ich Sie ab! Wo sind Sie?«

Die Witwe kommt ohne Hut und in einem Mantel, den Helga anziehen würde, sollte sie jemals in einer Großstadt in eine Oper eingeladen werden. Fester Stoff. Körpernah geschnitten. Bunt. Ein bisschen wild. Aber ganz und gar edel. Über jeden Zweifel erhaben. So würde Helga das beschreiben. Sie würde ihn sich dann von Frau Redepenning ausleihen. Bestimmt wäre die so frei, ihn herzugeben, und vielleicht würde Vera Redepenning bei der Rückgabe sogar sagen: »Ach, behalten Sie ihn«, quasi als Finderlohn, weil Helga seinerzeit die Wahrheit über Uwe Redepennings Tod herausgefunden hatte. Aber so weit ist es noch nicht.

Erst mal steigt Helga etwas angetrunken zu Frau Redepenning in einen alten schwarzen Saab, in dem es gut riecht. Es riecht sehr gut, blumig, obwohl nirgends ein Duftbaum oder Duftbeutelchen hängt. Das riecht von ganz alleine gut, aus sich heraus. »'n Abend«, sagt die Witwe und legt ihre mit Gold beringten Hände aufs Steuer. So sieht also jemand aus, denkt Helga, der bereit ist – einfach bereit, ohne zu wissen, wozu, sozusagen zu allen Schandtaten bereit. »Ich habe vorhin am Telefon nicht ganz verstanden, worum es geht«, gesteht Frau Redepenning. Helga atmet einmal tief durch. Wenn sie das selber bloß verstehen würde. »Ich glaube, Frau Hasselbach hat Ihren Mann umgebracht. Oder so was Ähnliches. Auf jeden Fall war sie dabei, als er unterging, und hat ihm nicht geholfen. So viel weiß ich sicher. Warum sie ihm nicht geholfen hat, ob sie nicht wollte oder nicht konnte und ob nicht vielleicht doch Frau Templin schuld an allem ist, das weiß ich noch nicht so genau. Das müssen wir jetzt rausfinden.«

»Okay!«, antwortet Frau Redepenning.

»Ähm«, überrascht von einem so schlanken und unkomplizierten Okay, nennt Helga Renates Adresse.

»Und warum überlassen wir das nicht der Polizei?«, fragt Redepenning, während sie das Auto lenkt.

Wir hat sie gesagt. Und wie Helga das aufgefallen ist!

»Wir müssen da jetzt erst mal hin«, sagt sie. »Alles andere dauert zu lange. Die darf uns nicht entwischen. Die Polizei, die braucht ja viel zu lange.«

Vera Redepenning hält am Straßenrand. Ein Eichhörnchen huscht über die Straße, und Helgas Herz schlägt schnell, aber gleichmäßig. Und das, obwohl es jetzt alle Gründe hätte, aus dem Takt zu geraten. Auf der anderen Seite parkt der berühmt-berüchtigte Opel Vectra mit geöffnetem Kofferraum. Eine Straßenlaterne bescheint einen Gepäckberg, den Renate Hasselbach hektisch in ihren Wagen hievt. »Volltreffer«, sagt Helga und löst den Gurt. Sie öffnet die Beifahrertür und ruft schon, bevor sie beide Beine auf dem Boden hat: »Was machst du denn da?« Renate verharrt für einen Moment in gebückter Haltung, dann dreht sie den Kopf zur Seite. Obwohl es nachtkühl ist, kleben ihr Haarsträhnen auf der schweißnassen Stirn. »Ich lad was ein«, antwortet sie und macht dann damit weiter.

»Und wo willst hin?«, fragt Helga, als sie neben der keuchenden Hasselbach steht. Vera Redepennings Absätze hallen auf dem Asphalt, während sie näher kommt.

»Weg«, kommt es von Renate wie aus der Pistole geschossen. »Bringe mich in Sicherheit, solange die Templin noch frei rumläuft. Die hat ja jetzt nichts mehr zu verlieren und ist bestimmt fuchsteufelswild. Keine Lust auf eine Mörderin, die frei rumläuft und sauer auf mich ist.«

»Warst du bei der Polizei?«

»Na klar.« Renate versucht sich nicht stören zu lassen und schiebt eine weitere Tasche vom Gepäckhaufen in den Kofferraum.

»Kann gar nicht sein!« Helga packt sie am Arm. Mit einem kräftigen Ruck befreit sich Hasselbach aus dem Griff. »Jetzt lass mich doch endlich mal in Ruhe!«

»Die Polizei wusste weder was von dir noch von Templin«, sagt Helga. Es ist ein Bluff, denn dass Verkehrspolizisten nicht zwangsläufig mit jeder neuen Anzeige vertraut sind, ist ihr natürlich klar. Und Renate ist es wurscht. Sie quetscht noch die letzte Plastiktüte an die Seite und schlägt die Kofferraumtür zu. Vera Redepenning lehnt gelassen an der Motorhaube und lässt es sich nicht nehmen. »Und Sie haben also meinen Mann auf dem Gewissen!?« Ihre Worte hallen wie zuvor ihre Absätze durch die Nacht.

»Wie bitte?« Renates ganzes Gesicht ist vor Entsetzen zusammengeknautscht. Auch Helga ist irritiert von diesem Frontalangriff. Sie tippt auf starke Beruhigungsmittel. Leute, die in Villen wohnen und Hüte tragen, die schlucken so was bestimmt wie andere Tic Tac.

»Haben Sie oder haben Sie nicht?«, hakt die Witwe nach.

»Sie halten sich wohl für was ganz Besonderes, he?« Renate Hasselbach hebt das Kinn ein wenig herausfordernd an.

»Haben Sie denn überhaupt *irgendwas* mit meinem Mann zu schaffen gehabt?«, gibt sich Redepenning unbeeindruckt.

»Irgendwas!«, wiederholt Renate und schnauft verächtlich durch die Nase.

»Die hatten eine Affäre«, mischt sich Helga ein. »Hat sie schon zugegeben.«

»So. So.« Vera Redepenning steckt sich ohne jede Hast eine Zigarette an, während Renate Hasselbach eher stolz als peinlich berührt die Fäuste in die Hüften stemmt.

»Eine Affäre nennst du das. Ha!«

»Dann haben sie sich eben geliebt«, übersetzt Helga den ironischen Ton.

Vera Redepenning zieht ihre schmalen Augenbrauen hoch. Sie nickt in Renates Richtung: »Aber Uwe konnte die da überhaupt nicht ausstehen.«

»Natürlich hat er das gesagt«, lacht Renate und wirft den Kopf zurück. Ihr Oberkörper bebt dabei bedrohlich, als würde er gleich eine Naturkatastrophe hervorbringen, einen Tornado, einen Vulkanausbruch, irgendwas. »Er war ja auch in mich verliebt. Klar sagt der so was. Ist wohl logisch. Hätte er Ihnen sagen sollen, wie toll er mich und wie langweilig er Sie findet?«

»Die wollten nach Barbados«, erinnert sich Helga.

»*Sie* wollte vielleicht nach Barbados«, sagt Vera Redepenning. »Mein Mann ganz sicher nicht. Er hat Flugangst. Er ist noch nie in ein Flugzeug gestiegen.«

»Hätte er für mich gemacht«, kontert Renate trocken. »Was man eben aus Liebe alles so tut.« Und dann starrt sie auf den Boden und kickt mit der Schuhspitze einen kleinen Stein weg, als könnte man das mit allem so machen.

»Schwachsinn«, findet Frau Redepenning. »Aus Liebe fliegt keiner nach Barbados. Aus Liebe kauft man jemandem ein Haus am Strand. So wie Uwe mir. Wir wollten nächstes Jahr dort einziehen, in ein sehr geschmackvolles Haus an der Ostsee.«

»Hat er mir erzählt«, behauptet Renate, ohne eine Miene zu verziehen. »Aber er wäre trotzdem mit mir durchgebrannt. Sie wären da alleine eingezogen, in Ihr dämliches Haus am Strand.«

»Wir haben gar kein Haus gekauft«, sagt Vera Redepenning und verzieht verächtlich ihre roten Lippen. »Sie sind ja noch einfältiger und dümmer, als Uwe behauptet hat.«

»Jetzt lügst du also schon wieder, Renate«, stellt Helga fest. »Die ziehen in gar kein Haus am Strand. Du warst es, stimmt's? Du hast ihn umgebracht.«

»Umgebracht?«, wiederholt Renate kopfschüttelnd. Dabei sieht sie hier, mitten in der Nacht vor ihrem vollgepackten Opel Vectra, genauso aus wie eine, die einen umgebracht hat und die Flucht ergreift. Vera Redepenning zieht eine Schachtel Pillen aus der Handtasche. Bingo. Eine steckt sie sich in den Mund und schluckt sie ohne Wasser runter. Dann schiebt sie ihre beiden Mundwinkel zu einem breiten Grinsen und fixiert die Widersacherin mit ihrem Blick. Helga ist so beeindruckt, dass sie versucht, das nachzumachen.

»Ich weiß nicht, was daran so lustig sein soll«, murmelt Renate und öffnet die Tür ihres Opels.

»Wie ein aufgeplatztes Sofa würden Sie auf dem Kopf aussehen, hat Uwe mal gesagt. Und ich stelle fest: Das stimmt irgendwie.«

Renates Augen werden zu kleinen Schlitzen. »Das hat er bestimmt nicht gesagt. Das mit dem Haus stimmte ja auch nicht.«

»Hat er«, lacht Vera Redepenning. »Er mochte Sie wirklich nicht besonders.«

Renate steigt in ihr Auto. Geistesgegenwärtig greift Helga nach dem Türgriff, um die Tür offen zu halten. Renate schießt ein paar fiese Blicke durch ihre Augenschlitze.

Vera Redepenning provoziert munter weiter. »Er hat gesagt, dass Sie ihn ständig nerven, immer unter dem Vorwand, dass die Brauerei eine Kooperation mit ihm anstrebt. Immer wieder sind Sie bei ihm auftaucht, obwohl er schon so oft gesagt hat, dass er kein Interesse an einer Kooperation hat. Und erst recht kein Interesse an diesem aufdringlichen, aufgeplatzten Sofa.«

»Ach!?«, macht Renate. »Ist ja interessant.« Sie lässt die Tür von innen los, sodass Helga sie jetzt ganz öffnen und sich zur Sicherheit an die Innenseite stellen kann. Wenn Renate jetzt flüchten will, muss sie Helga da erst mal wieder wegbekommen. Aber Hasselbach will im Moment nicht mehr flüchten. Ganz im Gegenteil. Jetzt steigt sie sogar wieder aus und baut sich vor der Witwe auf, sodass

Helga ein bisschen bange wird. Wenn die handgreiflich wird, zieht man garantiert den Kürzeren.

»Er konnte mich also nicht ausstehen?«, fragt sie. Redepenning zuckt gelassen mit einer Schulter. »Und ich habe ihn ständig genervt, ja?« Obwohl kaum noch Platz zwischen den beiden ist, schafft es Renate dennoch, einen weiteren Schritt auf Redepenning zuzumachen. Und die bleibt stehen. Sie kann aber auch nicht weg. Hinter ihr befindet sich die Motorhaube.

»Und warum hat er mich dann mal geküsst, wenn ich ihn so nerve?«

»Mal?«, wundert sich Vera Redepenning über die Aussage. »Ich denke ...«

»Ja, er hat mich mal geküsst«, behauptet Renate. »Und gedacht, ich merk das nicht.«

»Dass er Sie küsst?«

»Dass er mich nur küsst, weil er ein habgieriger Sack war.«

Renate wendet sich von Vera Redepenning ab und geht zurück zu ihrem Auto, in dessen Kofferraum gerade bestimmt alles, was ihr wichtig ist, verstaut ist. Dafür ist's nicht viel, findet Helga. Renate bleibt vor ihr stehen und fährt sich mit dem Handrücken unter der Nase lang. »Er hat mich so lange nicht mit dem Arsch angeguckt, bis ich ihm von den Rezepten erzählt habe.« Ihre Schultern hängen tief, als trüge sie etwas in ihren Händen. Schuld wiegt schwer, geht es Helga durch den Kopf. »Und dann auf einmal«, sinniert Hasselbach mit monotoner Stimme weiter, »bling, bling, macht er mir schöne Augen. Ich hab gleich gemerkt, was dahintersteckt, aber blöd wie man eben ist, fällt man trotzdem drauf rein, immer wieder. Man weiß es ja, und trotzdem – reingefallen. Man denkt, na, vielleicht meint er's ja doch ernst, es macht sich doch keiner wegen Fischrezepten von meinem Opa die Mühe, mit mir rumzuflirten. Bestimmt meint er es ernst mit mir.« Renate guckt in den Nachthimmel und verdreht die Augen. Anschließend versinkt sie wieder in sich selbst. »Aber ganz blöd ist man dann eben doch nicht und denkt sich auch noch, na, wenn er mich wirklich liebt, dann liebt er mich auch ohne Fischrezepte. Immer wieder hat er nach den Rezepten gefragt, und wenn ich so getan habe, als würde ich sie ihm geben wollen, war er sehr verliebt in mich und wollte mich treffen. Ich hab gedacht, falls er es nicht ernst meint, also nicht mit mir, sondern nur mit den Rezepten, dann verliebt er sich vielleicht doch noch, wenn er mich erst mal geküsst hat, denn das kann ich, so gut wie rudern. Küssen kann ich. Ein Kuss gegen ein Rezept, habe ich gesagt, und er sagte, geht klar.« Renate pult sich Dreck unter den Nägeln heraus. »Tja, am Ende ist er reingefallen. Nicht aus Liebe. Sondern aus Habgier.«

»Habgier?«, wiederholt Helga und möchte Hasselbach fast tröstend den Arm um die Schultern legen. »Aber Herr Redepenning war doch total großzügig. Tobi hat er immer …«

Da bricht die sich angekündigte Naturkatastrophe wie ein Tsunami aus Hasselbach heraus: »Und warum wollte er unbedingt diese blöden Rezepte haben?«, brüllt sie. Erschrocken klammert sich Helga an die Autotür, und Vera Redepenning ist von dieser Wucht auch jede Souveränität ausgetrieben. »Um sich daran eine goldene Nase zu verdienen!«, fährt Hasselbach die eingeschüchterte Helga an, dreht sich zu Vera Redepenning und schickt ihre Aggressionen nun dahin. »Darum. Hat er selbst zugegeben. Hat gesagt, er vermarktet die als traditionelle Rezepte aus Großvaters Zeiten oder so 'n Scheiß.«

Ganz bestimmt war es Vera Redepennings Absicht gewesen, Hasselbach bis zum Geständnis zu provozieren, aber nun ist die Kontrolle futsch. Hasselbach gerät außer sich, sodass auch Bewegung hinter die Gardinen der umliegenden Fenster kommt.

»War seine Entscheidung, den Rezepten hinterherzuspringen«, schimpft Renate und hebt die Arme unmotiviert in die Luft. »Ich hab sie nur in die Flasche gestopft und gesagt, wenn er sie haben will, soll er sie sich holen. Und schwupps, erst lag die Flasche im Sund und dann er.«

»Sturzbesoffen!«, sagt Helga. »Und du hast ihm nicht geholfen.«

»Na, ganz so einfach wollt ich's ihm ja nun nicht machen.« Diabolisch zieht Renate ihre Augenbrauen Richtung Nasenwurzel. »Er hat mir zuliebe noch eine Flasche Rum vorher getrunken.« Sie drückt ein leichtes Grunzen durch die Nase und guckt triumphierend zur Witwe. Die ist so blass geworden, dass sie im Mondlicht noch vornehmer aussieht. Helga fühlt sich ein bisschen sicher, wegen der vielen Zeugen hinter den Fenstern. Sie greift Renate an die muskulösen Oberarme und rüttelt an ihr. »Warum, um Himmels willen, hast du ihn Alkohol trinken lassen?« Pikiert schaut Renate auf Helgas Griff. »Er hat's doch selber getrunken. Ich hab ihn nur ein bisschen, na ja, animiert.« Sie macht sich los und schubst Helga wie mit einem kräftigen Ruderschlag zur Seite.

Helga verliert das Gleichgewicht und landet unsanft mit dem Steißbein auf dem Bordstein. Aber die Sprache verschlägt's ihr nicht. »Er bleibt doch nicht jahrelang trocken, um dir zuliebe dann 'ne Buddel Rum in sich reinzuschütten.« Während Renate in ihr Auto steigt, brüstet sie sich damit, ihn erpresst und somit gezwungen zu haben. Nicht sie hätte damals das Kind mit dem Boot überfahren, sondern er. Und nicht Templin wäre die einzige Zeugin des tödlichen Unfalls gewesen, sondern sie. Und nicht er war sich zu fein, selber auf einen Kutter zu steigen und seine Ware selbst zu fischen, sondern das Trauma hielt ihn jahrzehntelang davon ab. Und im Übrigen wusste nicht seine Ehefrau von seinem dunkelsten Geheimnis und dem Grund seiner Depressionen, sondern sie – Renate Hasselbach, die, und das gibt sie jetzt gerne auch noch zu, keine Lust hatte, diesen habgierigen Mistkerl aus dem Hafenbecken zu ziehen. »So, und jetzt fahr ich nach Berlin«, beendet Hasselbach die Vorstellung triumphierend. »Und setz mich in meinen Flieger nach Barbados.«

»Von wegen!« Helga hat sich inzwischen wieder aufgerappelt. Sie stellt sich vor die Motorhaube und stützt die Arme darauf. Durch die Windschutzscheibe schaut sie Hasselbach streng an. »Hier geht höchstens noch dein Flieger ins Gefängnis.« Renate steckt den Kopf aus der Autotür. »Wofür denn?«, möchte sie bitte schön mal wissen. »Ich hab nichts gemacht. Er ist selber reingesprungen, Simone Templin kann's bezeugen. Die war ja dabei.«

Helga zählt auf, was ihr als Laie und regelmäßige Fernsehguckerin dazu einfällt. »Erpressung, Freiheitsberaubung, unterlassene Hilfeleistung. Man darf ganz bestimmt nicht einfach nur zugucken, wenn einer untergeht. «

»Weißt du was?« Renate macht schon mal die Lichter ihres Autos an, sodass Helga geblendet den Kopf wegdreht. »Das geht dich alles einen feuchten Kehricht an. Hab ich auch schon versucht, dir klarzumachen. Man mischt sich nicht in Dinge ein, die einen nichts angehen. Haben ja auch schon andere versucht dir beizubringen. Ich fand die Idee ganz lustig, dir Nachrichten hinter den Wischer zu klemmen, so wie du das auch immer machst. Hab mir den Spaß dann auch 'n paarmal erlaubt. Tat gut, dir mal die Meinung zu geigen. Und nun lass mich!« Mit einem weltmeisterlichen Ruck zieht Renate Hasselbach die Autotür zu und startet anschließend den Motor.

»Die darf jetzt nicht wegfahren«, sagt Helga und überlegt, ob das ein Moment ist, in dem man nachts in Stralsund um Hilfe rufen sollte. Von Vera Redepenning ist gerade gar nichts mehr zu erwarten. Die ist erstarrt. Hasselbach legt den Rückwärtsgang ein und drückt aufs Gas.

»Hilfe!!«, ruft Helga und befürchtet, jemand könnte gleich um ein bisschen mehr Ruhe bitten. Und dann passiert etwas, mit dem wohl niemand mehr gerechnet hat. Gerade noch rechtzeitig biegt ein Polizeiwagen in die Straße ein und kommt hinter dem Opel Vectra zum Stehen. Renate macht eine Vollbremsung. Aus dem Seitenfenster des Streifenwagens winkt Theo, neben ihm sitzt ein Mann, vermutlich der Anwalt, und daneben erkennt Helga Petra Templin, die zur Besinnung gekommen sein und sich auf dem Polizeirevier gemeldet haben muss. Hasselbach entscheidet sich nun für die Flucht nach vorn. Helga springt zur Seite. Der Polizeiwagen nimmt augenblicklich die Verfolgung auf.

»O mein Gott.« Mit leerem Blick lässt sich Vera Redepenning auf dem Bordstein nieder. Helga plumpst neben sie und lehnt sich gegen diesen edlen Mantel. »Von wegen

Unfall«, murmelt sie. »Von wegen einfach so besoffen ins Hafenbecken gefallen. Einfach so passiert hier ja wohl nie was!«

Willkommen in Stralsund – zu einer Stadtführung der tödlichen Art

Ariane Grundies

Die Toten am Sund

Ein Ostsee-Krimi

Piper Taschenbuch, 256 Seiten
€ 10,00 [D], € 10,30 [A]*
ISBN 978-3-492-31289-9

*Cover- und Preisänderungen vorbehalten

Nach vielen Jahren trifft Gisela Klawitter zufällig ihre ehemalige Nachbarin Rosi Hafenmeister wieder. Beide hat dasselbe Schicksal ereilt: Arbeitslosigkeit und Langeweile. Kurz entschlossen gründen sie ein Unternehmen, das zu Stadtführungen der besonderen Art einlädt – mit Erfolg. Sowohl das Rollmopswettrollen als auch das Bungeespringen von der Rügenbrücke finden Anklang. Doch die Freude darüber trübt sich, als in Stralsund mehrere Touristen ermordet werden. Während die Polizei im Dunkeln tappt, ahnen Gisela und Rosi, was die Opfer verbindet: Sie alle haben an ihrer ersten Stadtführung teilgenommen …

Leseproben, E-Books und mehr unter www.piper.de